Changer l'eau des fleurs

Valérie Perrin

あなたを想う花

〈下〉

ヴァレリー・ペラン
高野 優 監訳
三本松里佳 訳

早川書房

あなたを想う花

〔下〕

CHANGER L'EAU DES FLEURS
by
Valérie Perrin

Japanese edition supervised by
Yu Takano
Translated by
Rika Sanbonmatsu
First published 2023 in Japan by
Hayakawa Publishing, Inc.
This book is published in Japan by
arrangement with
Éditions Albin Michel
through Japan Uni Agency, Inc., Tokyo.

装画／ agoera
装幀／鈴木久美

57

運命は自分の仕事をした
だが、運命が私たちの心を引き離すことはなかった

（墓碑に使われる言葉）

一九九六年六月　ジュヌヴィエーブ・マニャンの話

あたしは酸っぱいものが苦手だ。だから、〈酢漬け〉っていう言葉を聞いただけで、舌がピリピリする。母さんは、「おまえは敏感すぎるんだよ」って言いながら、あたしを叩いた。どうして叩かれるんだろうって、いつも思ってたけど、それはきっとあたしが馬鹿で、なんの価値もないからだ。底のほうでは、全部つながってるんだ。

テレビでサワーキャンデーのコマーシャルをやってたんで、あたしはすぐにチャンネルを変えた。舌がピリピリしたからだ。で、リモコンのボタンを押すだけで人生を変えることができたら、どんなにいいだろうって思った。城が焼けて、仕事をクビになってから、あたしは何をしていいのかわからず、くどくどと考えてばかりいる。あれはもう終わったんだ。もう元には戻らないんだから、あれでいいんだ。子供たちは死んで、埋められ、事件は決着したんだって、自分に言い聞かせながら……。

でも、そうじゃなかった。さっき、スワン・ルテリエが電話してきたんだ。あたしは眠ってたんで、

留守番電話で聞いたんだけど、ルテリエはめちゃくちゃあせってた。だから、何を言いたいのかわからなくて、何度もメッセージを聞いた。それでやっと、ルテリエがコックをしているレストランに、レオニーヌ・トゥーサンの母親が現れたってことがわかった。母親はいかれた様子で、子供たちが夜中に厨房に行っただなんて信じられないと言ってたらしい。

　ほんとにいつまで、あの事件のせいで、嫌な思いをしなくちゃならないんだろう？　裁判が終わった時、あたしは、これでもう二度とレオニーヌの話を聞くことはないんだって思った。アナイスやオセアーヌ、ナデージュと同じように……。ラッキーなことに、罪に問われたのはあの女ボスだけだった。二年の豚箱。いいぞ、金持ち連中も少しは嫌な思いをすべきなんだから……。たまには正義が行われないと……。あたしはあの女校長が嫌いだった。いつも猫をかぶったみたいで、いけすかなかった。

　いや、そんなことより、レオニーヌ・トゥーサンの母親がこのあたりに来たって？　ガキの墓参りをして、花を供えに来ただけじゃないのか？　それなのにルテリエのレストランに寄ったりして……。いったい、何が目的なんだ？　何を探ってるんだ？　あたしの家にも来るんだろうか？　ルテリエはパニックになってたけど、あたしは平気だ。もうとっくの昔に、怖いものなんて、何もなくなったんだから……。

　あの夜、城にいたのは六人だった。料理人のルテリエ、校長のクロックヴィエイユ、インストラクターのランドンとプティ、亭主のフォンタネル。それにあたし……。レオニーヌの母親は全員の家を回るつもりなんだろうか？

　レオニーヌの母親には会ったことがある。裁判には来なかったんで、事件のあとのことじゃない。事件の前のことだ。その頃、あたしはマルグランジュ＝シュル＝ナンシーに住んでいて、レオニーヌの通っている幼稚園の保育補助をしていた。だけど、母親の話はどうでもいい。肝心なのは父親のほう……。あの男のほうだ。

あの男と最後に会った時のことを考えると、身体中が憎しみでひりひり痛む。まるで、サワーキャンデーの川が血管を流れてるみたいに……。

でも、今は最後に会った時のことじゃなく、最初に会った時の話だ。それは七月の学年末の幼稚園のお楽しみ会の時だった。あたしのブラウスには下の赤ん坊が吐いたゲロがついてた。暑さで具合が悪くなって吐いたおっぱいが固まって、へばりついていたんだ。それで、あたしはブラウスの前のボタンを開けて、その部分を折って隠してた。でも、そのせいで授乳用のブラが見えて、あの男がそれに目を留めた。あたしのことは見なかった。でも、ブラを見た、あの男の目つきに、あたしはゾクゾクした。盛りのついた雄犬の目だった。この人とやりたいって思った。ものすごく……。

新学期が来たら、きっと子供のお迎えで、あの人に会えるにちがいない。そう思うと、夏休みがめちゃくちゃ長く思えた。

それでようやく休みが終わって、新学期の最初の日。あたしはご主人様の帰りを待つ犬のように、あの人が来るのを待った。

あの人はやってきた。自分にそっくりな娘を迎えに……。園庭に入ってきたあの人を見て、あたしはあの人が着ていた革ジャンになりたいと思った。革ジャンになって、ぴったりと身体に寄りそい、温めたいって……。

だけど、あの人はめったに幼稚園には来なかった。子供の送迎をするのは、たいてい、いつも母親だった。

たまに、あの人が迎えにくると、あたしはガキどもの面倒を見ながら、いつも話しかけるチャンスをうかがっていた。

そして、ある日、あたしは思い切って、あの人を呼びとめた。園児のロッカーで眼鏡を見つけたことにして、「あなたのじゃないですか?」って訊いたんだ。そしたら、あの人は「いいや、おれのじゃない」って吐きすてるように言った。幼稚園の倉庫に置いてある冷凍庫と同じくらい、冷たい言い方だった。女から話しかけられるのには慣れてるんだと、すぐにわかった。でも、きれいな顔をしていた。クズで裏切り者で悪党の顔。顔は内面を表すって言うけど、そのとおりだ。でも、きれいだった。昔の映画に出てくる悪役のように……。

恰好も素敵だった。革ジャンの下にはいつもぴちっとしたTシャツを着ていて、長い脚にジーンズが似合った。百メートル離れていたって、セックスが上手なのがわかった。女好きで精力絶倫な男だ。冷たい青い瞳でチラッと見ただけで、女なら誰でも服を脱がせることができた。ガキのおもらしでアンモニア臭い廊下を行ったり来たりしている母親たちを……。

誘ってきたのはあの男のほうだ。最初に会ってからは、かなりたっていた。そう一年近く……。きっとあたしが廊下で待ち伏せしたり、わざと道をふさいだりしてたから、根負けしたんだろう。それに、その日はほかにやる女がいなかったんだろう。あたしを口説いて、落とそうとかいうんじゃなく、ただ時間と場所を言われただけだ。でも、それだけで、あたしは裸にされたも同然だった。

あの男はあたしに近づいて「ひと晩だけだ、さっとやるぞ」って言った。それから、こう続けた。「お互い結婚してるから、厄介ごとはごめんだ。ホテルに行く必要もない。ナイトクラブのトイレの中とか、車の後部座席とか、木の幹にもたれてやればいい」

その日、あたしは家に帰ってから、時間をかけて準備した。足の毛を抜いて、ニベアクリームを塗りたくった。顔にはクレイマスクをして(特に大きな鼻には入念に)、脇の下に香水を吹きかけた。

子供たちは女友だちの家に預けて口止めした。その女友だちは、あっちこっちで男と寝ている子で、前にアリバイを作ってやったことがあったから、あたしの不倫もペラペラと話す心配はなかった。

あたしたちは、《小さな岩》で会う約束をしていた。町の出口に壊れたメンヒル（ヨーロッパ先史時代に立てられた巨石記念物）みたいな岩があって、町の人たちはそう呼んでいたんだ。近所の悪ガキたちがそばにある街灯を割っていたので、あたりは暗く、あたしたちにはちょうどよかった。

あの男はバイクでやってきた。ヘルメットをはずしてシートに置いたんで、すぐにまたバイクに乗るつもりだってわかった。長居する気はないようだった。挨拶も交わさなかった。心臓はバクバクするし、新しい靴をはいてきたせいで靴ずれができて、すれたところが水ぶくれになっていた。それでもなんとか、あたしは笑顔を作った。

あの男はいきなりあたしの身体をつかんで、うしろ向きにした。あたしのことは見もしなかった。そのまま下着とストッキングを引きずりおろし、太ももを押しひらいた。愛撫もない。優しい言葉もない。いや、言葉はひとつも発しなかった。だけど、ものすごい気持ちよくて、頭がおかしくなりそうだった。身体が震えはじめた。嵐で揺れる枝のようだった。

あの男は自分で言ってたとおり、さっさとやると、バイクに乗って、行ってしまった。あたしは涙を流した。水ぶくれは破れて、水が出ていた。母さんがいつも言ってたことを思い出した。「愛なんてのは、金持ちのためにあるもんさ。おまえみたいな役立たずのためにあるんじゃないよ」

あたしたちは、それからも何度も《小さな岩》で会った。毎回、あの男はあたしをうしろ向きにして、あたしを見ずにセックスした。モノを突っこんで出し入れして、あたしを絶叫させた。あたしは喉をかき切られる雌豚みたいな声をあげた。歓びと苦痛が混ざった声を……。天国と地獄が混ざった声を……。今、思うと、それは終わりの始まりを告げる声だった。もちろん、あの男は最後まで知らなかったろうけど……。

うなじにかかる、あの男の息……。あたしはそれが大好きだった。もっともっとってせがんだ。ことがすんで、あの男がジッパーをあげている間に、あたしは毎回、「来週もここでまた会える？　同じ時間に……」って訊いた。あの男は毎回、「ＯＫ」って答えた。

次の週、あたしはそこに行った。あたしは、いつも必ずそこに行った。だけど、あの男は、いつも来たわけじゃなかった。来ないこともあった。きっと、ほかで女を抱いてたんだろう。あたしは冷たい小さな岩に寄りかかって、あの男を待った。バイクのヘッドライトが見えるのを、ずっと待ってた……。

そんな関係が数ヵ月続いた。

最後に会った時、あの男は車で来た。ひとりじゃなかった。助手席に知らない男が座ってた。あたしはパニックを起こして、その場から逃げようとした。でも、あの男はあたしの腕を取って、乱暴に締めあげながら、歯の間から絞りだすようにして言った。「ここにいるんだ、動くなよ。おまえはおれのものだからな」って……。そして、あたしにうしろを向かせて、いつものように犯した。あたしはヒイヒイ泣きながら、あの男の好きにさせてた。自分の叫び声が聞こえた。「愛なんてのは、金持ちのためのもんだよ」って言う母さんの声も聞こえた。もうひとりの男は、そばであたしたちがするのを見てたけど、ことが終わると、その男に向かって、あいつが言った。「こいつはおまえのものだ。好きにしろよ」って……。あたしは「嫌だ」って言った。でも、それ以上は抵抗しなかった……。

ふたりが行っちゃったあとも、あたしはずっと岩に手をついたままでいた。下着は足もとにおろされたままだった。あたしは、操り人形みたいに手足をだらりとさせて、口を開いたまま岩に押しあてた。岩は冷たい感触で、生えていた苔の味がした。あたしは血の味だと思った。

そのあと、あたしたち夫婦はふたりの子供を連れて引っ越した。それから、一度もあの男を見たことはなかった。あの悪党を!

誰かがドアを叩いてる。あたしのところに来る人なんかいない。いや、いた。レオニーヌの母親だ。あの女は埋葬に来なかった。裁判にも来なかった。だから、その代わりに何かをしなきゃいられなくなったんだろう。

58

棺の中で死者たちが重くなるのは、腹にためたまま言わなかった言葉のせいだ

――アンリ・ド・モンテルラン

一九九六年六月

二週間に一度、日曜日にサーシャの家に通いはじめてから五カ月がたっていた。

私はサーシャの家を出て、車に乗った。爪の間には、まだ土が残っていた。ダッシュボードには、目指す住所が書かれた紙を置いた。マコンのはずれにある、通称《雌鹿の岩《ラ・ピュッシュ・オ・シャイユ》》と呼ばれる場所だ。けれども、三十分ほど走ったところで道に迷い、行ったり来たりを繰り返して泣きそうになりながら、ようやく目的の家を見つけた。古くて黒ずんだ漆喰塗りの家で、二軒の立派な家の間に挟まれて建っていた。まるで華やかに着飾った両親の間にいる、身なりの貧しい少女のように……。

ドアに取りつけられた郵便受けを見ると、ガムテープにふたりの名前が書いて、貼ってあった。

G・マニャン、A・フォンタネル

心臓がドキドキしはじめ、吐き気がしてきた。

日はすでにかなり傾いていた。ブランシオンに戻るには夜道を走らないといけないと考えて、私は憂鬱《ゆううつ》になった。夜の運転は嫌いだったからだ。緊張に息が詰まりそうになりながら、私はドアを叩いた。何度も繰り返し叩いたので、指が痛くなった。指の先に目をやると、爪の間に残っていた土が見えた。肌は乾いていた。

ドアを開けたのはジュヌヴィエーブ・マニャンだった。でも、サーシャが渡してくれた写真と同一人物だとは思えなかった。知り合いの結婚式で奇妙な帽子をかぶっていた女性と、目の前に現れた女性ではちがいすぎた。おそらく化粧をしていないせいもあるのだろう、マニャンは写真よりもずっと老けて見えた。それに太っていた。肌には、はっきりと年月が刻まれ、目の下には紫色の隈があった。頬の皮膚はかさかさで、赤味を帯びていた。いわゆる酒焼けだ。

「こんにちは。私はヴィオレット・トゥーサンと言います。レオニーヌの母親です。レオニーヌ・トゥーサンの……」私は言った。

娘の名前を出しながら、レオに最後の食事を出したのはこの人なんだろうなと、ふと思った。その瞬間、また血が凍るような思いがした。どうして、私はたった六歳の娘をあの場所に送りだしたのだろう？　どうしてそんなことができたのだろう？　それまで何千回も悔やんで、自分を責めた言葉がまた浮かんできた。

ジュヌヴィエーブ・マニャンは何も言わなかった。顔色ひとつ変えず、私の言葉を聞いていた。まるで全身に鎧をまとっているようだった。笑顔も表情もなく、ただ充血した不快な目を私に向けていた。私は訊いた。

「あの夜——あの火災があった夜、あなたが見たことを教えていただきたいんです」

「なんのために？」

その質問にびっくりして、私はとっさに答えた。

「娘は六歳でした。牛乳を温めに厨房に行ったなんて、信じられないんです」

「だったら、裁判で言えばよかったのに……。どうして言わなかったのさ」

膝ががくがくするのを感じた。

「じゃあ、マニャンさん、あなたは裁判で何を話したんですか？」

「話すことなんか、なんもなかったよ」

そして、「さよなら」とつぶやくと、ドアをバタンと閉めた。まったく取りつくしまもなかった。私は長いことそのままドアの前に立ちつくしていた。息をするのが苦しかった。ペンキのはげたドアとガムテープに書かれたふたりの名前は、今でも目に焼きついている。

車に戻ったあとも、まだ両手が震えていた。スワン・ルテリエと話した時、私は事故の調査報告書にそれまで以上に強い疑念を抱いた。でも、ジュヌヴィエーブ・マニャンと会って、その様子を見ると、その疑念は確信に変わった。ルテリエも怪しければ、マニャンも怪しい。どうして、この人たちは誰も彼も怪しげに見えるのだろう？　それとも、全部私の思い込みなのだろうか？　さもなければ、私の頭がおかしくなっているせいだろうか？　そう思いながら、私はまたステファニーのフィアット・パンダに乗った。


帰り道、街灯の光と闇が繰り返される高速道路を走りながら、私はノートルダム・デ・プレ城のスタッフのことを考えていた。この次、二週間後の日曜には、思い切って城に行ってみようと思った。ブランシオンの墓地からは五キロメートルしか離れていなかったが、その時まで城に行ったことは一度もなかったのだ。前を通るだけの勇気もなかった。マニャンとフォンタネルの家にも、もう一度行こう。話をしてくれるまで、何度だって足でドアを蹴りつづけてやる。そう決心して、私はアクセルを踏みこんだ。

家の前に着いたのは二二時三七分ごろだった。二二時四〇分に通過する列車の遮断機をおろすのに、なんとかぎりぎり間に合った。家に入ると、フィリップ・トゥーサンはソファで眠りこんでいた。私は夫を起こさず、ただ眺めていた。ずっと昔、この人のことを愛していたのだと思いながら……。もし私が十七で髪が短ければ、彼の上に飛び乗って「セックスしようよ」と言っていただろう。でも、あれから私は十一も歳を取ったし、髪も伸びた。

私はベッドに行って横になった。目を閉じたが、眠くならなかった。フィリップ・トゥーサンは夜中にベッドの中に入ってきた。不満そうな声で、「なんだ、帰ってたのかよ」と、ブツブツ文句を言っていた。私は心の中で（そう、帰ってたのよ。よかったでしょう？　じゃなきゃ、二二時四〇分の遮断機を下げる人、いなかったじゃないの）と思いながら、寝たふりをしていた。夫の言うことを聞きたくなかったからだ。夫は私の匂いを強く嗅いでいた。髪にほかの男の匂いがついていないか探っていたのだ。けれども、車の消臭剤の匂いのほかはなんにも感じなかったようで、すぐにいびきをかきはじめた。

夫が寝入ると、私はサーシャが話してくれた種の話を思い出していた。

「ある年、菜園にメロンの種をまいたんだが、まったく芽が出なかった。その次の年も試してみたが、何をしてもだめだった。メロンは芽を出してくれなかったんだ。だからその次の年には、諦めて、残りのメロンの種を鳥の餌にしてまいてやった。ほら、家の裏の、畑から少し離れた場所に。じょうろや熊手が積みかさなっているところがあるだろう？　あそこだよ。そしたら、偶然と言えばいいのか、運命のいたずらと言えばいいのか、種をくわえて運ぶ途中で、その中のひと粒を鳥が落としていったらしい。菜園の真ん中にね。それがわかったのは二週間後のことだ。なんと、畝《うね》と畝の間の通路に、メロンの芽が出ているじゃないか。芽はすくすく伸びて、数カ月後にはきれいな苗になっていた。私はそのままにして、歩く時も、そこをよけて通った。その年はきれいなメロンが二個なった。とても大きくて甘いメロンだった。そして、それから毎年、メロンの実はなった。一個、二個、三個、四個、五個……。どんどん数を増やしてね」

そう言うと、サーシャはひと口、お茶を飲んだあと、話を締めくくった。

「このメロンは天からの贈り物だ。わかるだろう？　それが自然というものだ。決めるのは、自然なのだよ……」

私はその言葉を頭のなかで反芻しながら、眠りについた。

その夜、私は夢を見た。昔の思い出だ。私はレオニーヌを幼稚園に連れていった。あれは年少さんから年中さんになった新学期の最初の頃のことだ。私たちは手をつないで廊下を歩いていた。すると、突然、レオが「もうあたし、大きいもん」と言って、私の手を振りはらって、教室に飛びこんでいった。でも、それは隣のクラスで、あとを追って、私がそのクラスに入ると、そこには保育補助の人がいて……。

私は叫び声をあげて、飛びおきた。

「あの人、知ってる！　前に見た！」

フィリップ・トゥーサンがベッドランプをつけた。

「なんだ？　どうした？」

夫は目をこすると、何かに取り憑かれたのかというような目で私を見た。

「私、あの人、知ってる！　幼稚園で保育補助をしていた人よ！　レオニーヌのクラスじゃなくて、隣のクラスで！」

「なんのことだよ？」

「あの人に会ったの。墓地からの帰りに、ジュヌヴィエーブ・マニャンの家に寄ったのよ」

フィリップ・トゥーサンの顔が引きつった。

「……なんだって？」

私ははっとして、目を伏せた。

「私、知りたかったの……。あの夜、何があったのか……。ノートルダム・デ・プレのお城にいた人たちに会って、話を聞きたくて……」

夫は起きあがると、ベッドを回って私の側に来た。そして、両手で私の首を締めあげて、怒鳴りはじめた。そのまま身体を持ちあげられて、私は息ができなくなった。

「いい加減にしろよ！　くそっ！　おまえのやってることには、もう我慢できない。二週間に一回、墓参りに行くだけでもうんざりなのに、よけいなことしやがって！　いいか、もうブランシオンには行かせないからな！　それでも行くって言うなら、どこかに閉じこめてやる！　二度とあそこには行くな！　わかったな！」

それまで、夫は私に暴力をふるったことはなかった。確かに、一緒に暮らした数年で、フィリップ・トゥーサンは私を深い孤独と絶望に突きおとした。一緒にいるのは、私でなくてもよいと、はっきり思い知らされたからだ。遮断機を上げ下げし、掃除や買い物、食事の世話をしてくれて、ベッドの左側に寝てくれれば誰でもいい。別に私でなくても……。夫は私を自分の付属物として扱っていた。

でも、私に手をあげたり、脅したりすることはなかった。夫がそれをした日、私は自分を取り戻した。私は私になったのだ。

翌朝、私はステファニーに車の鍵を返しにいった。月曜日はスーパーの定休日だったので、直接、部屋に行った。部屋は大通りにある建物の二階にあった。ステファニーはそこにひとりで住んでいた。私を中に入れると、ステファニーは脚付きのコーヒーカップにコーヒーを淹れて出してくれた。トップモデルのクラウディア・シファーの顔がプリントされたロングTシャツを着ていて、「月曜日は外に出ないの。家事をしてるんだ」と言った。トップモデルの顔の上に、ステファニーの丸顔が乗っているのはおかしな感じだった。でも、そのステファニーの顔を見て、私は胸がいっぱいになり、涙が出そうになった。

「ガソリンは満タンにしておいたから」

「ああ、うん。ありがとう」

「今日はよい天気になるみたい」

「ああ、うん。そうだね」

「このコーヒー、おいしいね。実は、私、夫にもうブランシオンの墓地には行くなって、言われてしまったの」

「ああ、でも、それはひどいよね。自分の子供のお墓に行っちゃいけないなんて……」

「私もひどいと思う。ともかく、今までありがとう」

「いや、別にたいしたことじゃないよ」

「ううん、たいしたことよ。とっても助かったもの」

私はステファニーを両腕に抱きしめた。ステファニーは固まっていた。まるで、今まで誰かに親愛の情を表されたことなどないように、目と口をいつも以上に丸くしていた。顔に円盤が三つ張りついているみたいだった。いつも優しくて、親切で、レオニーヌを失った私に心から同情してくれて……。どうして、こんな人がいるのだろう？　私にとって、ステファニーは謎の人だった。《カジノ》の宇宙人だ、きっとこれからもずっと謎だろう。私は、腕をだらんと下げて居間の真ん中に突っ立っているステファニーをそのままにして、彼女の家をあとにした。

大通りに出ると、今度は幼稚園に向かって歩きはじめた。デイブが歌う「スワン家のほうへ」という曲が頭をよぎった。マルセル・プルーストの小説『失われた時を求めて』の第一篇『スワン家のほうへ』を題材にした歌だ。私も時間を過去に巻き戻しながら、毎朝レオと歩いた道を進んだ。あの頃、レオの鞄の中には、教科書よりもタッパーウェアが大きな場所を取っていた。私がいつも大量のおやつを持たせていたからだ。それは私のこだわりと言ってもよかった。里親に預けられていた時、おやつが少なくて、淋しい思いをしたせいだ。学校の遠足がある時、ほかの子供たちは丸パンのサンドイッチのほかに、チップスやチョコレートバー、キャンディーや炭酸飲料などをリュックサックに詰めてきて、車の中で交換して楽しんでいた。私のリュックには簡単なサンドイッチや飲み物は入っていたが、おやつの袋にはみんなと交換できるような楽しいお菓子はひとつも入っていなかった。そのくらいでちょうどよいのだ。「施設の女の子たちはほんの少しのことで満足する」のだから……。だけど、私が悲しかったのは、おやつが少ないことではなく、友だちと交換できないことだった。だから、自分の娘には、友だちとおやつを交換する経験をさせてやりたかったのだ。

幼稚園の園庭に入った時、私の心を乱したのは子供たちの姿ではなく、食堂から漂ってきて廊下に充満している給食の匂いだった。ちょうど昼時で、その時間、いつもレオニーヌを迎えにきていたことを思い出したのだ。レオはよく言っていた。「幼稚園の給食って、いい匂いじゃないでしょ。あたし、お家のごはんで嬉しいな」と……。

幼稚園は活気にあふれていた。だから、墓地に入るよりも辛かった。ブランシオンの墓地にいれば、娘は死者たちの中の死者にすぎない。けれども、幼稚園では生者たちの中の死者になってしまうのだ。もちろん、レオニーヌと一緒のクラスだった子供たちがそこにいたわけではない。その子供たちは娘と一緒に幼稚園を卒園して、今は小学校四年生になっているはずだ。レオが永遠になることができなかった小学校四年生に……。

私は廊下を進んでいった。レオニーヌとつないでいた手は何もつかむものがなく、たれさがってい る。そうだ、あの時もレオは私と手をつなぐのを嫌がって、振りほどいていったのだ。上の子がいるお母さんが、毎年、子供が大きくなると、少しずつ子供を失うような気がすると言っていたけど、子供が成長するというのはそういうことだ。でも、サマースクールに入れると、一気に失うこともある。

幼稚園の年少さんと年中さんのクラスの担任は、クレール・ベルティエ先生だった。レオニーヌは、「マドモワゼル・クレール」と呼んでいた。教室に入っていくと、子供たちの描いた絵を見ていた先生が顔をあげて、私を見つめた。先生は青ざめた顔をしていた。娘が卒園してからは一度も会っていなかったけれど、事件のことは新聞やテレビのニュースで知っていたのだろう。

私はひさしぶりにこの反応を体験した。子供が死ぬと、ちょっとした知り合いや近所の人たちは、その親を避ける。なんと言っていいかわからないからだ。町でこちらを見かけたりすると、目を伏せて、そそくさと通りぬけるか、すれちがう前に角を曲がってしまう。子供が死ぬと、親も死んだような扱いを受けるのだ。

でも、この場合は逃げようがなかった。丁寧に挨拶を交わしたあと、私は先生が何か言う前に、ジュヌヴィエーブ・マニャンの写真を見せて、尋ねた。知り合いの結婚式で、奇妙な帽子をかぶっている写真を見せて……。

「この人、ご存じですか？」

予想外の質問に驚いたのか、クレール先生は眉をひそめて写真を見ていたが、知らないと答えた。私は食いさがった。

「この人、ここで働いていたと思うんです」

「ここで？　この幼稚園でですか？」

「はい。隣のクラスで」

クレール先生はきれいな緑色の目をもう一度写真に向けて、さっきよりも時間をかけてじっくりとジュヌヴィエーヴ・マニャンの顔を眺めた。

「ああ……思い出したかもしれません。ピオレ先生のクラスにいた人じゃなかったかしら？　年度の途中から来て、次の年度の途中には辞めてしまったけれど……」

「そうですか。ありがとう」

「なぜ、私に写真を見せたのですか？　その女性を探していらっしゃるの？」

「いいえ。住んでいるところは知っています」

先生は私に微笑んだ。それはかわいそうな人――病人や孤児や未亡人、頭のおかしい人、そして、〈子供を失った母親〉に向けるような微笑みだった。

「ありがとう。さようなら」私は幼稚園をあとにした。

59

樹は倒れて初めて、その大きさがわかる

（ことわざ）

私はナイトテーブルの引き出しにイレーヌ・ファヨールの日記をしまっていた。

イレーヌは二〇〇九年から二〇一五年の間、ガブリエルの墓参りのために時々私の墓地に来ていた。その頃、日記に綴られていたのは、天気のこと、ガブリエルのこと、ガブリエルの近くの墓のこと、鉢植えの花、そして私のことだった。

ジュリアンは、母親が〈墓地の女性〉のことを書いているページに、色のついた紙を挟んでくれていた。まるで、私の記述に花でも添えるように……。私は色紙が挟まれたページをいきあたりばったりに開いて読んでみた。すぐに、シュテファン・ツヴァイクの小説『見知らぬ女の手紙』を思い出した。自分のことを長いこと思いつづけてきた知らない女から、手紙を受け取った男の話だ。

二〇一〇年一月三日

今日、墓地の女性の様子から、彼女が泣いていたことに気づいた。

二〇〇九年十月六日

墓地を出るときに、管理人の女性とすれちがった。彼女は微笑んでいた。墓掘り人と、犬と二匹の猫が一緒だった……。

二〇一三年七月六日

墓地の女性はしょっちゅう墓の掃除をしている。自分の仕事ではないだろうに……。

二〇一五年九月二十八日

墓地の女性とすれちがった。私に微笑みかけてくれたが、どこか上の空だった。

二〇一一年四月七日

今日、墓地の女性のご主人が失踪していたことを知った。

二〇一二年九月三日

墓地の女性の家は、鎧戸が閉まり、ドアには鍵がかかっていた。墓掘り人に理由を聞いたら、管理人は九月三日とクリスマスの日は、誰とも会いたくないのだと言われた。夏の休暇以外で彼女が休みを取るのは、唯一その二日だけらしい。

二〇一二年六月七日

墓地の女性は、埋葬記録をつけていて、弔辞もすべて記録しているということだ。ほんとうだろうか?

二〇一三年八月十日

墓地の女性は休暇を過ごしにいったということだ。花を買いに管理人の家に寄ったら、代わりの人が教えてくれた。行く先はマルセイユ。だったら、これまでに町のどこかですれちがっていたかもしれない。

いくつか読めない単語もあった。イレーヌの字は、医者が処方箋に書く薬の名前みたいに読みにくかったから……。ボールペンで小さな虫の足を描くような文字だった。

色紙が挟まれていないページを開いた時は、こっそりイレーヌの部屋に入って、引き出しの中身を盗み見ているような気分だった。ジュリアンがフィリップ・トゥーサンの居場所を探した時も、同じような気分だったにちがいない。

それでも、ほかのページを開いたのは、イレーヌとガブリエル・プリュダンのことが気になったからだ。ふたりがエクスのホテルで一夜を過ごした続きが知りたかった。

＊　＊　＊

ガブリエル・プリュダンとイレーヌ・ファヨールは〈青の部屋〉で愛の一夜を過ごしたが、ホテルを出たのは別々だった。

昼の十二時までに部屋を出なくてはならなかったが、ガブリエルは受付に電話して、滞在を一日延長すると伝えた。そして、煙草を吸いながら、イレーヌの身体を指先で優しく撫でて、つぶやいた。

「そう、あと一日……。ここを出る前に酒を抜かないといけないからね。完全に酔いを覚まさなくては……。特に、あなたに対する酔いを……」

イレーヌはその言葉を悪く取った。ガブリエルが「ここから出る前に、あなたに対する気持ちも冷ましたい」と言おうとしているのだと思ってしまったのだ。

イレーヌは起きあがり、シャワーを浴びて服を着た。結婚してから、外泊したのは初めてだった。浴室から出ると、ガブリエルは眠りかけていた。灰皿の中で、きちんと消されなかった吸い殻から煙が出ていた。

イレーヌは冷蔵庫のミニバーから水のボトルを取り出して飲んだ。すると、ガブリエルが目を覚まして、イレーヌを見た。彼女はもうコートを着ていた。

「もう少し一緒にいてくれませんか」ガブリエルは言った。

イレーヌは手の甲で口をぬぐった。ガブリエルは彼女のその仕草が好きだった。彼女の肌、彼女のまなざし、黒いゴムでまとめた髪も……。

「いいえ」イレーヌは答えた。「もう長くいすぎたくらいです。昨日の朝にはエクスを出ていたはずなんですから……。花を配達して、すぐに帰ることになっていたんです。夫は、私が失踪したと思って通報しているにちがいありません」

「失踪したいとは思いませんか？」

「いいえ」

「ぼくといらっしゃいよ。一緒に暮らしましょう」

「私は結婚しているし、息子もいます」

「離婚しなさい。息子さんも連れてくればいい。ぼくは子供の扱いはわりとうまいほうですよ」

「離婚って、そんなふうに簡単にするものじゃないでしょう？　そんな、魔法の杖をひと振りするみたいに……。あなたにかかると、なんでも簡単なことのように思えます」

「だって、簡単なことなんですよ」

「あなたの元奥様は、あなたが捨てたから亡くなったのでしょう？　私は、夫の葬儀に行きたくありません」

「急にどうしたんです？　ずいぶんとつっかかるような言い方をしますね」

イレーヌはハンドバッグを探し、中に車のキーが入っていることを確認した。

「現実的だと言ってください。普通はあなたのように、簡単に誰かを捨てたりはしません。でも、あなたにはそれができる。簡単に捨てて、また別の場所で別の誰かとやりなおすんです。相手の気持ちとか、悲しみとか、そんなことは気にもしないで……。あなたがそれでいいと言うなら、それでいいんじゃないですか？　あなたの勝手です」

「人生は、人それぞれです」

「でも、ほかの人の人生だって考えるべきです」

「知っていますよ。ぼくは法廷でほかの人の人生を守っていますからね」

「あなたが守っているのは赤の他人の人生でしょう？　あなたが知らない人たちの人生です。あなたの大切な人たちの人生ではありません。そんなの、ほとんど……簡単じゃないですか」

「たったひと晩、愛を交わしただけだというのに、もう相手に対する非難が始まってしまうのですか？　少し早すぎませんか？」

「傷ついたんですか？　しかたがありません。ほんとうのことなんですから……。真実は人を傷つけるのです」

するとと、ガブリエルはまるで法廷で主張をするように、声を張りあげた。

「ぼくは真実を憎みます！　真実など、存在しません！　神のようなものだ。真実とは、人間が作りだしたものなのです！」

イレーヌは、「そうでしょうね」とでも言うように、肩をすくめた。そして、実際に言った。

「あなたなら、そう言うでしょうね。別に驚きません」

ガブリエルは悲しそうにイレーヌを見て、答えた。

「なるほど、ぼくはもうあなたを驚かせることもできなくなってしまったということか」

イレーヌはうなずいた。そして、わずかに笑みを浮かべると、さよならも言わずに部屋を出た。ドアをバタンと閉めて……。

階段を三階分、下に降りて、外に出ると、イレーヌは営業用のバンを探した。前日、どこに駐車したのか思い出せなかった。大きな通り沿いに、車はなかった。〈冬の最終セール〉と書かれたショーウィンドウの前を通りすぎた時、イレーヌは今すぐ部屋に戻ってガブリエルの腕の中に飛びこみたいという衝動に駆られた。けれども、そこでふとショーウィンドウの脇の道を見た時、突きあたりにバンがとまっているのを見つけた。急いでいたせいか、車輪が歩道にまたがっていた。一刻も早くふたりきりになりたくて、ほかのことはどうでもよかったのだろう。

でも、帰らなければいけない。ポールとジュリアンのもとに……。イレーヌは車に乗った。

営業用のバンの中は、冷えた煙草の臭いがした。外は寒かったが、イレーヌは大きく窓を開けた。マルセイユまで走りつづけ、バラ園には寄らずに、まっすぐ家に帰った。

ポールはイレーヌを待っていた。ドアを開けると、「イレーヌ？　君かい？」と、ほとんど叫ぶような声が聞こえた。きっと頭がおかしくなるほど、心配していたのだろう。でも、警察には届けていなかった。ポールの気持ちはわかっていた。いつか自分の妻が突然消えてしまうかもしれないと、いつも不安を感じているのだ。私がポールには何も打ち明けないから……。イレーヌは思った。無口で美しすぎる妻――ポールは私のことをそう思っているのだ。

イレーヌはポールに謝った。墓地に行ったら、家族に見捨てられたやもめがいて、話を聞いてあげているうちに、いろいろと面倒を見ることになったのだと言って……。

「いろいろって、どういうことだい？」

「いろいろはいろいろよ」

ポールはそれ以上、何も訊かなかった。いつもそうだ。ポールは決して質問をしない。彼にとって、たぶん、質問をすることは過去を振りかえることだからだろう。ポールは今を生きることを好んだ。

「次は、電話してくれよ」

「ごはんは食べた?」

「いいや」

「ジュリアンは?」

「学校だ」

「お腹、空いてる?」

「うん」

「パスタ、作るわ」

「わかった」

イレーヌはポールに微笑みかけ、キッチンに行った。片手鍋を取り出し、水を入れて塩とハーブを加え、火にかけた。昨日、ガブリエルと食べたパスタのことを思い出した。彼としたセックスのことも思い出した。

ポールがキッチンに入ってきて、イレーヌを背中から抱きしめ、首筋にキスをした。

イレーヌは目を閉じた。

60

思い出は決して死なない、ただ眠るだけだ

（墓碑に使われる言葉）

一九九六年六月　ジュヌヴィエーブ・マニャンの話

あたしはそんなに頭がよくないけど、何かが起きる確率っていうのは知ってる。マルグランジュ＝シュル＝ナンシーなんていう、ちっぽけな町で、たった二年働いただけなのに、そこで知ってたガキに、辞めてから二年後に会う確率なんて、めったにない。しかも、そのあとで、あんなことが起きるなんて……。よっぽどの偶然じゃなきゃ、起きるはずがない。でも、そいつは起きちまったんだ。

あの日はまず、パリからのガキどもを乗せたミニバスが城にやってきた。みんな女のガキだ。髪を束ねたのもいたし、お下げにしてたのもいた。花柄のワンピースを着て、たくさんの鞄を持って……。ゲロを吐いた袋を持って、青ざめた顔をしてた子もいたが、ほとんどは大喜びで叫び声をあげてた。甲高いおしゃべり声、きゃあきゃあさえずる声。知った顔も見える。去年も参加した子供たちだ。車で来る予定の子供は四人だった。カレーからふたりと、ナンシーからふたり。六歳から九歳までの雌ガキども……。

あたしは女のガキがどうしても好きになれなかった。妹たちのことを思い出すからだ。嫌でたまら

ない。ありがたいことに、あたしの子供は、ふたりとも元気な男の子だった。男の子はきゃあきゃあ騒ぐことがないからいい。殴りあいの喧嘩をすることはあるが、女の子のようにピイピイ泣きわめくことはない。

あとから来た車から降りてきた子供は、車酔いで顔が青くなってた。その時は、似てるガキがいると思っただけだった。偶然の確率なんて考えもしなかった。まさか、あの〈悪党〉の娘がやってくるとは思わないから……。他人の空似に決まってる、ジュヌヴィエーブ、あんた、あんたイカレちまったんじゃないの？　何を見ても、あいつに結びつけるなんてさ。あたしは自分に言った。それに、サマースクールなんて、金持ちの娘が来るとこだ。あんな貧乏人の娘が参加するはずがないって……。

全員が到着すると、あたしはクレープを作るために厨房に行った。ガキどもは食堂に連れていかれた。テーブルには水を入れたピッチャーとグレナデン・シロップが用意されてた。山盛りの甘いクレープを出すと、ガキどもはガツガツ食べた。

女ボスが点呼を始めた。あのガキが名前を呼ばれて「はい」って答えたのを聞いた時、あたしは気絶しそうになった。ガキの名前がトゥーサンだったからだ。

あたしの様子に気づいたインストラクターのひとりが、冷たい水を持ってきてくれた。「ジュヌヴィエーブ、気分でも悪いの？　暑さのせい？」

そう訊かれて、あたしは答えた。

「たぶんね。暑さにやられたみたい」って……。

でも、もちろん、暑さのせいなんかじゃない。悪魔のせいだ。その時まで、あたしは悪魔がいるなんて信じちゃいなかった。でも、いたんだね。あたしは思わず、悪魔に脱帽した。

帽子なんて持ってなかったけどさ。あたしの家じゃ、帽子なんてめったにかぶったことなかったから……。

「帽子なんてのは、金持ちのためのもんだ」ってことも、母さんは平手打ちの合間に言ってたっけ。ガキは父親に瓜二つだった。クレープを頬ばるガキを見ながら、あたしは最後の時のことを思い出した。口の中に血の味がよみがえってきた。最後にあの男を見てから二年がたってたけど、いつでも頭から離れなかった。時々、夜中に汗びっしょりかいて目が覚めることがあった。彼が欲しかった。同時に、恨んでもいた。仕返ししてやりたかった。死ぬほど辛い目にあわせてやりたかった。あの男があたしにしたように……。

食事が終わると、ガキどもは外に遊びにいき、あたしはテーブルを片づけた。天気がよかったんで、窓を開けて見ると、あのガキは、大喜びで笑い声をあげながら、ほかのガキどもと走りまわったりしてた。このまま一週間もここで仕事はできそうにないと思った。あのガキを見てたら、あの男のことを思い出す。七日間もここで、朝昼晩とあのガキに食事を出しながら、あの男のことを考えるなんて耐えられない。仮病を使うしかないだろうと……。だけど、あたしにはあの仕事が必要だった。亭主の給料と併せて、城からもらう金で、なんとか生活してたんだから……。シーズンの途中で放りなげたりしたら、二度と雇ってもらえなくなる。実際、七月と八月は死なないかぎり休ませないと、女ボスが言っていた。まったく、意地悪な女だったよ。あの女ボスは……。そんなわけで、あたしはそのまま働きつづけるしかなかった。

じゃあ、どうする？　あたしは考えた。階段であのガキの足をひっかけて、骨折でもさせてやろうか。そうすればすぐに父親の家に戻されるだろう。誰にも知られないように、送り主に送り返してやればいい。ワンピースに、《あたしの最悪の思い出とともに》とでもメッセージを貼りつけて……。そんなことをあたしは真剣に考えた。

夕方になっても、あたしはまだ気分がすぐれなかった。亭主のフォンタネルに、「おい太っちょ、具合でも悪いのかよ」って訊かれたくらいだ。あたしは「黙りな」って答えたけど、やっぱり調子は悪かった。ふらつく足で、あたしは夕飯のテーブルの用意を始めた。テーブルに二十四枚のランチョンマットを敷いて、トマトサラダ、魚のフライ、ピラフ、それにデザートのカスタードクリームをのせていく――この仕事は亭主も手伝ってくれた。

配膳がすむと、亭主はにやにや笑いながら、窓から顔を出し、ガキと遊んでいるインストラクターの若いふたりの女を、物欲しそうな目で眺めていた。ガキどもは《1《アン》、2《ドゥー》、3《トロワ》、太陽《ソレイユ》（だるまさんがころんだ）》をやって遊んでた。

ガキどもの声が響きわたってた。

アン、ドゥー、トロワ、ソレイユ！

61

もし天がこんなに高くなければ、今も君は私たちのそばにいるのに

（墓碑に使われる言葉）

一九九七年八月、私が夫と一緒に墓地に引っ越してきた時、サーシャはもう家を離れていた。いつものように、ドアは開いていていた。サーシャは、テーブルの上に鍵と私たちに宛てたメモを残していた。メモには歓迎の言葉と、お湯のタンクと給水管と電気メーターの位置、そして予備の電球とヒューズの置き場所が書いてあった。

台所の棚にあったお茶の缶は全部なくなっていた。二階の部屋も空っぽで、家の中はきれいに掃除されていた。サーシャのいない家は魂を抜かれたようで、とても悲しい空間になっていた――まるで初めての恋人に捨てられた少女のように……。

菜園に行ってみると、前日に水をやったのだとわかった。

夜になってから、私たちが無事に到着したかを確認しに、町役場の墓地管理主任がやってきた。でも、サーシャがどこにいるのかは知らなかった。町を出たかどうかもわからなかった。

着任してからしばらくは、サーシャの治療を受けていた人たちが家にやってきた。みんなサーシャが辞めたことを知らなかったのだ。

サーシャは誰にも別れを告げずに立ち去っていた。

＊　＊　＊

教会の鐘が鳴っている。今日は日曜日だ。日曜日には、葬儀は行われない。生者を導くためのミサが行われるだけだ。

日曜の昼は、たいてい、エルヴィスが食事をしにくることになっている。〈修道女《ルリジューズ》〉という名前のバニラのシュー菓子をデザートに買ってきてくれるので、私はマッシュルームのペンネを作る。摘みとったばかりのパセリを少し散らせば、絶品の一皿になる。テーブルには、トマトやラディッシュ、インゲン豆のサラダなど、その時期に菜園で採れる野菜も並んだ。

エルヴィスはあまりしゃべらないが、私は気にしない。私たちには会話は必要なかったからだ。エルヴィスは私と同じような生い立ちだった。マコンの施設で育った孤児で、十二歳の時にブランシオン＝アン＝シャロンの農家に引き取られた。農家は村の入口にあったが、今ではすっかり廃墟と化している。

エルヴィスが預けられた一家の人々は、もうずいぶん前にみんな死んで、この墓地に埋葬されていた。エルヴィスは決して一家の墓には近寄らなかった。養父のことを今でも怖がっているのだ。養父のエミリアン・フーリエー（一九〇九―一九八三）は、動くものならなんでも殴るという乱暴な男だったらしい。墓所のまわりの通路は掃除もされずに荒れていた。エルヴィスは絶対にあの墓には入りたくないと言って、「そうならないようにする」と私に約束させた。エルヴィスには少年のようなところがあったが、実はもうすぐ年金をもらうような年だった（母親の愛情を知らずに育った男の子というのは、いくつになっても少年のような雰囲気を持っているものだ)。けれども、私のほうが若いからといって、エルヴィスよりも長生きするという保証はない。そこで、ルッチーニ兄弟の店で葬儀契約を結ばせた。契約書には、死んだらひとりだけの墓に入ること、墓碑にはエルヴィス・プレスリーの写真をはめて、《いつもぼくの心に《オールウェイズ・オン・マイ・マインド》》と金色の文字で刻むことが明記してある。

エルヴィスの給料の管理と、役所に出す書類などの記入は、私とノノがやっていた。エルヴィスの本名はエリック・デルピエールだったが、誰かがその名前で呼んでいるのは一度も聞いたことがない。ブランシオンの住民は誰も知らないのだと思う。エリック・デルピエールはずっと芸名のエルヴィスで生きてきたのだ。エルヴィス・プレスリーの虜《とりこ》になったのは八歳の時だったそうだ。宗教にのめりこむ人がいるように、エルヴィスはプレスリーにのめりこんだ。それとも、プレスリーがエルヴィスに取り憑いたと言うべきだろうか。まるで祈りの言葉のように、プレスリーの歌はエルヴィスの身体の中に染みこみ、そのまま根をおろした。セドリック神父が「天にまします我らが父よ……」と主の祈りを暗唱するように、エルヴィスは「ラブ・ミー・テンダー」を歌った。けれども、私の知るかぎり、エルヴィスが誰かに恋をしていたことはなかった。ノノも知らなかった。

エルヴィスはまだ来ていなかった。私は昼食の準備のため、調味料の戸棚を開けて乾燥ローリエを探していた。と、オリーブオイルとバルサミコ酢の間に、サーシャの手紙を見つけた。私が入れておいたものだ。私は家のあちらこちらにサーシャの手紙を隠している。隠したことを忘れて、今のように偶然見つけることができるようにだ。その手紙は、一九九七年三月の日付のものだった。

親愛なるヴィオレット

私の菜園は、墓地よりも悲しいものになってしまったよ。毎日、畑で小さな埋葬が行われているよ

うな気がしている。

君にまた会うためには、どうしたらいいかね？　君を列車に押し込んで誘拐する計画を立てればいいかね？

ひと月にたった二回の日曜日だ。君の夫にそれほど負担をかけたわけでもあるまい。妻が子供に会いにいくのを許してやるくらい、難しいことではないだろうに……。

それにしても、どうして君は夫の言うことに従うのだね？　時には、反抗することも必要だとは思わないのかい？　君がいなくては、誰が私の新しいトマトの苗の世話をしてくれるのだろう？

昨日、ゴルドンさんの奥さんが帯状疱疹の治療に来た。帰りには笑顔になっていたが、「どうお礼をしたらいいのか」と言われて、私は思わず「ヴィオレットを連れてきてください」と言いそうになったよ。

今、私はニンジンの苗を育てているところだ。陶器の植木鉢に種を植えて、居間に並べてある。お茶の缶の横の、窓ガラスのすぐ前のところだ。晴れた日には、太陽の光が直接当たる。暖かいと芽が出るのが早いからね。暖かさに勝るものはないよ。暖炉の煙突の前に置くのが理想的なのだが、残念ながら、私の小さな家には暖炉がない（だから、サンタクロースはうちに一度も来ないのだな）。

タマネギやエシャロット、インゲン豆なんかは、種をそのまま土にまけばいいが、ニンジンには注意が必要だよ。ニンジンの芽が出て十分に育ったら、キャノピーの下の土に植え替えるのだ。理論上はね。だけど、毎年五月十一日から五月十五日までの〈氷の聖人たちの祝日〉には寒の戻りがあることを、決して忘れてはいけないよ。そこで何をするかで、すべてが決まるのだ。もし若芽を保護したいなら、植木鉢に入れたままで土の上に置いて、夜の間は上に薄いラップをかけておくといい。そして、寒の戻りがすんでから植え替えをしなさい。

早く戻っておいで。サンタクロースの真似はしないでおくれ。
ありったけの友情をこめて。

サーシャ

その時、ドアにノックの音がして、エルヴィスが入ってきた。手に持っている白い包みは、いつものバニラの〈ルリジューズ〉だろう。私はサーシャの手紙を折りたたんで、置いてあった場所に戻した。しばらくして忘れた頃に、また偶然見つけることができるように……。

「元気？　エルヴィス」

「ヴィオレット、お客さんだよ。『フィリップ・トゥーサンの奥さんを探してる』っていう女の人が来てるよ」

背筋が凍った。エルヴィスのうしろに人影が見えて、女性が家に入ってきた。黙ったままで、じっと私を見ている。女性は、家の中をぐるりと見まわして、また私を見つめた。泣きはらした目で……。きっと、すごく泣いたんだろう。ひどく泣いた人たちを見るのには慣れていた。泣いたのが数日前のことだったとしても、私にはすぐわかった。

エルヴィスが両手で腿を叩きながらエリアーヌを呼び、一緒に外に出ていった。まるでエリアーヌを守ろうとしているみたいだ。犬はエルヴィスと散歩に行くのに慣れていたから、喜んであとについていった。

家の中に、私と彼女が残された。先に口を開いたのは彼女だった。

「私が誰だかご存じ？」

「フランソワーズ・ペルティエさんでしょう？」

「どうして私がここに来たのかわかりますか？」

「いいえ」

涙をこらえるためだろう、彼女は大きく息を吸ってから、私に訊いてきた。

「最近、フィリップに会いましたか？」

「ええ」

彼女は平手打ちを食らったような顔をした。

「……あの人、何しにここに来たんです？」

「手紙を返しに……」

彼女は気分が悪そうだった。顔は青ざめ、額に大粒の汗が浮かんでいる。彼女は一ミリメートルもその場を動かなかったが、濃いブルーの瞳には激しい嵐が渦まいていた。両手をきつく握りしめている。おそらく、爪が肉に食いこんでいるだろう。

「どうぞ、お座りください」私は椅子を勧めた。

彼女はかすかに感謝の笑みを浮かべ、椅子を引いて座った。私は大きなコップに水を入れて彼女の前に置いた。

「……どんな手紙ですか？」

「私が弁護士に頼んで、ブロンのあなたの家に送らせた、離婚請求の手紙です」

私の答えに、彼女はほっとしたようだった。そして言った。

「フィリップは、もう二度とあなたの話は聞きたくないと言っていました」

「私だってそうです」

「あなたのせいで、自分はおかしくなったのだと言っていました。この場所、この墓地が大嫌いだったと」

「……」

「どうしてフィリップが出ていったあとも、ここに残ったの？　どうして引っ越さなかったんですか？　人生をやりなおすこともできたでしょう？」

「……」

「あなたはまだ若いし、そんなにきれいなのに」

「……」

そう言うと、フランソワーズ・ペルティエは一気に水を飲んだ。全身が震えている。彼女の動作のひとつひとつが、何かに押さえつけられているかのように、ひどくゆっくりして見えた。愛する人が死ぬと、残された片割れのほうは、何もかもすることが緩慢になるものだ。私が水のお替わりを出すと、彼女はまたありがとうと言うように、かすかに微笑んだ。でも、とても辛そうだった。

やがて、彼女が口を開いた。私に聞かせるというよりは、まるで独り言をつぶやいているような感じで……。彼女は、フィリップ・トゥーサンとのことを語りはじめた。


「私が初めてフィリップを見たのは一九七〇年、あの子の初聖体拝領（カトリック信者になる儀式）の日でした。フィリップは十二歳で、私は十九歳でした。シャルルヴィル＝メジエールの教会で、初聖体拝領の子供がまとう白い長衣を着て、首に木の十字架を下げていたけど、あんなに長衣が似合わない子って初めて見ましたよ。誰が見たって、〈良家の子息〉には見えないわねって心の中で思ったこと、今でも覚えています。ミサのワインを飲みほして、隠れて煙草を吸うようなタイプだと思いました。

私はリュック・ペルティエと婚約したばかりでした。リュックというのは、フィリップのお母さん、シャンタル・トゥーサンの弟です。どうして、私がフィリップの初聖体拝領に行ったかというと、リュックから懇願されたのです。初聖体拝領のミサとお祝いのランチに一緒に来てほしいと……。リュックは甥っ子のフィリップが大好きだったけど、お姉さんのシャンタルや義兄のトゥーサンとはまったくソリが合わなかったから、ひとりで行くのは気が進まなかったのね。姉と義兄のことは、いつも傲慢なやつらだって言っていました。案の定、うんざりするような一日になりました。フィリップがプレゼントを全部開けるのを見届けて、十五時にはもう帰ってきてしまったわ。シャンタルは一日中、私のことを悪意に満ちた目で見てた。自分の弟が若い娘と関係を持ったのが許せなかったんでしょうね。私はリュックより三十も若かったから……。

同じ年に、私たちはリヨンで結婚式を挙げました。フィリップは両親と一緒に結婚式に来たけど、結局、フィリップの両親には恨まれることになりました。あの子は大人が飲み残したワインを片っぱしから飲みほして、酔っ払っちゃったの。ダンスが始まる頃にはベロンベロンになってて、私の口にキスをして『愛してるぜ、おばさん!』って大声で言ったもんだから、招待客はみんな笑っていました。そのあとは、ひと晩中ずっとトイレにこもって吐いてたわ。シャンタルはトイレのドアの前に立って、『かわいそうに……。うちの息子、もう一週間も前から消化不良だったのよ』って、トイレに来る人たちにいちいち言い訳をしていました。シャンタルは、いつも息子をかばっていましたからね。どんな犠牲を払ってでも……。

フィリップは面白い子で、ずいぶん私を笑わせてくれました。私はあの子のきれいな顔が大好きでした……。

結婚後、リュックと私はブロンで修理工場を開きました。最初は修理とかオイル交換、メンテナンス、塗装だけだったけど、それからカーディーラーも始めました。ビジネスは順風満帆でした。私たちは一生懸命働いたけど、辛いと感じたことはありませんでした。ええ、まったくなかったの。それで、結婚式から二年がたった頃に、リュックがフィリップを私たちの家に招待したんです。学校が夏休みの間、遊びにおいでって……。私たちは修理工場から二十キロメートルほどの田舎の家に住んでいたので、そこならバカンスを過ごしやすいかと考えて……。リュックはいつもあの子のことを、『フィリップのチビ』と呼んで可愛がっていました。

フィリップは十四歳の誕生日を私たちの家で迎えました。一緒にお祝いをして、リュックが五〇ccのスクーターをプレゼントしたの。フィリップは泣いて喜んでたわ。だけど、そのせいで、リュックとシャンタルは決定的に仲たがいすることになってしまったんです。シャンタルは電話でリュックのことをさんざん罵りました。ありとあらゆる言葉を使ってね……。いったいどんな権利があって自分の息子にスクーターを贈ったりするんだ。危ないじゃないか。フィリップが死ねばいいと思ってるんだろうって……。そして、『おまえは子供も作れない役立たずだから!』って、そう言ったんです……。確かに、リュックには子供ができなかった。前の奥さんとも、私とも……。それはほんとうのことだったけど、でも、決して口に出してはいけない言葉だった。シャンタルはリュックの逆鱗《げきりん》に触れてしまった――夫はその後、二度と義姉と口をききませんでした。

でも、フィリップはそれからも毎年夏になると、両親の反対を押し切って、私たちの家で休暇を過ごしにやってきました。そして毎年、休暇が終わる時には帰りたくないと言ってごねました。一年中、私たちと一緒に暮らしたいと言って、そのまま置いてくれと懇願してきたんです。でもリュックは、それだけはできない相談だと言って聞かせました。そんなことをしたら、シャンタルに殺されてしまうと言って……。フィリップは言うことを聞きました。あの子は優しい子だったから――だらしない子だったかもしれないけど、でも根はとても優しい子でした。

リュックはフィリップに会うと、いつも嬉しそうでした。自分の子供に向けられなかった愛情を、甥に注いでいたのでしょう。リュックにとって、あの子は長いこと息子の代わりだったんです。私もフィリップとは気が合いました。私が子供扱いして話すものだから、いつも『おれはもうガキじゃない！』って怒っていましたけど……。

フィリップが十七歳になった夏、私たちは一緒にカンヌの近くのビオットで休暇を過ごしたんです。海が見える別荘を借りて、毎日、海に行きました。朝、別荘から車で浜辺まで行き、昼食は海のそばの藁ぶき屋根のレストランでとり、夕方になって別荘に戻る。毎日、その繰り返し……。夜になると、フィリップは女の子と出かけていました。毎晩、ちがう女の子とね。昼間、女の子が私たちのいる浜辺に来ることも時々あったわ。砂浜に敷いたタオルに寝そべって女の子にキスしてるフィリップを見て、なんて早熟なのってびっくりしたけど、その時のフィリップが物憂げな様子をしていたので、戸惑ったのも覚えています。物憂げと言うか、投げやりと言うか、あの子はいつも、世の中のすべてを馬鹿にしたような態度を取っていました。

あとはやっぱりわがままだった。わがままで、だらしがなくて、とにかくやりたい放題。毎晩踊りに出かけて、帰ってくるのは夜中。出かける前には浴室を長いこと独り占めして、使った物は出しっぱなし。香水の瓶も歯磨きのチューブも蓋を開けたまま。リュックの剃刀を無断で使って、シェービングムースの残りも洗面台につけたままで流さないし、タオルは使って床に置きっぱなし……。それを見て、リュックは苛々していました。でも、夫は同時に面白がってもいたんです。子供がいたら、きっとこんなだろうと思っていたのでしょうね。私も、フィリップの服やタオルを拾いあつめて洗濯しながら、リュックと作れなかった子供の世話をしているような気分を味わっていたから……。

あの子が遊びに来ると嬉しかった。若くてのんきで、一緒にいると私たちもそんな気分になれたから……。フィリップと私は七歳ちがいでした。私が二十四で、フィリップが十七だから、そのくらいの年頃で、七歳ちがいっていうのは、けっこう大きいでしょう？　最初はなんだか、ちがう惑星にでも住んでいるような気がしていました。でも、歳を取るうちに、ちがいがだんだんとぼやけてきて、ふたつの惑星は近づいていく。好みが似てきて、映画やドラマ、音楽なんかも、同じものが好きになってくる。最後には、同じものを見て笑えるようになります。あの夜までは、私たち、そんなふうに一緒に笑いころげていたのです……。

あの夜、私が浮気をしていたのをフィリップに知られるまでは……。ええ、ビオットに滞在していた間に、私、バーテンダーと浮気したんです。よくある火遊びで、そんなに真剣な関係じゃなかった。リュックと私は愛しあっていたから――心からね。でも、夫はよく私に言っていました。『おれはもう役立たずの老いぼれだからな、もしおまえが若い男と楽しみたければ、おれに気づかれないようにやってくれればいいよ。ただし、本気にはなるなよ。それは耐えられないからね』って……。ずっとあとになって、私、確信したことがあるんですよ――夫が私にほかの男に抱かれてもいいと言っていたのは、それで私が妊娠するのを期待していたんだって……。もちろん、自覚はなかったでしょう。でも、きっと長い間、子供ができちゃったって私が言うのを待っていたんだと思うわ。ペルティエの名前がついた子供が欲しかったんだと思うの……。

まあ、それはともかく、その休暇の間、私たちは別荘でパーティを開いたんです。二十人くらい集まったかしら。みんなかなり飲んで酔っ払っていて、私は浮気相手のバーテンダーとふたりきりでプールで楽しんでいたの。それを、フィリップは偶然見てしまったんです。あの時、あの子が私を見た眼、一生忘れないと思うわ。驚いていたのはもちろんだけど、同時に嬉しそうで、どこか満足したような眼をしていました。たぶん、あの夜、フィリップは私のことを初めてひとりの女として認識したんだと思います。ひとりの女、つまり、彼にとっては獲物ってことね。あの子は、根っからの女たらしだったから……。それに、あれだけの美男子でしょう？　聖女だって地獄に落とすことができたと思うわ。こんなこと、今さらあなたに言わなくてもご存じでしょうけど……。

　もちろん、フィリップはリュックに告げ口するようなことはしませんでした。でも翌日から、別荘の中ですれちがうたび、私に意味ありげな笑みを向けてくるようになりました。『おれたち共犯者だね』って言っている笑みです。私はそれが嫌でたまらなかった。それを見るたび、ひっぱたいてやりたくなりました。それができていたら、一日中顔をひっぱたいてやることになったでしょうね。私の秘密を握ったと思ったせいか、あの子は上から見おろすような、尊大な態度を取るようになりました。前日まで一緒に笑いころげていたのに、ひと晩明けたら、まったくちがう関係になっていた。あの子のやることなすこと、すべて気に障るようになりました。香水の匂い、出しっぱなしの物、朝五時に帰宅する物音、全部……。近くにいられるのが嫌でしかたなかった。私がフィリップを冷たく追い払うと、リュックは私をたしなめました。『なあ、優しく話してやれよ。かわいそうなチビは、あの母親だけで、もう十分うんざりしているんだから』って……。でも食事の席につくと、リュックが背中を向けたとたん、フィリップは薄ら笑いを浮かべて私をじっと見つめてくるんです。目を伏せて見ないようにしても、尊大な眼差しが私に注がれているのを感じていました……。

　別荘で過ごす最後の夜、フィリップはいつもよりもずっと早く、ひとりで帰ってきました。そして、テラスのデッキチェアに横になってウトウトしていた私にキスしたのです――唇にね。目が覚めた私は、あの子の頬をひっぱたいて言ってやったの。『なんてことをするの！　よく聞きなさい。今度また同じことをしたら、二度と家には入れないからね！』って。あの子は黙って部屋に戻っていきました。

翌日、私たちは別荘をあとにしました。フィリップは列車でシャルルヴィル＝メジエールに帰ることになっていたので、駅まで送っていったら、あの子はなんと、両手で私たちふたりを同時に抱きしめて、お別れのキスをしてきました。そんなやり方、私はまっぴらだったけど、だめだとも言えなかった。そんなことを言ったら、リュックが悲しむのはわかっていたから……。それで、どうすることもできずにいると、フィリップはさらに調子に乗ってきました。私たちに何度も何度もお礼を言いながら、私にまわしていた手を背中からお尻まで這わせて、私のお尻をぐっとつかんだんです。身体が凍りつきましたよ。でもリュックが横にいたから、はねのけることもできなかった。まったく厚かましさにかけては、この子は化け物並みだと思ったわ。女に対しては何をやっても拒否されないと考えて、自信たっぷりなんだとも……。それからフィリップはやっと私たちから手を離して、『バイバイ、おばさん。バイバイ、おじさん』と言って、列車に乗っていきました。鞄を肩にかけて、天使のような笑顔を見せて……。私はずっと機関銃で撃ち殺してやりたいという目つきでにらんでいたけど、あの子は『おれの勝ち！』とでも言いたげな笑顔を浮かべていました。

私と夫はブロンに帰って、仕事に戻りました。次の年の春、フィリップが電話してきて、今年はうちには来ないと知らせてきました。十八歳の誕生日を祝うために友だちとスペインに行くと言って……。正直、私はほっとしました。あの子の無作法な態度に触れなくてもすむから……。リュックはとてもがっかりしていたけど、電話を切ってから『そういう年頃だからな。当然だ』って、自分に言い聞かせるようにつぶやきました。

夏が来て、私たちはふたりでまたビオットに行き、一カ月の休暇を過ごしました。前の年にできた友人たちにも再会したけど、リュックはフィリップがいなくて淋しそうだった。『この家は静かだね。きれいに片づきすぎているし……』って、よく言っていたわ。だけど、ほんとうにリュックが寂しいと思っていたのは、フィリップが来ないことじゃなくて、私たちに子供がいないことだったんです。リュックはフィリップが大好きだったけど、やっぱり、自分の子供ではなかったから……。休暇が終わってブロンへの帰り道で、私はリュックに養子をもらわないかと提案しました。夫はすぐに『ノン』と言いました。きっともう長いこと、自分でも考えたことだったのでしょう。『おれたちふたりだけで幸せじゃないか。ほんとうに幸せだよ』と言っただけでした。

その翌々年の一月、リュックとシャンタルの母親が亡くなりました。葬儀で顔を合わせたけど、そんな状況でも姉と弟はお互いに口もききませんでした。フィリップも来ていました。会うのは二年半ぶりだったけれど、すっかり背が高くなって、びっくりするくらい変わってたわ。リュックは長いことフィリップを抱きしめながら、もう頭ひとつ分も抜かされたなあとつぶやいていました。葬儀の間、フィリップは私に気がつかないふりをしていたけど、式が終わって、先に車に乗ろうとしていた私のところにやってきました。ええ、リュックはほかの親族に挨拶に行っていて、その場にいなかったの。フィリップは一メートル八十八センチの長身で覆いかぶさるように私をドアに押しつけ、『なんだ、おばさん。そこにいたのか。全然見えなかったよ』と言って、私の口にキスをした。そして身動きも取れないでいる私の耳もとで、『また夏に会おうね』と囁いたのです。

夏が来て、また私たちはビオットに向かいました。フィリップの二十歳の夏です。別荘に着いてすぐ、フィリップが自分の部屋に入る前に、私は廊下であの子の首根っこをつかみました。あの子は驚いて目を丸くしていたけど、面白がってもいた。そりゃ、誰が見てもおかしな光景だったと思いますよ。つま先立ちしても一メートル六十センチしかない私が、長身のあの子を壁に押さえつけているんだもの。私は震える手で、力いっぱいあの子を押さえつけて言ったのです。『いいこと、先に警告しておくわよ。よい休暇を過ごしたいなら、くだらない芝居をするのはやめなさい。私に近づかないで！　私を見ることも、何かほのめかすようなこともなしよ。それができたら、何事もなくすむから』って……。でも、フィリップは冷やかすような調子で、『わかったよ、おばさん。約束する。そんなことをしないよう、細心の注意を払うよ』って答えました。

その言葉はある意味でほんとうでした。その瞬間から、フィリップは私なんか存在してないように振るまいだしたからです。使った物はあいかわらず、あちこちに放りだしていたけど、いつも礼儀正しい態度をとるようになりました。私たちが交わす言葉は、『おはよう』『おやすみなさい』『ありがとう』『またあとで』っていう四つの決まり文句だけになりました。朝は毎日、同じ車で海辺に向かいました。私たちは前、あの子はうしろの席に座って……。夜は必ず出かけて、女の子を連れて、部屋に帰ってきました。女の子たちとはいつも一緒でした。その時々で、ちがう子だったけれど……。夜は自分の部屋、昼は浜辺のタオルに一緒にいて、時々、岩場の陰に連れていっていました。まあ、女の子たちのほうで、あの子を放っておかないっていうのもあったんでしょうけど……。

あの子を見ると、女の子たちはいつでも嬌声をあげました。いつでも、どこでも、まるで雌鶏みたいにね。夫はそれを見てご満悦でした。自慢の甥っ子が女の子にモテるのが嬉しかったのです。そりゃあ、モテましたよ。天使のようにきれいな顔に、金色の巻き毛、日焼けした肌。すらりとした筋肉質の男らしい身体で、浜辺にいると、女の子たちは例外なくあの子のことを舐めまわすように見たものです。若い女の子だけじゃないわ。女性なら誰でもね。羨ましそうに見ている男性だってたくさんいましたよ。誰もが振りかえって自分を見るんだもの、あの子はどんどん自信をつけて、傲慢になっていきました。女の子たちが騒いでいるのを見て、リュックが、『姉貴は浮気したにちがいないな。トゥーサンが父親なんてありえないからね。あの不細工なふたりから、あんなきれいな子供ができるなんて不可能だよ』ってこっそりつぶやいたんで、私は大笑いしたわ。

リュックはいつも私を笑顔にしてくれました。夫との生活はほんとうに幸せなものだった——私は心から愛されていました。お互い、世界一の親友でもあったんです。もし別れたら、私は生きていられなかったと思います。リュックは私にとって、友だちで、父親で、兄でした。もう夜の生活はほとんどなかったけど、そんなの関係ありませんでした。そっちのほうは、時々ほかで埋めていたし……」

そこまで言うと、彼女は私のほうを見て、言った。

「ええ、今、あなたが考えていること、わかりますよ。『それで、結局フィリップはいつあなたをモノにしたの？』って、そう思っているんでしょう？」

それから、下を向くと、目に見えない汚れでもついているかのように、穿いていたジーンズを手の甲で払った。時間が止まった。私は台所に彼女とふたりでいたが、そこにはもうひとり人がいるような気がした。フィリップ・トゥーサンだ。彼女はフィリップ・トゥーサンをここに連れてきたのだ。

長い沈黙のあとで、彼女はまた独り言の続きをはじめた。

「フィリップの二十歳の誕生日の夜、リュックと私は別荘でパーティを開きました。あの子の友だちを招いてね。音楽にアルコール、小さなプールのそばに食べ物のビュッフェ。よい天気で、みんな踊っていました。でも、そこで事件が起こりました。発端は、私がフィリップの友だちにちょっかいを出したことです。なぜ、そんなことをしたのか、自分でもわからないけど、あの子がよくつるんで遊んでいたローランって名前の馬鹿な男の子を誘って、ふたりで少し離れたところに行って、キスをしたりしていたの。それで、パーティが盛りあがってきて、これからバースデーケーキを出してプレゼントを開けるというのでみんなのところに戻ったら、フィリップがすごく怖い目で私をにらみつけてきたのよ。もし、あの子が銃を持っていたら、撃ち殺されていたでしょうね。ケーキに立てた二十本のろうそくの炎に照らされて、あの子の目は怒りでギラギラしていた。

私はあの子がろうそくを吹き消すのと同時に、リュックが用意していたプレゼントを部屋に運ばせました。赤いリボンを巻いたオートバイ、灰色のホンダCB一〇〇。それに千フランの小切手を入れた封筒をつけたフルフェイスのヘルメット。びっくりしたような歓声があがって、おめでとうの声と一緒にシャンパンのグラスが掲げられ、祝福のキスが続きました。フィリップはくつろいだ感じで、みんなに笑顔を振りまいて、かっこつけていたわ。いつものように――でも、私にはあの子がふりをしているだけだとわかりました。顎のあたりがこわばって、心底、怒っているのだとわかったのです。事件が起こったのは、その直後です。隣にいたローランが私にぴったり身体をくっつけてきて、それを見たフィリップがローランの肩をつかんで、耳もとで何か囁いたんです。ローランがびっくりした顔をして、『それ本気で言ってんのかよ？』と言ったかと思ったら、すぐに殴りあいが始まりました。椅子が倒れたり、グラスが割れたり、もう大騒ぎです。その時にはもうリュックは寝ていたのですが、騒ぎを聞いて起きてきました。そして、フィリップとローランが殴りあっているのを見ると、すぐにローランを追い出しました。甥っ子のことになると、リュックはシャンタルとまったく同じだったんです。何があっても、フィリップは被害者。悪いのは、いつも相手なんです。そのあと、リュックに何があったのかと訊かれて、フィリップは酔いにまかせて、『あいつはおれの縄張りで狩りをしやがったんだ。おれの縄張りはおれのもんだ』って……。

それから、まるで何もなかったかのようにパーティが再開して、みんな夜遅くまで騒いでいました。私は先に部屋に戻ったけど、その夜は眠れませんでした。事件のせいではありません。というより、その事件には続きがあったんです。フィリップが……フィリップが私たちの寝室の窓の外で、女の子のひとりとセックスを始めたんです。窓枠の外側に女の子を座らせて、身体を激しく動かしているのが、カーテンに映った影でわかりました。女の子のあえぎ声と、フィリップがありとあらゆる卑猥な言葉で彼女を罵っている声も聞こえました。もちろん、それが実は私に向けられた言葉だということは、すぐにわかりましたよ。リュックを起こさない程度に、私にだけ聞こえるくらいの声で話していたから……。リュックが寝る時には睡眠薬を飲むことを知っていたし、私がそこにいることも知っていてやったんです。私がすぐそばで頭を枕にのせて、目を大きく開いて、すべて聞いていることもね。きっと仕返しのつもりだったんでしょう。

翌日からしばらく、あの子の姿はほとんど見えなくなりました。朝から晩までオートバイで出かけて、昼間も浜辺に来ることはなくなったから……。あの子の場所に敷いたタオルは、いつも空っぽでした。浜辺に寝そべってうとうとしていると、私はよくフィリップの夢を見るようになりました。フィリップが、横たわった私の背中に身体を重ねてくる夢——いつも息苦しくなって目が覚めたものです。

そして、誕生日の夜から十日ほどたった日、フィリップが浜辺に姿を現しました。その時、私は海の中にいて——ええ、海岸からけっこう離れたところまで泳いでいっていたんだけど、ふと浜辺のほうを見た時に、フィリップがリュックに近づくのが見えたんです。豆粒みたいな大きさだったけど、金髪と体型ですぐわかりました。フィリップはリュックの頬に親しげにキスをして、隣に座ってしばらく話していました。でも、リュックが海にいる私のほうを指さしたのを見ると、服を脱いで海に入り、クロールで私のほうに泳いできました。海の中だもの、逃げることなんてできやしません。追いつめられたネズミみたいなものです。あの子が近づいてくるのを見て、私はパニックになりました。それ以上泳ぐこともできず、ただその場で浮いているのが精一杯だった。なぜだかわからないけど、あの子は私を溺れさせようとしてる、私に痛い思いをさせるためにこっちに来るんだと思ったの。それでよけいに頭が混乱して、私は泣きだし、助けてって叫びはじめたんです。だけど、まわりには誰もいませんでした。私はいつの間にか、遊泳区域を示すブイのある場所から沖に出てしまっていたんです。数分後に私の近くまで来たフィリップは、すぐに私がパニックになっていることに気づきました。でも、私はあの子のことは見ないで、助けを求めて叫びつづけていました。フィリップが手を貸そうとしたけど、私は『触らないで！』ってわめきながら叩いたの。そのとたん、水を飲んでしまった。あの子は私を力ずくで自分の背中に乗せて、どうにかブイのところまで私を運びました。その間も、私はあの子を叩いていました。あの子も私をおとなしくさせるために叩きかえしてきたわ。で、しばらくして呼吸が収まったところで、フィリップが私に言ったの。

『落ち着いてくれ！　気持ちが静まったら、一緒に海岸に戻るんだ！』って……。

それで、私の身体に手をかけてきたので、私はまたわめきました。

『触らないで！』

すると、フィリップは怒ったように言いました。

『おれはあんたに触っちゃいけない？　でも、おれのダチはあんたを押し倒してもいい、そういうことかよ？』

『あなたは私の甥だもの！』

『ちがう、おれはリュックの甥だ！　あんたの甥じゃない』

『あなたなんて、ただの甘やかされた子供よ！』

『愛してるんだ、フランソワーズ！』

『やめて！』

『嫌だ、絶対にやめない！』

話しながら、急に身体が震えてきたのがわかりました。長い間、ずっと海に浸かっていたせいです。浜辺を見たけど、とても遠く感じました。リュックが見えました。すぐにリュックのところに戻りたい。あの太い腕の中に飛びこみたい。そう思いました。私を守って、安心させてくれるあの腕の中に……。どうすることもできず、私はフィリップに岸まで連れていってくれと頼みました。あの子はまた私を背中に乗せました。私はその首に両手を回して、おとなしく岸まで運ばれました。その間、恐怖と嫌悪しか感じませんでした。

そのあとの夏は、二年続けてフィリップには会いませんでした。リュックと私は夏の休暇をモロッコで過ごしたからです。フィリップは時々リュックに電話をして、近況を伝えてきていました。次にあの子に会ったのは、海での一件があってから三年近くたった、五月のことでした。フィリップが二十二歳になる年です。リュックがプレゼントしたホンダのバイクで、私たちに会いにきたのです。うしろに恋人を乗せてね。ヘルメットを取ったあの子の顔を見た時——あの子が私に向けた微笑みと眼差しを見た時、私は心の中で確信しました。『私はこの子を愛してる』って……。あの時のことは、きっと死ぬまで忘れないでしょう。

その日はよいお天気で、私たちは庭で夕食をとりました。長いこと、テーブルであれこれと話をしていたのを覚えています。もう名前も覚えていないけど、あの子の恋人はとても若くて、すごくおどおどした子だった。リュックはひさしぶりに甥っ子に会えて上機嫌でした。

話をしているうちに、フィリップがもうずっと前に学校を辞めてしまって、アルバイトを転々としてると言ったので、リュックが『だったら、うちの修理工場で働いてみないか？』って誘いました。『おれが仕事を教えてやろう。筋がよければうちで雇ってやるよ』って……。私は、すっかり気が動転してしまいました。私、神様は信じていません。カトリック教理の授業も受けなかったし、教会に行くこともめったにありません。でもその時だけは、（神様、どうかフィリップが私たちと一緒に仕事などしませんように）って神様に祈りました。そこで、フィリップのほうを見ると、あの子もじっと私を見ているのに気づきました。フィリップは『そうだね、とりあえず親父に聞いてみるよ。またあいつらが、なんだかんだ騒ぎたてるのはごめんだから』と答えました。その晩、私はずっと眠れませんでした。

翌日は祝日で、フィリップと恋人は昼前にようやく起きてきました。それから、みんなで昼食を食べたあと、夫は昼寝をして、フィリップは恋人と私を残して、バイクで出かけていきました。

あの子たちが家に来てから、私はフィリップとふたりきりにならないように、細心の注意を払っていました。だけど、夕方、シャンパンのボトルを取りに地下室に降りた時、背後からあの子の香水の匂いが漂ってきたのです。あの子は時間を無駄にせず、すぐに言いました。『修理工場の仕事は断るよ。その代わり、今夜、夜中の十二時に、庭の奥にある低い石垣に座って待っててくれ』って……。そして私に口を開く間も与えず、『大丈夫、あんたには触らないよ』とつけくわえて、さっさと地下室を出ていきました。私もシャンパンのボトルを持って、テーブルで待っていたリュックとフィリップの恋人のところへ戻りました。五分後、フィリップはたった今、外から戻ってきたばかりだというように家に入ってきました。

夕飯の間中、私はずっと考えていました。庭の奥に呼びだしたりして、あの子いったいどうするつもりなのだろうと……。庭の奥には、木造の物置があって、そのうしろに古い低い石垣が残っていました。フィリップは十代の頃、その石垣の上でスケートボードを滑らせてよく遊んでいました。だから、リュックはその石垣のことを《フィリップの壁》って呼んでいました。『フィリップの壁の上にプランターを置いて飾ろうか』『そろそろフィリップの壁を塗りなおしたほうがいいだろう』『こないだフィリップの壁の上にきれいな毛足の長い猫がいたよ』っていうふうに……。

夕飯の間、私はいつもよりお酒を飲みました。飲まないことには、気持ちが落ち着かなかったのです。その間にも時間が過ぎ、午後十一時頃になって、そろそろ寝ようかとみんなが席を立った時、フィリップは私をじっと見てから、リュックに言ったんです。『おじさん。残念だけど、おじさんの修理工場で働くことはできそうにないよ。今日、親に話をしたんだけど、また大騒ぎさ』って。リュックは『いいよ、気にするな』って答えていました。

ベッドに入って、私は本を広げ、リュックは私に身体をつけてすぐに寝息を立てはじめました。時間がたつにつれ、私の心はざわつきました。家の中は静まりかえっていました。十一時五十五分になって、私はコートを羽織って庭に出て、石塀の上に座りました。庭は家の裏手にあって、街灯はなかったので、まったくの暗闇です。何か物音がするたびに、ビクッと震えあがったのを覚えています。それに、もしリュックが眼を覚まして、私を探しはじめたらと思うと怖くて仕方ありませんでした。どのくらいそこにじっと座っていたのかわかりません。恐怖で身体が麻痺したようでした。その場を立ち去ることもできません。言われたとおりにしなければ、あの子が考えを変えてうちで働くと言うかもしれないと思って、それが怖かったのです。もしそうなっていたら、私が出ていっていたでしょうね。リュックには理由を言わずに離婚したでしょう。もし大好きな甥っ子が〈私を欲しがっている〉なんて知ったら、そして私が〈フィリップを愛している〉なんて知ったら、きっとリュックは死んでしまうだろうと思ったから……。

やっと、フィリップと恋人がやってきました。懐中電灯の明かりが見えて、『声を出すなよ。おれの言うとおりにしてろ』とフィリップが言ってる声が聞こえました。彼女は目隠しをさせられて、手を引かれて歩いていました。フィリップはもう片方の手に持った懐中電灯で、私がいるほうを照らしてきました。急に顔に明かりを向けられて、眼が痛くなりました。フィリップは女の子を近くの木に寄りかからせると、自分のほうは私と向きあうようにして、女の子の前に立ちました。私からは木の向こうにいるフィリップだけが見えるような位置取りです。懐中電灯は、あいかわらず、私のほうに向けられたままでした。私は足がすくんで、逃げることもできませんでした。車のヘッドライトに照らされて、動けなくなった動物みたいに……。フィリップは『ほら、こっちに顔を向けて……』と言いました。恋人は自分が言われたと思ったでしょうが、もちろん、私に向けた言葉です。そのあとも、彼女はフィリップに言われるまま、いろいろなことをしました。私が見ていることなんて、気がつきもせず……。フィリップは『おまえの顔を近くで見ながらやりたい。これなら、いいだろ?』と言いながら、セックスを始めました。そして、あいかわらず懐中電灯を向けたまま、私のほうを見つめながら、彼女が『いく、いく』と言ったのに合わせて、『来いよ、来い、来い、来るんだ』と言いました。私にもっと近くに来いと言っているんです。私はふたりのそばまで行きました。ふたりの体臭が感じられるほど近くに……。フィリップが懐中電灯をおろしたので、薄暗闇の中で、あの子の顔が見えました。フィリップは、『そうだ。どれだけおれがおまえを愛してるか、よく見てろ』と言って、私の目をじっと見ました。あの時のこと、決して忘れません。あの子は、悲しそうな微笑みを浮かべながら、彼女をつかんで、腰を動かしていました。そして、私の目を見ながら、絶頂に達すると、恍惚の表情を浮かべたのです。それは勝ちほこっているようにも見えました。私は足音をしのばせて、その場を立ち去りました。

自分の部屋に戻った時には、全身が震えていて、リュックにしがみついて眠りました。その夜、私はフィリップの夢を見ました。翌日、フィリップと恋人は帰りました。私は頭痛がすると言い訳してベッドに入ったまま、ふたりを見送りませんでした。オートバイのエンジンがかかり、遠ざかっていく音が消えたあとで、私は起きあがり、もう二度とあの子には会わないと心に誓いました。だけど、それからもしょっちゅう、あの子のことは考えていました。その年の夏は、リュックを説得して、ふたりだけでセーシェルに行くことにしました。もう一度、ふたりきりで新婚旅行がしたいってリュックに懇願したのです。

だけど、フィリップが二十五歳の夏に、あの子とまた会うことになってしまいました。ビオットの別荘に、あの子が急に現れたのです。でも、リュックは知っていました。ふたりで相談して、私を驚かそうとしたのです。私は嬉しいふりをしましたが、実際は動揺しました。フィリップに対する嫌悪感と恋慕の情で、気持ちが混乱したのです。フィリップは、到着したその夜、また私たちの寝室の窓の外で女の子とセックスしました。『来いよ、来い。どれだけおれがおまえを愛しているかちゃんと見てろ』って囁きながらね……。それが一ヵ月続きました。私は一日中あの子を避けようとしました。朝食で顔を合わすことがあると、あの子は軽い感じで、『おはよう、おばさん。よく眠れた?』って聞いてきました。でも笑ってはいなかった。いつも不幸そうでした。あの子の中で、何かが変わってしまったようでした。それでも、夜になるとまた同じことを繰り返すのです。毎晩ちがう女の子と……。私もその頃から笑顔を忘れるようになりました。あの子と同じように、私も不幸でした。フィリップは自分の不幸な愛を私にも伝染させたのです。私はあの子という〈病〉に感染しました。それは〈恋〉というより〈病気〉でした。

休暇の最終日、フィリップを駅まで送っていったのは私でした。私が『もう二度と来ないでほしい』と頼んだら、フィリップが言ったのです。『じゃあ、おれと一緒に来いよ。あんたと一緒なら、おれはなんでもできる気がする。勇気がわいてくるんだ。もし断られたら、おれはきっとだめな人間になってしまうよ。なんの価値もない、役立たずに』って……。心が引き裂かれるようでした。でも、私は優しく諭しました。私がリュックから離れることは決してないのだと。何があろうとも、決して……。フィリップは最後に一度だけキスをしてもよいかと訊いてきました。私はだめだと答えました――もしキスを許していたら、きっとそのまま一緒に列車に乗っていたでしょう。

それが一九八三年八月三十日のことです。フィリップの乗った列車が視界から消えた時、私は、これでもうあの子を見ることはないだろうと確信しました。そう感じたのです。それはある意味、ほんとうでした。人生がひとつしかないのであれば……。ご存じでしょう？　人間の一生には、いくつも人生があるのです。

フィリップとは、そのまま疎遠になりました。初めは、時々電話がありましたが、少しずつ、年月が過ぎるにつれ、電話も来なくなりました。『母親の言うことを聞いて、こっちには顔を出さないことにしたのだろう』リュックはそう言っていました。私たちは夫婦ふたりの習慣、ふたりの生活を取り戻しました。平和で心穏やかな生活でした。数年後、風の便りに、フィリップが誰かと出会い――つまりあなたね――子供ができて結婚したことを知りました。シャルルヴィル＝メジエールから引っ越したことも……。でも、フィリップ本人が私たちに電話をかけてきて、その報告をすることはありませんでした。私は、それが自分のせいだと知っていたけど、リュックは、あの子からの連絡がないことにとても傷ついていました。

あなたに会えていたら、きっとリュックは喜んだでしょうね。それにあなたたちの……お嬢さんに会えていたら……。きっとすべてがちがっていたと思うわ。物事は、もっと単純だったはずよ。あんなことだって、起きなかったかもしれない。私たちはあの事件を偶然知りました。サマースクールで起きたことを……。ほんとうに痛ましいことだわ……。リュックはフィリップの気持ちに寄りそいたいと言って、お姉さんに電話しました。あなたたちの連絡先を聞くためにね。だけどシャンタルは話も聞かずに、一方的に電話を切ったの。リュックはそれ以上、何もしませんでした。そんな態度を取るのも、きっと悲しみのせいだろうって言ったんです。『そもそも、かわいそうなフィリップに、なんと声をかけてやればいいのかもわからないしな』とも言っていました。

リュックは一九九六年の十月に亡くなりました。心臓発作を起こして、私の腕の中で息を引き取ったのです。でも、その日はよい天気だったんですよ。朝ご飯を食べながらふたりで笑っていたのに、お昼前には、もう息をしていなかった。『目を開けて！』って、私は叫びました。ずっと叫んでたわ。私の声に応えて、夫の心臓がまた動きだすかもしれないと思ったから……。でもどうにもならなかった。リュックにはもう私の声は聞こえていなかった。私は自分を責めました。リュックが死んだのは、フィリップのせいだって自分に言いつづけたのです。フィリップと私の隠れた愛のせいだって……。

葬儀は、ほんとうに親しい、限られた人だけで行いました。フィリップの両親にも知らせませんでした。知らせてどうなります？　リュックは、もし自分の葬式にあの人たちが来ているのを見たら、きっと耐えられなかったと思うわ。平手打ちを食らわして追い返すために、五分間だけ生き返ることすらしたかもしれない。私はフィリップにも知らせませんでした。知らせたって、どうすることもできないのだから……。

修理工場はそのまま続けることにしたけど、しばらくの間は他人《ひと》に経営を任せて、旅に出ることにしました。ブロンを離れて、いろいろと考えることが必要だったんです。雑事にわずらわされず、リュックの思い出に心を乱すことなく、静かに喪に服す時間が……。でも、ブロンを離れても、リュックの思い出は追いかけてきて、私の心は乱れました。鬱病になって、メドックの精神科病院に入院したくらいです。リュックの死は、私を痛めつけました。夫を失って、私はどうしていいのかもわからなくなりました。若くして彼と出会って、ずっと頼りにしていたから……。

ようやく鬱を克服して普通の生活を取り戻しはじめた頃、私はまず自分の手で事業を続ける決心をしました。あの修理工場は、私たちの人生、特に、私の人生そのものだから……。田舎の家を売って、町中の、工場から五分のところに家を買いました。引っ越しの日、家の新しい所有者に鍵を渡していたら、ツグミが《フィリップの壁》にとまって、声をかぎりにさえずりはじめたのを覚えています。

そして、またもうひとつの人生が始まりました。一九九八年のことです。私は工場の事務所で、顧客用に車の見積書を作っていました。すると、あの子が修理工場に入ってくるのが見えたのです。オートバイから降りて、こちらに向かってくるのが……。ヘルメットを取る前から、私にはもうあの子だってわかっていました。最後に姿を見てから、もう十五年がたっていましたが、それでも……。身体つきは変わっていたけど、歩き方は同じでした。死ぬかと思いましたよ。リュックと同じように、心臓が止まってしまうんじゃないかって……。また会える日が来るなんて、思ってもいなかったから……。

それまでの十五年間、あの子の夢を見ることはありましたが、日中、あの子のことを考えたことはありませんでした。私の人生とは関係ない、ただの思い出になっていたからです。けれども、あの子がヘルメットを取った瞬間、フィリップは思い出から現実に姿を変えました。あの子は疲れた顔をして、顔色もよくありませんでした。ショックでした。駅のホームで別れた二十五歳の若者が、陰のある大人の男になっていたから……。私は、最後に言われた言葉を思い出していました。『じゃあ、おれと一緒に来いよ。あんたと一緒なら、おれはなんでもできる気がする。勇気がわいてくるんだ。もし断られたら、おれはきっとだめな人間になってしまうよ。なんの価値もない、役立たずに』という言葉を……。あの子はびっくりするくらいきれいでした。目の下には大きな隈ができていたけど、それでも、とてもきれいだった。クロード・ルルーシュの映画のワンシーンみたいに、駆けだしていって、あの子の腕の中に飛びこみたかった……。

私はフィリップのほうに歩いていきました。私はどんなふうに見えているんだろうって考えながら……。私だって変わりました。もう四十七歳でした。身体は痩せほそっているし、お酒の飲みすぎと煙草の吸いすぎで、肌はボロボロです。だけど、そんなことフィリップにはどうでもよかったんだと思います。あの子は私の腕の中に飛びこんできました――いいえ、〈腕の中に倒れこんできた〉って言うほうが正しいかもしれません。そして、すすり泣きを始めたのです。工場の真ん中で、そのまま、長いこと泣いていました。私はフィリップを家に連れて行きました。私たちの家に。そこで、フィリップは私にすべてを打ち明けてくれました。お嬢さんを亡くしてから、自分がしてきたことすべてを……。そして、自分が知ったことすべてを……。フィリップの気持ちを思って、今度は私が泣きました。フィリップが私に打ち明けてくれたこと、その話を、あなたに伝えにきたのです」

＊　＊　＊

フランソーズ・ペルティエは一時間前に帰った。彼女の声がまだ家の中でこだましている。彼女がこの家に入ってきた時、私は彼女が非難しにやってきたのだろうと思った。でも、それはちがった。フランソワーズは、私にプレゼントを届けに来てくれたのだ。フィリップ・トゥーサンだけが知っていた、〈真実〉という名のプレゼントを……。そこには、レオニーヌがどうして死ぬことになってしまったのかという、事件の〈真相〉が含まれていた。

62

ぼくはもう夢を見ない。煙草も吸わない。何かを語ることさえしない。
君がいないと、ぼくはぶざまだ。君がいないと、ぼくは汚い。
施設にいる孤児のように……

——セルジュ・ラマ「恋の病」

ガブリエル・プリュダンは煙草をもみ消し、イレーヌが経営するバラ園に入った。バラの栽培と販売をしている店だ。時間は閉店の五分前だった。イレーヌはすでに店の明かりを消し、庭に通じる扉も閉めていた。そして、店内のフラワーケースから出てきた時、暗がりの中、レジのところにガブリエルがいるのに気づいた。ガブリエルは店員に置き去りにされた客のように、ぼんやりと突っ立っていた。

イレーヌは思った。いったい、何をしているのだろう？　あれから、もう三年もたつ。さよならも言わずに出てきてしまったけれど、私のこと、恨んでなければいいけど……。でも、ここに来たんだから、そうじゃないわよね。コートはあいかわず、ネイビーの古いもの。私だって、ベージュの服ばかり着ているけど……。少し老けたかもしれない。この間、テレビで見た時は、もっと若く見えた。きっと、いろいろなことがあったんでしょう？　でも、どうしてこんな遅い時間に？　まあ、私のこと、忘れたわけじゃなかったということだけど……。それにしても、今日は木曜日じゃなくてよかった。木曜日の夜はポールが迎えにくる日だから……。ああ、でも。もし食事に誘われても、今夜は行くことができない。ジュリアンの学校で三者面談があるから……。国語の先生が話があるって言うから、ポールとジュリアンが七時半に中学校の前で、私が合流するのを待っている。それでも、彼がホテルに行こうと言ったら？　私たち、またこの前のようにワインを飲むかしら？　そうだ、英語の先生も話がしたいと言ってた。でも、彼に誘われたら……。ああ、彼の手……。この手はよく覚えている……。

「君にプレゼントしたいものがある」彼が言った。

《イレーヌ・ファヨールの日記より

一九八七年六月二日から六月九日までをまとめたもの》

フラワーケースから出ていくと、ガブリエルは恥ずかしそうに微笑みながら私のあとをついてきた。いつも大声で自信に満ちあふれた話し方をしている偉大なカリスマ弁護士が、小さな子供のように何を話していいのかわからずにいた。法廷で弁護をするのはなんでもないのに、私たちの愛を弁護しようと思うと、言葉が出てこなくなるのだ。

私たちは通りに出た。まだひと言も言葉を交わしていなかった。彼が「プレゼントしたいものがある」と言っただけだ。私は返事をしなかった。プレゼントはすぐに渡すつもりはないようだった。私が店の鍵を閉め、車まで行くと、彼は助手席の側に回った。私は助手席のロックをはずした。三年前と同じように、彼は頭をヘッドレストに預けた。私は適当に車を走らせた。もう自分を止めることも、車を止めることもできなかった。彼に私の車から降りてほしくなかった。トゥーロン方面に向かう高速道路に乗り、ニース近くのカップ・ダンティーブまで沿岸を走った。ガソリンが空になり、海沿いのホテル《ラ・ベ・ドレ》の横に車を止めた時には、時間は午後十時になっていた。車を降りて、部屋の値段とレストランのメニューが載ったボードを見にいった。受付には素敵な笑顔の金髪の女性がいた。その女性に、ガブリエルは、まだ食事はできるかと尋ねた。

再会してから彼の声を聴いたのは、それが二度目だった。ガブリエルは車の中でもひと言も話さず、ただ黙ってラジオをいじって音楽を探していたからだ。

受付の女性が、この時期はレストランは週末しか開けていないので、お部屋にサラダとクラブ・サンドイッチをお届けします、と言った。

部屋が空いているかとは訊かなかったのに……。

私たちの返事も待たず、彼女は部屋の鍵を渡してきた。七号室。そして、ワインは白、赤、ロゼのどれがよいかと聞いてきた。私はガブリエルを見た。アルコールを選ぶのは、いつも彼の役目だったからだ。

最後に何泊する予定かと訊かれた。それには、私が答えた。「まだわからない」と……。彼女は私たちを七号室まで案内して、照明とテレビのつけ方を教えてくれた。

部屋までの階段をあがりながら、ガブリエルが私の耳もとで囁いた。「頼んでもいないのに部屋の鍵を渡されるなんて、ぼくたち、恋人同士に見えたのだろうね」

七号室の壁紙は薄い黄色だった。南フランスの色をした部屋だった。部屋を出る前に、受付の女性はテラスに面した大きなガラス窓を開けた。暗くて海は見えなかったけれど、風は優しかった。ガブリエルはネイビーのコートを脱いで椅子の背にかけ、ポケットから何かを取り出して私に差しだした。

プレゼント用の包装紙に包まれた小さな箱だった。

「これを渡しにきたのです。あなたのバラ園に入った時には、ここに――このホテルに来るとは思ってもいませんでした」

「後悔していらっしゃいますか？」

「まさか」

包みをあけると、中にはスノードームが入っていた。私は何度もドームをひっくり返した。

ドアをノックする音がして、受付の女性が、食事を載せたワゴンを押して部屋に入ってきた。そして部屋の中央にワゴンを置くと、失礼しましたと言って、入ってきた時と同じくらいの早さで出ていった。

ガブリエルが私の顔を両手で包み、キスをした。

「まさか」――それが、その夜、彼が最後に口にした言葉だった。私たちは、食事にもワインにも手をつけなかった。

翌朝、私はポールに電話をして、「すぐには帰らない」とだけ言って切った。それから、従業員に連絡して、何日かひとりでバラ園の世話をしてほしいと頼んだ。従業員は少しうろたえたように、「レジの管理もしなくちゃいけないんですか？」と尋ねてきた。私は、「そうよ」とだけ答えて、さよならも言わずに電話を切った。

もう二度と家に帰るつもりはなかった。そのまま姿を消してしまうつもりだった。ガブリエルと一緒になるために、家に戻って、いろいろな問題に向かい合わなくてもすむように……。とりわけポールの視線に……。私は戦わずに逃げるつもりだった。ジュリアンにはまた会うつもりだったけれど、すぐではなかった。あの子がもっと大きくなって、理解できる歳になったら、そこであらためて連絡するつもりだった。

ガブリエルも私も着替えを持っていなかったので、翌日、店に買いに行った。彼は私にベージュの服を選ぶことを禁止し、金の飾りがあちこちについたカラフルなワンピースを数枚プレゼントしてくれた。サンダルも一緒に……。私はサンダルが大嫌いだった。自分の足の指が見えるのが我慢ならなかったから……。でも、そのサンダルを履いた。

その数日間は、ずっと仮装しているような気分だった。知らない女性の服を着た、誰か別の女性になったような気がしていた。

そして、ずっと考えていた。私は仮装しているのだろうか、それとも、初めてほんとうの自分を見つけたのだろうかと……。

カップ・ダンティーブに着いてから一週間後、ガブリエルはリヨンの裁判所に行かなくてはならなくなった。殺人で起訴された男性を弁護するためで、彼はその人の無実を確信していた。一緒に来てほしいと懇願されて、私は思った。〈この人と一緒になるために、私は家族もバラ園も見捨てた。でも、この人は殺人罪に問われている無実の男性を見捨てることはできないのだ〉と……。

ガブリエルの車を取りに、私たちはマルセイユに戻った。彼の車は私のバラ園から何本か離れた通りに駐車したままだった。私の営業用のバンをそこにとめて、彼の車で一緒にリヨンに行くつもりだった。バンの鍵は、左前のタイヤの下に隠せばいい。私は時々そうしていたから。

ガブリエルの車は、真っ赤なスポーツタイプのオープンカーだった。その車を見た時、思った――私はこの男性《ひと》を知らない。彼のこと、何も知らないのだと……。確かに、私は今までの人生で最高の一週間を過ごしたばかりだ。でも、だからどうだと言うの？

なぜか、よくあるバカンスの恋の話を思い出していた。夏の浜辺で素敵な男性に出会い、あふれるほどの魅力に激しい恋に落ちる。だけど九月になってパリの曇り空の下で再会すると、きちんと服を着た男は窮屈そうに見えて、夏に感じた魅力のかけらも残っていない。

私はポールのことを考えた。ポール——彼のことは、すべて知っている。優しさも美点も……。繊細で気の弱い人だ。私のことを愛している。それに、私たちには息子がいる。

ちょうどその時、車を運転しているポールを見かけた。バラ園から出てきたところなのだろう。私のことをあちこち探しまわっているにちがいない。顔色が悪くどこか上の空で、こっちの方は見なかった。〈こっちを見てくれればいいのに〉と、私は思った。そうしたら、何も考えずに家に帰ったのに……。でも、ポールは私に気がつかなかった。だから、私は自分で選ばなければならなくなった。ポールのもとへ戻るのか、それとも、ガブリエルの車に乗るのか……。その時、店のショーウィンドウに映った自分の姿が目に入った。そこには緑と金のワンピースを着た、私の知らない別の女性がいた。

ガブリエルはすでにスポーツカーの運転席に座っていたが、私は「ちょっと、待ってて。やっぱり、バンの鍵を店に置いてきます」と声をかけると、自分のバラ園のほうに歩きだした。店の前を通ったが、中には誰もいなかった。従業員は裏の庭にいたのだろう。

私は駆けだした。誰かに追われているかのように。それまで、あんなに早く走ったことはなかった。最初に見つけたホテルに飛びこんで、部屋を頼み、中に閉じこもって静かに泣いた。

翌日、私はベージュの服を着て、バラ園の仕事に戻った。スノードームはレジのカウンターの上に置いた。そして、家に帰った。

従業員が、前の日に、有名な弁護士が店を訪ねてきたと言った。私のことを、頭がおかしくなったようにあちこち探していたという。実物はテレビで見るほど素敵じゃなかったですよ、背も低かったし、とも言っていた。

一週間後、新聞はガブリエル・プリュダン弁護士がリヨンの男性の無実を勝ちとったと報じた。

63

父の思い出は、いなくなってますます濃くなった

（墓碑に使われる言葉）

一九九五年十一月　フィリップ・トゥーサンの話

娘の裁判を傍聴していて、フィリップ・トゥーサンは、メンテナンス係のアラン・フォンタネルの態度に不審を抱いた。もちろん、世話係のジュヌヴィエーブ・マニャンのことは元から怪しいと思っていた。だが、女房のジュヌヴィエーブが証言台でおどおどしていたのに比べ、亭主のフォンタネルは、不自然なほど堂々としていたのだ。

最初に娘の埋葬の時にジュヌヴィエーブの姿を見かけて不思議に思い、そのあと裁判所の廊下で、マニャンがノートルダム・デ・プレ城で世話係をしていたことを知ると、フィリップはすぐに、「この女がおれに復讐するために、部屋に火をつけたんだ」と思った。その考えは裁判になっても変わらなかった。マニャンの態度が自信なさげで、何かに怯えているようだったからだ。それにひきかえ、亭主のフォンタネルの態度は自信に満ちていた。そして、その亭主の証言を聞きながら、マニャンはずっと目を伏せていたのだ。フィリップはそのことも見逃さなかった。

こいつは絶対に何かある。アラン・フォンタネルがでたらめを言っているのはまちがいない。そう

思って、フィリップはまわりを見まわした。ほかの親たちも同じことを思っていると考えたからだ。でも、そいつらはみんな死んだような、うつろな目をして、裁判の様子を眺めているだけだった。この中で生きているのはおれだけだ。フィリップは思った。

娘を亡くしても、ほかのやつらのように打ちのめされていない。そのことに、フィリップは罪悪感を抱いていた。だが、それもしかたがなかった。娘の死に打ちのめされる役は、夫婦の間では、ヴィオレットひとりが引き受けていたからだ。ヴィオレットは悲しみを分かちあおうともしなかった。

だが、フィリップは自分が妻のように、じゃなかったら、ここにいる連中のように、気力を奪われていないのは、怒りのせいだということも知っていた。怒りのせいで、悲痛の底から立ちあがり、超然としていられるのだ。静かだが、重く激しい、黒い怒り。誰にも話せない――フランソワーズのほかには、誰にも話せない怒りだ。憎しみだと言ってもいいだろう。娘をキャンプに送った両親、特に母親への憎しみ、火事が起きたときに何もしなかったスタッフのやつらへの憎しみ……。フィリップは怒っていた。この怒りを誰かに話したかった。でも、たったひとり、話すことができるフランソワーズは、もうそばにいなかった。

確かに自分はよい父親ではなかった。父親のふりをしていただけだ。いつも家をあけて、たまに家にいても、娘をかわいがったわけではなかった。自分でもエゴイストだとわかっていた。自分だけを大事にすることで、愛そのものからは目を背けていると……。興味を持つのはバイクと不特定多数の女たちだけと決めていた。熟れた果実のように、食べられるのを待っている女たち……。バイク仲間たちが教えてくれた〈秘密の場所〉に行けば、そんな女たちにいつでも会うことができた。愛だの恋だの、うるさいことを言わない女たちに……。だが、娘が死んだことで、自分は変わった。どうしても、娘を死なせたやつを突きとめてやりたかった。といっても、〈秘密の場所〉に行くのはやめなかったが……。

判決が下され、女校長に懲役二年の実刑が宣告され、被害者の親には多額の賠償金が支払われることになった。金はいつものとおり、全額自分の口座に入れて管理することになるだろう。フィリップは思った。ろくでなしの母親から「いいこと、お金は全部、自分で管理して、あれに触らせるんじゃありませんよ。あの女は、おまえの金を全部、吸い取ってしまう気なんだからね」と繰り返し言われて、その習慣が身についてしまったからだ。

フィリップは心の中で、怒りを煮えたぎらせながら、法廷を出た。そこでは両親が待っていた。たった今、傍聴してきた裁判よりも、気が滅入るやつらだ。フィリップは逃げだしてしまいたくなった。こいつらの顔を見なくてすんだら、どんなにいいだろう？　レオニーヌの死から、両親のことは、これまで以上に我慢できなくなっていた。母親はつねにヴィオレットを諸悪の根源だと非難してきたが、事件のあとではそれもできなくなっていた。レオニーヌがあのサマースクールに参加するように勝手に決めてきたのは、自分だったからだ。それでも、母親なんだから、もっとよく調べて、そんなところには参加させませんと言うべきだったと、まだヴィオレットのせいにしようとしていたが……。だが、その声には力がなかった。

結局、両親から逃げることはできず、フィリップはふたりと一緒に昼食をとりにいった。だが、食事の間、両親と目を合わさなくてもいいように、背中を丸めて、ずっと下を向いていた。口もきかなかった。食事にもほとんど手をつけなかった。そうして、父親が小切手で支払いをすませると、ウェイターが持ってきた勘定書きの裏に、父親が使ったボールペンで、事件当夜、城にいたスタッフの名前を殴り書きした。

エディット・クロックヴィエイユ　校長
スワン・ルテリエ　料理人
ジュヌヴィエーブ・マニャン　世話係
エロイーズ・プティ　インストラクター
リュシー・ランドン　インストラクター
アラン・フォンタネル　メンテナンス係

昼食がすむと、フィリップはバイクでマルグランジュ＝シュル＝ナンシーの家に帰った。その間、頭のなかではアラン・フォンタネルの証言が繰り返されていた。《おれは二階で寝てました。すると、スワン・ルテリエの叫び声がしたので、急いで部屋の外に出ました。見ると、女たちがもうほかの部屋の子供たちを避難させはじめていました。一階のあの部屋は火に包まれていて、とても入ることなんてできませんでした。それよりも、ほかの子供たちを避難させなかったら、もっとひどいことになっていたでしょう》

女校長に二年の懲役判決が下ったと聞いても、ヴィオレットはまったく反応しなかった。ただ「わかった」と言って、遮断機を下げに外に出ていった。フィリップはフランソワーズのことを考えた。フランソワーズと、ビオットで一緒に過ごした夏の休暇のことを……。現実で気が滅入ることがあった時には、いつも思い出の中に逃げこむことにしていたからだ。

それから、ニンテンドーのコントローラーを取りあげて、テレビゲームを始めた。スーパーマリオが障害をクリアできずジタバタするたびに、大声で罵りながら、頭がぼうっとするまでゲームに入りこんだ。ゲームをやめた時には、ヴィオレットはもうとっくに寝室で寝ていた。フィリップは寝室には行かず、バイクに乗って例の〈秘密の場所〉に向かった。ただ、オーガズムを得るための悲しいセックスを待っている女たちを抱いて、ほんのしばらくの間でも、現実から逃れようと思ったのだ。だが、その間も、フォンタネルの言葉が頭から離れなかった。《おれは二階で寝てました。すると、スワン・ルテリエの叫び声がしたので、急いで部屋の外に出ました。見ると、女たちがもうほかの部屋の子供たちを避難させはじめていました。一階のあの部屋は火に包まれていて、とても入ることなんてできませんでした。それよりも、ほかの子供たちを避難させなかったら、もっとひどいことになっていたでしょう》

《それよりも、ほかの子供たちを避難させなかったら、もっとひどいことになっていたでしょう》とあいつは言った。じゃあ、レオニーヌが死んだのは、そんなにひどいことじゃなかったというのか？おれの娘が死ぬより、ひどいことがあるっていうのか？

　これまでフィリップは自分のことしか考えなかった。母親にそうしろと言われたからだ。それは生き方の根本になっていた。でも、レオニーヌの死は、その根本を覆した。フィリップはほかの人のことを考えるようになった。とりわけヴィオレットのことを……。だが、考えても、何をすればいいのかわからなかった。

　ほかにどうすることもできず、フィリップは、「またガキを作ろう」とヴィオレットに言ってみた。ヴィオレットは「そうね」と答えたが、それは体《てい》よく自分を追い払うためだと、すぐにわかった。当然だ。自分はもう何年も前にヴィオレットを見捨てた男――ずっとヴィオレットを裏切りつづけてきた男なのだから……。いや、裏切ったというのは、群がってくる女たちと片っぱしから浮気をしたということではない。ヴィオレットと知り合ってからも、ずっとフランソワーズのことが心にあったということだ。おれはこれまでフランソワーズしか大事にしてこなかった。フィリップは唇を噛んだ。

ヴィオレットと結婚したのは、そうしろと母親にうるさく言われたからだ。そのしつこさから解放されたかっただけだ。結婚してヴィオレットを幸せにしてやろうなんてつもりはなかった。

だから、レオニーヌが死んで、ヴィオレットがどれほど悲しんでいるかがわかっても、今さらどうすることもできなかった。ヴィオレットは深く悲しんでいた。その悲しみに、フィリップは胸を痛めた。自分にとっても、娘を失ったのは痛手だったが、それ以上に、妻の状態が気にかかった。そして、妻に何もしてやれないことに、妻の面倒を見てやれないことに苦しんだ。悲しみに沈んでいる妻を見ても、フィリップはなんの言葉もかけることができなかった。テレビ番組のこととか、シャンプーはどれがいいとか、そんなことしか話せなかった。「具合はどうか?」というひと言すら、かけることができなかったのだ。娘を失っても、自分が打ちのめされていないことと同様、妻に慰めの言葉ひとつかけてやれないことに、フィリップは罪悪感を抱いた。自分は、苦しむことすら学んでこなかった。いや、結局、何も学んでこなかった。愛することも、働くことも、与えることも……。おれはただの役立たずだ。フィリップは思った。妻をきちんと愛してやれない役立たずだ。

もともと、ヴィオレットにはひと目惚れだった。バーカウンターのうしろにいたヴィオレットを初めて見た時、フィリップはすぐに彼女に夢中になった。ヴィオレットは、お祭りの屋台で売られているカラフルな棒付きキャンディみたいに見えた。全身に砂糖を振りかけたみたいで、甘い匂いに引きつけられた。フランソワーズに対して感じたものとはちがう。フランソワーズに対して、これまでに感じ、たぶんこれからも感じるものとは……。ともかく、この娘が欲しいと思った。ヴィオレットの声、肌、笑顔、羽根のように軽い身体。ボーイッシュな雰囲気。壊れそうに繊細な様子。自分のためになら、惜しみなく身を捧げてくれる、その姿……。フィリップはヴィオレットを自分だけのものにしたかった。だから、すぐに子供を作った。自分にとって、ヴィオレットは誰とも分けたくない、自分だけのケーキだった。隠れて食べているところを母親には見つかりたくなかった。けれども、母親は息子が口のまわりをクリームだらけにして、ケーキを食べている現場を見つけてしまった。隠しておきたかった娘を……。しかも、その娘に子供ができたことにまで気づいてしまった。

一九九六年八月　フィリップ・トゥーサンの話

フィリップは、バイクにまたがり、ノートルダム・デ・プレ城の近くにあるシャロン＝シュル＝ソーヌの町に向かっていた。サマースクールの仕事がなくなったアラン・フォンタネルが病院の設備のメンテナンス係として、その町にあるサント・テレーズ病院で働いていると知ったからだ。ヴィオレットはマルセイユの女——セリアの別荘で休暇を過ごすためにソルミウに行っている。フィリップはセリアのことを虫の好かない女だと思っていたので（どうやら、向こうもそう思っているようだった）、もちろん、ソルミウに一緒に行ったりはしない。そこで、シャルルヴィルにいる昔の友だちとバイクでツーリングに出かけるとヴィオレットには言って、アラン・フォンタネルに話を聞くことにしたのだ。ほんとうは昔も今も友だちなんてひとりもいないが、単なる口実なので、どうだっていい。ともかく、やつに会ったら、単刀直入に訊いてやろう。フィリップはそう決心していた。

一階の受付でアラン・フォンタネルに用があると告げると、受付嬢は、「病室の番号はご存じですか？」と尋ねてきた。

「いや、ここで働いている人なんだが……」フィリップは口ごもった。

「看護師ですか？　それともインターン？」

「いや、メンテナンス係の人だ」

「訊いてみますね」

そう言って受付嬢が電話を取りあげた時、そこから五十メートルほど離れたカフェテリアに入っていくフォンタネルの姿が見えた。その瞬間、不快感がこみあげてきた。やっぱり、あいつは我慢ならない。そう思うと、足が勝手にカフェテリアに向かい、トレイを手にセルフサービスの列に並んでいたフォンタネルのうしろについていった。自分もトレイを取り、日替わりメニューを頼んだ。フォンタネルは窓際の席に向かった。よし、ひとりだ。フィリップは座っていいかとも訊かず、黙ってフォンタネルの前の席に座った。

「何か用ですかね?」

「ああ、話したことはないけどな」

「前に会ったかな?」フォンタネルはむっとした顔で、訊いてきた。

「ああ」

フォンタネルは平然と肉を切っていた。

「あんたのことを、ずっと考えていたんだよ」フィリップは言った。

「女に言われりゃ、嬉しいけどな」

フィリップは切れそうになったが、頬の内側を噛んでこらえた。カッとなるな。冷静になれ! 自分に言い聞かせた。それから、言った。

「こういうことだ。裁判の時、あんたは何か隠していたろう? 全部、話していない。何より、でたらめを言っていた」

フォンタネルは平然とした顔をしていた。どうやら、こちらが誰か、最初からわかっていたみたいだ。パンを大きくちぎって、皿のソースをぬぐっている。それから、こちらを見ると言った。

「で、法廷で言わなかったことを、おれがここで言うって、おまえさん、本気で思ってるのかい?」

「ああ」

「どうして、おれがそんなことをするって思うんだ」

「おれが腕にものを言わせるからだよ」

「そりゃあ、好きにすればいいがね。なんなら、おれを殺したっていい。そうすりゃ、おれは仕事からも女房からも、ガキどもからもおさらばできるからな。だが、そんなことをしても無駄だ。おれはなんにも隠しちゃいないからな」

フィリップは拳を握りしめた。

「あんたの人生がどうなろうとおれの知ったことじゃない。知りたいのは、あの夜、何があったのかってことだ。おまえは嘘つきだ。ほんとうのことを言え」

「じゃあ、おまえさんもほんとうのことを言えよ！　おまえさん、おれの女房とできていたろう？　ジュヌヴィエーブ・マニャンと……！」

それを聞いた瞬間、フィリップはマニャンとの情事の瞬間を思い出した。あの女は盛りのついた雌犬みたいで、おれはあの女の目やにのついた顔を見るのが嫌で、いつもうしろからやってた。最後は仲間とまわしてやったが、あの女、本気で泣きさけんでいた。そうだ、だから、あの女はレオニーヌを見て、おれに復讐することにしたんだろう。子供部屋に火をつけて……。あの女はレオの通っていた幼稚園で働いていたからな。レオのこともよく知ってたはずだ。それで、こいつが女房をかばって、あんなでたらめな証言をしたんだ。

「いったい、何があったんだ？　言え！」

「あれは事故だった。ただの事故だよ。裁判で言ったとおりだ。それ以外のことなんか、ありゃしねえ。何をしたって無駄だよ。おまえさんは、なんにも見つけることなんかできねえ」

それを聞くと、同時にフィリップは机の上を飛びこえて、フォンタネルにつかみかかった。そのまま顔や腹を殴りつづける。いったん手をあげると、歯止めがきかなくなった。フォンタネルは抵抗せず、黙って殴られていた。そのうちに、まわりの人が止めに入って、押さえつけられそうになったが、フィリップはそれを振りほどくと、走って逃げだした。拳が血だらけになっていた。

やっぱり、あいつは何か隠してるんだ！　フィリップは思った。だから、黙って殴られていたんだ。それならば、きっと警察に訴えることもしないだろう。

フィリップの予想どおり、フォンタネルは何も言わなかった。警察がフィリップのもとに来ることはなかった。

64

おやすみなさい、パパ。おやすみなさい
私たち子供の笑い声が、お空にいるパパにも聞こえますように

（墓碑に使われる言葉）


二〇一七年六月二日、十五時。晴天、気温二十五度。

ブロンの墓地で、フィリップ・トゥーサン（一九五八―二〇一七）の埋葬が行われた。

棺はオーク材。墓石はグレーの大理石。十字架はなかった。

花輪が三つ。《この花を、決して色あせない美しい思い出に捧げる》と書かれたメッセージカード。白いユリの花輪には、《心からのお悔やみを、この花にこめて贈ります》と書かれている。《愛しい人へ》《同僚へ》《友へ》と書かれた葬儀用のリボン。メモリアルプレートには、金色のバイクと、《あなたを決して忘れない》という言葉が刻まれている。

墓のまわりには二十人ほどが集まっていた。フィリップ・トゥーサンのもうひとつの人生に関わった人たちだ。

法律で認められた正式な妻として、私はフィリップ・トゥーサンをリュック・ペルティエの墓に埋葬する許可を、フランソワーズ・ペルティエに与えた。フィリップ・トゥーサンが叔父さんと再会で

きるように……。私は夫に叔父がいることすら知らなかった。そもそも、フィリップ・トゥーサンの人生について、私は何も知らなかったのだ。

誰もいなくなるまで待って、私は墓に近づいた。そして、レオニーヌの代わりに、《パパへ》と刻んだメモリアルプレートを供えた。

65

たったひと言、あなたに愛していると伝えたい
たったひと言、あなたにお願いしたい
この世の試練を乗りこえるため、力を貸してほしいと

（墓碑に使われる言葉）

一九九六年八月　ジュヌヴィエーブ・マニャンの話

あたしはずっと待ってた。いつか、あいつがやってくると思ってたからだ。亭主がボコボコにされて帰ってきたからじゃない。その前からわかってたんだ。

フォンタネルは松葉杖をついて、ひどいツラで家に帰ってきた。顔中、赤や青のアザだらけで、歯が二本折れてた。「今度は何をしたのさ？」ってあたしは訊いた。またいつものように大酒食らって、ほかの酔っ払いと喧嘩したんだろうって思った。酔うとすぐ暴力をふるうやつだから……。あたしだって、いつも殴られてる。でも、亭主は言ったんだ。

「何をしたかって？　おれに隠れて、てめえとやってた野郎に訊いてきな。フィリップ・トゥーサンって、あの色男に……」

で、あたしはやっぱりって思った。いつかあいつがやってくるのはわかってたけど、とうとう亭主

のところまで来ちまったんだって……。殴られたのは亭主だけど、ほんとうに痛みを感じたのはあたしだ。母さんに叩かれた時より、もっと痛かった。母さんに叩かれるなんて、猫におしっこを引っかけられたようなもんだ。あたしは恐怖で身がすくんだ。

一週間前に隣の家で豚を殺した時のことが頭に浮かんだ。あたしら女も手伝いに駆りだされて、ブーダン（豚の血と脂身で作る腸詰め）を作らされた。豚は恐怖と苦痛で、ブヒブヒわめいてた。あたりには血の臭いが充満してた。その様子を見てたら、急に死にたくなった。首を吊っちゃいたいって……。まあ、死にたいって思うのは、しょっちゅうだけど……。特にあの事件のあとは……。だけど、その日は、いつもよりずっと長く、その考えが頭から離れなかった。実際、ホームセンターの《ブリコラマ》に首を吊るロープを買いにいこうと思って、財布をバッグに入れたくらいだ。でも、息子たちのことを考えて、財布を引き出しに戻した。息子たちは、まだ六歳と十一歳だ。フォンタネルはろくでなしだ。あたしが死んだら、あの子たちはどうなる？　そう思ったからだ。

あの男がいつか、あたしに話を聞きにくることはわかってた。墓地でも裁判所の廊下でも、じっとあたしを見てたから……。

誰かがドアをノックした。あたしは郵便配達員だと思ってドアを開けた。通販会社の《ラ・ルドゥート》から荷物が届くことになってたからだ。だけど、ドアの外にいたのは、郵便配達員じゃなくて、あの男だった。ひどく疲れて、悲しそうな顔をしてた。この人、悲しんでる。あたしにはそれがわかった。でも、あいかわらずきれいな顔をしてた。なんて、きれいなんだろう！　だけど、そのきれいな顔には軽蔑が浮かんでた。あいつはクソの山でも見るような目であたしを見た。

あたしはすぐにドアを閉めようとした。でも、あいつは乱暴にドアを蹴とばし、押しいってきた。おまわりを呼ぼうかと思ったけど、もしほんとうにおまわりが来たら、何を言ったらいいんだろう？

あたしは警察が怖かった。あの晩からずっと……。

あいつはあたしに触らなかった。指一本でも触りたくないほど、あたしのことを嫌ってるんだろう。身体中から怒りと憎しみを放ってた。あたしは、「あれはほんとうに事故だったんです。あたしは何もしてません。子供を傷つけるようなこと、あたしには絶対できません」としか言えなかった。

あいつはあたしをじっと見てた。それから、あたしが想像もしてなかったことをした。台所の椅子に腰かけると、テーブルの上に突っ伏して泣きはじめたんだ。人混みで母親とはぐれちゃったガキみたいに、すすり泣いてた。あたしは思わず声をかけた。

「……何が起こったのか、知りたいですか？」

でも、あの人は突っ伏したままで、首を横に振った。でも、それだったら、どうしてここに来たのか、不思議だった。

「誓って言うけど、あれは事故だったんです」あたしは言った。

あの人はすぐ手の届くところにいた。ほんの一メートルのところに。ああ、触りたい。あたしは思った。服を脱がせたい。あたしも服を脱いで、うしろからやってほしい。前みたいに……。あたしはテーブルに手をついて、あえぎ声をあげる。あの時、岩に手をついたみたいに……。そんなことを考えてたら、自分が嫌になった。嫌になって、吐きそうになった。あの時のあたしほど、自分がサイテーだって思った人間はほかにいないだろう。

あの人は絶望してた。絶望して、どうすればいいかわからない様子だった。それで、あたしの家の汚い台所で泣いてた。長いこと掃除なんかしていない台所で……。そうだ、あたしはサマースクールの仕事がなくなってから、何もしてない。結局、全部、あたしがいけないんだ。犯人はこのあたしだ。と、あの人が突然、立ちあがって、あたしには目もくれず家を出ていった。あたしはあの人が座ってた椅子に腰掛けた。香水の残り香がした。

息子たちを学校に迎えにいったら、その足で妹の家に預けにいこう。妹は、あたしなんかよりずっと優しい。息子たちには、よい子にしてるんだよって言い聞かせよう。おとなしくしてるんだよって……。それから、帰りに《ブリコラマ》に寄ってロープを買おう。首を吊るためのロープを……。あたしは引き出しから財布を取り出した。

66

母の死とは、悲しんでいる時にいつもそばにいてくれた人が
こんなに悲しいのに、今日はもういないことだ

――ジョン・ペティー＝セン『閃きと気まぐれ』

公証人のルオー先生が訪ねて来た時、私は菜園でミニトマトの世話をしていた。

「先生、召しあがりますか？」

「喜んで」

ミニトマトをいくつかもぎ取って渡すと、先生はすぐにかじりついて、「いや、これはうまいなあ」と声をあげた。

「ところでヴィオレット、これからどうするのです？　このまま、ここで暮らすのですか？」

「あら、どこに行けっておっしゃるんですか？」

「ご主人が亡くなって、あれだけの遺産が手に入ったのだから、もう仕事をしなくてもよいでしょう？」

「あら、とんでもない。私は、この仕事が好きなんです。家も墓地も、ここで一緒に働く仲間も、友だちも、みんな好きなんです。それに、私が辞めたら、墓地で暮らしている犬や猫の世話をする人が

いなくなっちゃうでしょう？」

「ふむ。だがそれにしたって、どこかに居心地のよい小さな家を買っておくべきだと思いますよ。別荘でも……」

「あら、そんなのごめんです。だって、別荘を買ったら、休みにはそこに行かなくちゃならないじゃありませんか。旅行に行きたくても、別荘の手入れをしなければと思うと、ほかの場所には行けなくなってしまいます。第一、私が別荘なんて持つような人間に見えますか？」

「ふむ。それでは、あれだけの金をどうするつもりです？　差しつかえなければ、教えてもらえませんかね」

「百を三で割ると、いくつになります？」

「三十三・三三三三三……永遠に三が続きますな」

「じゃあ、三分の一にして、三十三・三三三三三と永遠に続く三の分ずつ、慈善団体に寄付しましょう。貧しい人たちに温かい食事を無償で提供している《心のレストラン》と、国際人権団体の《アムネスティ・インターナショナル》と、動物愛護の《ブリジット・バルドー財団》に……。そうしたら、ほんの少しだけど、私の墓地から世界を救うお手伝いができるでしょうから……。さあ、こちらにどうぞ、先生。一杯飲みましょうよ」

そう言って、私は緑のあずまやに向かった。ルオー先生は杖をついて、微笑みを浮かべながらついてきた。私たちは腰をおろして、冷えた甘いソーテルヌワインを味わった。ルオー先生はスーツの上着を脱ぐと、塩味のピーナッツをつまみながら足を伸ばした。

「ああ、今日はなんてよいお天気なのかしら！　先生、私はね、毎日ここで世の中の美しさに感動していているんです。もちろん、お天気の悪い日だってあるし、埋葬があれば大切な人を失って悲しんでいる人々の姿を見なければならない。でも、人生って、そんな悲しみを超えたところにあるものでしょう？　いつだって、朝はやってくるのだから——明るい太陽の日が差す朝や、焼けた大地に植物の芽が出る朝がね」

「私の事務所では、遺産をめぐって兄弟姉妹が醜い言い争いをすることがたくさんありますが、今度、そういうことがあったら、ここに送りこむことにしましょう。あなたのそばで人生について教わるといい」

「私はね、先生。遺産なんて残すべきじゃないと思うんです。生きているうちに、愛する人たちのために使ってしまうべきです。時間と同じように、愛する人のために使えばいいんです。遺産なんて、家族を引き裂くために悪魔が考えだしたものですよ。死んだ時にあげるなんて約束しないで、生きているうちに使ってしまえば、諍《いさか》いなんて起こらないでしょうに」

「まあ、でも、これだけの遺産を残したわけですから、ご主人は恵まれていたんですね？」

「あの人はちっとも恵まれていませんでした。いつも孤独で不幸だったんですもの……。そんなに不幸にならなくてもいいと思うくらいに……。でも、幸いなことに、最後はよい人と一緒に過ごすことができました」

「あなたはいくつになりました？」

「さあ、いくつだったかしら？　忘れました。一九九三年の七月から、誕生日は一度も祝ってないから……」

「親愛なるヴィオレット、あなただって、人生をやりなおすことはできるのですよ」

「私は自分の人生に満足しています。このままで十分です」

67

人生という流砂の上に、私の心が選んだ優しい花が育つ

（墓碑に使われる言葉）

一九九六年八月

墓地に引っ越す一年前の八月、私はソルミウのセリアの別荘で休暇を過ごすと、いつもより早く予定を切り上げてブランシオン＝アン＝シャロンに向かった。列車でマコンに向かい、そこからトゥールニュ行きのバスに乗った。ブランシオンに到着する少し前、バスはラ・クレイエットの町を通過し、私は窓越しに、初めて、遠くにそびえ立つノートルダム・デ・プレ城を目にした。白い壁に窓がいくつもある、堂々とした城だ。その前にはサファイアのように輝く、青い湖が広がっていた。数分後、ブランシオンの町役場の前に停車したバスから降りた時、とても暑い日だったのに、私の身体はがたがたと震えていた。娘が亡くなった城を見たせいだ。心臓がどきどきして、脚には力が入らなかった。私はようやくのことで、墓地までたどりついた。頭の中には、まだあの城の残像が残っていた。

サーシャの家のドアは半分開いていたが、私は中には入らず、まっすぐレオニーヌの墓に向かった。城の残像は去らなかった。私の目には白い壁と窓が焼きついていた。とりわけ、一階の窓が……。娘とほかの三人の子供たちの名前が刻まれた墓石の前に立った時、私は初めて、葬儀に参加しなかった

ことを悔やんだ。娘をひとりで旅立たせたことを、メモリアルプレートの代わりに白い石のひとつも墓に置いてやらなかったことを……。だが、同時に、その日、私にはあらためてわかったのだ。やはり、あの子はこの墓石の下にはいないのだということが……。レオニーヌはソルミウの入り江にはいた。そして、サーシャが作った菜園の花の中にも……。でも、この墓石の下にはいない。悲しい気持ちで、私はサーシャの家に戻った。

事前に知らせていなかったので、サーシャは私が来ることを知らなかった。最後に会ってからは二カ月以上がたっていた。墓地に来ることをフィリップ・トゥーサンに禁止された、あの夜以来だった。家の中は整頓されていた。菜園に続く裏のドアが大きく開いていたので、声をかけずに、そのまま出て行ってみると、サーシャは顔に麦わら帽子をのせてベンチで昼寝をしていた。私は足音をしのばせて、そっと近づいていった。でも、サーシャは私に気づいて、一瞬ではね起きると、私を抱きしめた。

「知ってるかい？　麦わら帽子ごしに見る空ほどきれいなものはないんだよ。太陽をさえぎってくれるからね。私は帽子の穴から空を見るのが大好きなんだ。しかも、今日は私の雛鳥が帰ってきた！なんて嬉しいサプライズだろう！　一日いられるのかい？」

「もう少し長くいられます」

「そりゃ素晴らしい！　お昼は食べたのかい？」

「お腹は空いてないんです」

「パスタを作ってあげるよ！」

「でも、私、お腹は空いてないんです」

「バターと、グリュイエールチーズをすりおろして入れよう。ほら、おいで。やることがいっぱいあるよ！　庭を見たかい？　どれもよく育って、すごいだろう？　今年の菜園は大豊作だよ。今年は大豊作の年だ！」

そう言って、身体を揺すりながら笑っているサーシャを見た時、私はお腹の中になにか暖かいものを感じた。ちょっとした幸せに似ていた。無理に楽しそうなふりをして、大声で笑ったりするような見せかけの幸せではない。唇の端にずっと浮かんでいるような微笑みのような幸せ……。心からしたいことをしている時の幸せだ。私は幸せに操られているのではない。幸せは私の中に住みついているのだ。

その瞬間を永遠に留めておきたかった。夏とともに……。サーシャとこの菜園とともに……。

それから四日間、私はサーシャと一緒に過ごした。私たちはまず、熟れたトマトを収穫して保存用の瓶詰めにすることから始めた。たっぷりの水を入れた大きな鍋を薪の火にかけて沸騰させる。そこに広口瓶を入れて煮沸消毒する。トマトをカットして種を取りのぞき、消毒した瓶に摘んだばかりのバジルの葉と一緒に入れる。蓋をした瓶を湯の中に戻して十五分煮る。しっかり密閉するためには、蓋をする時に新しいゴムを使うことが肝心だと、サーシャが教えてくれた。

「さあ、これで、このトマトは四年は保存できるよ。だけどそんなに長く取っておいたってしかたないとは思わないかい？　この墓地に埋葬された人たちを見てごらんよ。みんな何か取っておいたはずだが、死んでしまったら使えないんだ。だからね、私たちは取っておくのはやめて、今夜さっそく、ひとつ空けようじゃないか」

トマトの次に、インゲン豆も同じように瓶詰めにした。筋とヘタを取って、塩水と一緒に広口瓶に入れ、蓋をして沸騰した湯に入れて加熱した。サーシャが言った。

「今年、インゲン豆はあっという間に育って、ひと晩で収穫できるくらいになった。ちょうど二日前のことだ。きっと、ヴィオレットが来ることを感じとったんだよ……！　いいかい、君の菜園には予知能力があるのだ。その力を決して疑ってはいけないよ」

二日目には埋葬があった。サーシャに「一緒に来ておくれ。何もしなくていい。ただ私のそばにいればいいから」と頼まれて、生まれて初めて、埋葬というものに立ち会った。参列者は、上等だが暗い色の喪服を着て、悲しみに沈んで青ざめた顔をしていた。誰もが力なく握手や抱擁を交わし、それがすむと、またうなだれていた。故人の息子が涙声で読んだ弔辞を、私は今でも覚えている。

「パパ。作家のアンドレ・マルローが言っていたね。この世でいちばん美しい墓は、残された者たちの記憶なのだと……。パパは人生を愛していた。女性と、上等なワインと、モーツァルトが好きだった。この先、よいワインを開ける時、きれいな女性とすれちがう時——とりわけ、きれいな女性と一緒にワインを飲む時には、ぼくはパパのことを思い出すだろう。そして、パパが近くにいると思うだろう。秋になって、ブドウ畑の色が変わり、ブドウが緑から赤に変わって、空が明るく照らされる時にも、パパが近くにいると感じるはずだ。モーツァルトのクラリネット協奏曲を聴く時は、きっとパパも一緒に聴いているのがわかるだろう。どうぞ安らかに、パパ、あとのことはぼくに任せて……」

参列者がいなくなってから家に戻ったところで、私はサーシャに弔辞を書きとめておくことはあるかと尋ねた。

「なんのために？」サーシャが言った。

「レオニーヌが埋葬された時、どんな弔辞が読まれたのか、知りたいんです」

「私は何かをとっておくことはしないよ。野菜はね、その年に採れたからといって、翌年もまた同じように採れるとはかぎらないのだ。毎年、最初からやりなおさないといけないのだよ。ただしミニトマトだけは別だがね。ミニトマトは、どこにでも勝手に生えてくることがあるから」

「どうして、今、そんなことを言うんですか？」

「人生っていうのはね、ヴィオレット、リレーみたいなものだ。君は人生を誰かに託す、そしてその誰かは、また次の誰かに人生を託していくのだよ。私は、自分の人生を君に託す。いつか、君もそれを誰かに託すのだ」

「でも、私は天涯孤独の身ですよ」

「ちがうね。私がいるだろう？　そして私がいなくなったら、そのあとにも、きっと誰か現れるはずだ。もしレオニーヌの埋葬で言われたことを知りたいなら、自分で弔辞を書きなさい。あとで、寝る前にね」

三日目、私はレオニーヌの墓の前に行って、前日、書いた弔辞を読んだ。

帰りに、墓地の通路でサーシャを見つけた。ちょうど埋葬が終わったところのようだった。一緒に歩きながら、サーシャはこの墓地に埋葬されている人々のことを話してくれた。ずいぶん前からいる人たちもいれば、最近、入ってきたばかりの人たちもいた。

「サーシャは、お子さんはいるんですか？」私は思い切って、訊いてみた。

「……若い頃、私はみんなと同じようにしたくて結婚したんだ。まったく馬鹿なことを考えたものだ。みんなと同じように、なんてね。世間体を取りつくろって、物事はこうあるべきだなんて考えるのは最悪だよ。それは結局、人を殺すことになる。

妻はヴェレーナといった。君のように優しい声をした、とてもきれいな子だった。実を言うとね、君は少し彼女に似ているんだ。私は女より男のほうが好きだったが、でも、世間と同じように女性と結婚して、子供を作らなければならないと考えていた。そこで、ヴェレーナほどきれいな女性だったら、私も普通の男のように妻と交わることができるだろうと考えた。まったく、頭でっかちの馬鹿な若者だったよ。でも、結婚式の日、白いレースのウェディングドレスを着ているヴェレーナを見た時、私は気づいてしまった。自分自身を偽っていることを……。ヴェレーナのベールを持ちあげて、その唇にキスをして、招待客たちが祝福の拍手を送っている間、私が何を考えていたと思う。その拍手をしている男たちのたくましい腕に抱かれたいということだよ。

初夜はまさしく悪夢のようだった。それでも一生懸命がんばったよ。私が抱いているのは、妻の弟なのだと想像して……。義弟のきれいな茶色の髪と大きな黒い瞳を思い浮かべてね。でも、まったくだめだった。妻とセックスすることはできなかった。幸いヴェレーナは、披露宴で飲みすぎたせいだと思ってくれたけれど……。実際、飲まなきゃ、初夜を迎えることなんて、とうていできなかったんだよ。

それから何週間も、毎晩私は妻に挑んで、やっと妻とひとつになることができた。ヴェレーナは愛に満ちた優しい目で私を見たけど、それがどれだけ私を苦しめたか、とても言いあらわすことができない。だって、私はおぞましい想像をすることで、やっと彼女に触ることができたのだから……。それからも毎晩、私は妻を抱いた。相手は村の男たちだと想像しながらね。村中の男を、全員一度は想像で抱いたよ。

その後、私たちは引っ越した。場所を変えれば、私の性的指向も変わるんじゃないかと思ったんだ。それが私のしたふたつめの馬鹿なことだ。もちろん、そんなことで、女性を好きになれるわけじゃない。結局、引っ越した町でも、私の目はあいかわらず男ばかりを追っていた。何度も妻を裏切ったよ。関係は公衆トイレで持った。だけど、ヴェレーナを愛するふりをしたことはないよ。妻のことは心から愛していた。私はいつでもヴェレーナを見つめて、目でむさぼった。けれども、目だけだ。ヴェレーナの仕草は好きだったけれど、身体に触れるのは勇気がいった。髪に触れるだけでも大変だったんだ。それでも、彼女の名誉を守るために、〈夜のお勤め〉だけは果たした。いや、実際には、彼女の名誉を傷つける行為だったとは思うが……。なにしろ、ヴェレーナの肌に触れながら、頭の中ではほかの男としているところを想像していたのだから……。しかも、男なら誰でもよかった。その夜に見たテレビ番組の司会者でもね。

そんなことを続けているうちに、結婚してから三年後にヴェレーナが妊娠した。私には一筋の光が差したように見えた。三年間の暗い結婚生活への、唯一のポジティブな答えのように思えたんだ。大きくなってくるヴェレーナのお腹を見て、私はまた畑仕事を始めた。ほとんど以前のような、幸せな男にもどった。子供の誕生を、私は夢に見るほど待ち望んだよ。生まれた子は男の子で、エミールと名づけた。ヴェレーナは息子にかかりきりになり、私のことは二の次で、夜の生活を求めることも減った。私はどんどん元気になった。家の中には息子がいて、優しい妻がいて、外に出れば——たとえ公衆トイレでも、たくさんの愛人がいて、とても幸せだった。汚れた幸せかもしれないけど、幸せには変わりない。私が父親としては最高なのは知っているだろう？　それに赤ん坊っていうのは、妻を抱きたくない男にとってはありがたいものだよ。やれ、歯が生えてきた、中耳炎になった、夜泣きをする、部屋が暑すぎる、寒すぎると言って、母親は子供の面倒ばかり見ているからな。夜にはもうくたくたになって、ベッドに入ったとたん、眠ってしまうんだ。

息子が生まれてから、私は一度だけヴェレーナを抱いた。新年の夜に、酔っ払った勢いでね。ところが、そのたった一度で、妻はまた妊娠した。エミールが生まれてから三年後だ。生まれたのは女の子で、ニノンと名づけた。とても可愛い子だった。

私はヴェレーナにふたりの子供を授けた。ふたりもだ。本物の命を、二度も与えることができたのだよ。人間に子孫を増やさせるためには、神様はどんなことでもするということだ」

「お子さんたち、今は、おいくつになるんですか？」

「ずっと変わらないよ。妻もそうだ」

「どういう意味ですか？」

「一九七六年に車の事故で死んだから、三人とも、もう歳を取らないんだよ。休暇に向かう太陽高速での事故だった。三人で海沿いに借りた貸別荘に行く途中だったんだ。私は三日後に列車で合流する予定だった。どうしてだか、わかるかい？」

「どういうことです？」

「どうして一緒に行かず、三日後に合流することにしたかということだよ」

「……」

「七六年当時、私はエンジニアでね。結構、忙しかった。だから、ヴェレーナには、どうしても片づけなくてはならない仕事が残っていると言った。だけど、ほんとうは、同僚の男と三日間浮気するつもりでいたんだ……。事故の知らせを受けて、私は正気を失った。それから長いこと精神科に収容されることになった。自分の手を使って人を癒やすことを覚えたのは、その病院に入っていた時だ。ね、ヴィオレット、これでわかっただろう？　君と私は、ふたりとも悲しい宿命を背負ったのだ。それでも、私たちは今、ここにこうしている。私たちの話だけで、ヴィクトル・ユゴーの小説全部を合わせたような話ができるよ。さしずめ、『大きな不幸と小さな幸福と希望の選集』だな」

「三人はどこに埋葬されたんですか？」

「ヴァランスの近くだ。ヴェレーナの実家の墓に眠っているよ」

「じゃあ、どうしてこの墓地に来ることになったんです？」

「病院を出たあと、私は〈社会的な援助対象〉に認定されたんだ。それで昔からの知り合いだった、ここの町長が、道路清掃員として雇ってくれたのさ。最初は青い作業衣を着て、ブツブツ独り言を言いながら町のゴミ箱のあたりを掃除していたがね。そのうち、だいぶ頭がしっかりしてきたんで、墓地の管理人にしてほしいと町長に頼んだんだ。ちょうど空きができたと聞いたものでね。私は自分が死者のそばにいるべきだって、感じていた。だから、墓の近くで暮らすのがいちばんいいと思ったんだ。ただし、家族の墓ではなく、他人の墓だけど……」

サーシャが私の腕を取った。私たちは腕を組んだまま、しばらく歩いた。男女のカップルが墓の場所を訊いてきた。私はそばを離れて、墓までの行き方を説明しているサーシャを眺めた。失った家族のことを話すうちに、サーシャの背中は丸くなったような気がした。

サーシャの言うとおりだった。私たちは、ふたりとも悲しい宿命を背負ったのだ。でも、それだけじゃない。ふたりとも不幸という名の海で遭難したが、海は私たちを完全に呑みこむことはできなかった。私たちは生存者だ。まだ自分の足で立っている。

カップルがお礼を言って立ち去ったあと、私はサーシャと手をつないで、また歩きはじめた。サーシャが続きを話しだした。

「最初、町長はためらっていた。なにしろ、私が精神科の病院に入ったのは、家族が死んだせいなのだからね。それなのに墓地の管理人というのは……。でも、事故からはずいぶん時間がたっていたし、死に別れた悲しみは、時間が癒やしてくれる。時間がいちばんの薬だよ。そんなの、今さら私が君に教えることじゃないだろうが……。

やあ、ごらんよ。素晴らしい天気じゃないか。今日は、バラの木の挿し穂の方法を教えよう。〈八月の木化〉って、なんだか知っているかい？」

「いいえ」

「八月過ぎから、茎が硬くなって、木のようになっていくことだ。最初は緑の茎に茶色い染みが現れてくる。私の手に浮かんでいる染みのようにね。つまり、老化のサインさ。それから、茎全体が茶色くなって、硬くなっていく。その枝に若い茎を接ぎ穂してやるんだ。その茎は古い枝から栄養をもらって、花を咲かせる。どうだ、びっくりだろう？」

そう言うと、サーシャは話を変えた。

「そうだ、夕食には何が食べたい？　アボカド・レモンサラダはどうかね？　ビタミンと脂肪酸が豊富で、君の身体にはとてもよいよ」

四日目、サーシャが古いプジョーで私をマコンの駅まで送ってくれた。トマトとインゲン豆の瓶詰をいくつも入れてくれたので、鞄がものすごく重くなって、マルグランジュまで持って帰るのはひと苦労だった。

墓地から駅まで運転しながら、サーシャが私に言った。仕事を引退したい、もう疲れたし、そろそろ誰かにバトンを渡す時だ。そして、その誰かとは私以外にはいないと……。

68

星たちは君のことしか話さない。ギターを弾くミュージシャンのことしか、そしてまわりの空よりももっと青い、ふたりの恋のことしか

——フランシス・カブレル「小さなマリー」

レオニーヌに捧げる弔辞

レオ、あなたは大きくなることはない。

教室で勉強することも、校庭で遊ぶこともない。甘えてくることもないし、ふくれっ面をすることもない。嬉しそうに飛びついてきたり、バタンとドアを閉めて、出ていくこともない。

歯が生えかわることもないし、盲腸になることもない。真夜中に救急病院に連れていくこともない。

中学校に入学して、女の子の友だちと、素敵な男の子の噂話をすることもない。先生にひそかに恋心を抱くこともない。

ニキビができて大騒ぎをしたり、ダイエットをして、ケーキを食べようかどうか悩んだりすることもない。

ボーイフレンドと手をつないで歩いたり、初めてのキスに心ときめかせることもない。

『ボヴァリー夫人』を読んで、主人公の生き方に疑問を持つこともないし、デュラスの小説を批判し

たりすることもない。先生の説明に異議を唱えることもない。

バカロレアに備えて、図書館で勉強することもないし、夜、遅くまで机に向かっていることもない。服から煙草の臭いをさせることもないし、朝まで帰ってこなくて、心配させることもない。私のお財布から、こっそりお金を抜きとることもない。

お化粧をすることもないし、おしゃれをしてハンドバッグを持つこともない。

恋人ができることもないし、失恋をすることもない。セックスをすることもないし、避妊をすることもない。

就職をすることもないし、自分の銀行口座を持つこともない。クレジットカードを使うこともない。

結婚をして、愛する人と一緒に暮らすこともないし、子供を作って、幸せな家庭を築くこともない。離婚をして苦しむこともない。

歳を取って、しわができたり、染みができたりすることもない。ずっと今のままだ。

食べ物の好みが変わることもない。好きな物は、ずっと同じだ。フレンチトースト、オムレツ、フライドポテト、シェルパスタ、クレープ、魚のフライ、ホイップクリーム、それに、カスタードソースにメレンゲを浮かせたデザートのイル・フロッタント。

あなたはもう大きくなることはない。

けれども、レオ。あなたは大きくなる。別の方法で……。私はこれからも、ずっとあなたを愛しつづける。私の愛の中で、あなたは大きくなる。あなたは別の場所で生きつづける。この世界の、ありとあらゆる囁きの中で。地中海の中で。サーシャの庭で。生い茂った葉陰、鳥の羽ばたきの中で……。日の出の中で、夜のとばりの中で……。

あなたはどこにでもいる。誰かの涙の中にも、誰かの祈りの中にも、すれちがった若い女性の中にも……。

そして、あなたは生まれ変わる。きれいなお花になって……。別のママの子供として、小さな男の子になって……。

あなたは私が見るものすべての中にいる。私が心を寄せるものすべての中に……。私の胸の中で、あなたは生きつづける。

69

記憶という名の素敵な花は、色あせることも、しおれることもない
（墓碑に使われる言葉）

台所に戻ると、可愛い男の子がひとりでテーブルに座っていた。リンゴジュースの缶を手にしていて、ストローで飲んでいる。底に残ったジュースをズズーッと吸いあげる音がした。

「ご両親はどこにいるの？」

男の子は頭を振って、墓地の方を示した。

「雨が降ってるからここで待ってなさいって、ぼくのパパが言ったの」

「お名前は？」

「ナタン」

「ナタン、チョコレートケーキ食べる？」

少年は嬉しそうに大きく目を見開いた。食いしん坊の目だ。

「うん！　ありがとう。ここ、おばさんのお家？」

「こんにちは、坊や」

「こんにちは、おばさん」

「そうよ」

「ここで働いてるの？」

「そうよ」

ナタンは目をパチパチさせた。まつげが黒くて長い。

「寝るのも、ここなの？」

「そうよ」

少年はお気に入りのアニメのヒロインを見るような目で私を見た。

「夜、怖くない？」

「いいえ。どうして？」

「ゾンビが出るから」

「ゾンビって、なあに？」

ナタンは、私が出してあげたチョコレートケーキを大きくひと口、頰ばった。

「生きてる死人なの！　怖いんだよ。ぼく映画を見たんだ。すっごく怖いの！」

「そういう映画は、君にはまだちょっと早いんじゃない？」

「アントワーヌのお家に行った時に、パソコンで見たの。でもぼくたち、全部は見なかったよ。だって怖すぎたんだもん。そうは言っても、ぼく、もう七歳なんだけどね」

「なるほど。そうは言っても、もう七歳なのね」

「ねえ、ゾンビ見たことある？」

「ううん。一度もね」

ナタンは心底がっかりした様子だった。不満そうに唇をとがらせている。でも、それがとても可愛らしい。その時、トゥッティ・フルッティがドアに取りつけた猫用の出入口から入ってきた。雨で毛が濡れている。身体が冷えたのか、トゥッティ・フルッティは籠の中で寝ているエリアーヌのところにいって身を寄せた。エリアーヌは一瞬目を開けたが、すぐにまた目を閉じた。動物たちに気を引かれたのか、ナタンは椅子から降りて、籠に近づいていった。歩を進めるたびに、履いていたバスケットシューズの底が光った。私はマイケル・ジャクソンの「ビリー・ジーン」のプロモーションビデオを思い出した。籠のそばまで来ると、ナタンはズボンをずりあげ、その場にしゃがみこんだ。そうして、スウェットシャツの袖口をまくると、エリアーヌとトゥッティ・フルッティを撫ではじめた。

「これ、おばさんの猫？」

「そうよ」

「なんて名前？」

「トゥッティ・フルッティ」

ナタンが笑い声をあげた。歯にチョコレートがついている。

「変な名前！」

その時、墓地の側のドアがノックされて、ジュリアン・スールが入ってきた。トゥッティ・フルッティと同じくらいずぶ濡れだ。

「こんにちは」

そう言って、子供のほうをちらっと見てから、私を見つめた。いかにも愛しそうに……。すぐにでも近づいて、私を抱きしめたいと思っているような目で……。でも、実際にはその場を動かず、目だけで抱擁した。その視線で、私は〈冬〉の服を脱がされ、〈夏〉の服を見られている気がした。

と、突然、ジュリアンが私から目をそらして言った。

「まったく、可愛いね。決して手放したくない。あれから、どうした？　いい子にしてたか？」

私はびっくりして固まってしまった。あの朝、私は声もかけずに、ホテルを出てきてしまった。

「あれから」とは、その時からのことだろうか？

すると、ナタンが返事をした。

「パパ！　この猫、なんて名前だと思う？」

ナタンはジュリアンの息子だったのか。ジュリアンはナタンに話しかけたのだ。心臓が野生の馬のように跳ねまわっていた。

「トゥッティ・フルッティ」

「なんで知ってるの？」

「知ってるさ。パパがここに来たのは初めてじゃないからね。ナタン、ヴィオレットに『こんにちは』は言ったのかい？」

ナタンは珍しい物を見るような目で私をしげしげと見た。

「ヴィオレットっていう名前なの？」

「そうよ」

「ここ、みんな変な名前だなあ！」

そう言うと、ナタンはテーブルに戻り、座ってケーキの残りをたいらげた。ジュリアンは微笑みながら息子を見ている。

「そろそろ行くよ」と、ジュリアンがナタンに声をかけた。今度は私が心底がっかりする番だった。私がゾンビを見たことがないと知った時のナタンのように……。

「まだ雨がひどいですよ。もうしばらく、ここにいらしたら？」私は提案した。

「これからオーヴェルニュまで行かなくちゃいけないんです。午後、従姉妹の結婚式があるので」

ジュリアンは私をじっと見つめ、それから息子に声をかけた。

「ナタン、先に車に行って中で待ってなさい。ドアは開いているから」

「でも、雨が降ってるよ。バケツをひっくり返したみたいに……」

ジュリアンと私は、ナタンがそんな慣用句を使ったことに不意をつかれて、一緒に声を合わせて笑った。

「よし。競争だ。先に車についたほうが、好きな音楽をかけていいことにしよう」

それを聞くと、ナタンは椅子から飛びおりてきて、私の頬に素早くキスをした。

「もしゾンビを見たら、ぼくのパパを呼んでね。パパはおまわりさんだから！」

そして、墓地の側のドアを出て、車のほうに走っていった。

「なんて可愛い子なのかしら！」

「母親に似たんですよ……。ところで、ぼくの母親の日記は読みましたか？」

「まだ全部は読みおわっていないんです。コーヒーをお持ちになります？　旅のお供に」

ジュリアンはいらないというように頭をふった。

「旅のお供なら、あなたを連れていきたい」

それから、今度はほんとうにそばに来て、私を抱きしめた。首筋に彼の吐息を感じて、私は目をつぶった……。目を開けた時には、もう彼はドアの前にいた。ずぶ濡れの彼に抱きしめられて、私の服も濡れていた。

「ヴィオレット、ぼくは母たちのような恋をするのはごめんです。いつか誰かが、ぼくの墓にあなたの遺灰を置きにくるなんてこと、絶対に嫌だ。そんなのはどうでもいい。ぼくは、あなたと一緒に生きていきたい。今からすぐに……。いつもあなたの隣で空を見ていたい。たとえ、今日のように雨が降っている日でも……」

「私と一緒に生きるですって？」

「ぼくはあの物語は——母とあの男の出会いは、ぼくたちふたりを結ぶためにあったんだと思うんです」

「でも、私は愛に向いていません。そんな資格ありません」

「資格？」

「そう、資格です」

「おかしなことを言いますね。徴兵検査じゃあるまいし……」

「私にはふさわしくないということです。私は死んだ人間なんです。私の墓地をうろついている幽霊たちよりも、もっと……。愛なんて、私には無理なんです。まともに人とおつきあいのできる人間ではないんです。この間のことで、おわかりになったでしょう？　不可能なんです」

「《誰も、不可能なことをする義務はない》？　ことわざにあるように……」

「そういうことです」

ジュリアンは悲しそうな笑顔を見せた。

「残念……」

そう言って、外に出ると、うしろ手でドアを閉めた。だが、二分後にノックもせずにまたドアを開けた。

「ぼくたちはあなたを一緒に連れていきますよ」

「……」

「結婚式にね。ここから二時間の道のりです」

「でも、私……」

「十分あげるから、早く支度をしてください」

「でも、私は……」

「ノノに電話して、あなたの代わりを頼みました。五分で来てくれるそうです」

70

いつか私たちも神の家に召され、君のそばに座る日が来るだろう

（墓碑に使われる言葉）

一九九六年八月　フィリップ・トゥーサンの話

ジュヌヴィエーヴ・マニャンの家を出ると、フィリップはバイクにまたがった。とても不幸な気持ちだった。叔父のリュックはそういう時、よく、《石よりも不幸》だと言っていた。フィリップはなぜかブランシオンの娘の墓に行きたくなった。そのまま墓地までバイクを走らせ、娘の墓のほうに歩いていくと、遠くのほうで埋葬が行われているのが見えた。すでに棺は埋められたらしく、儀式は終わりに近づいているようだった。日盛りの下、参列者たちはいくつかのグループに分かれて、話をしていた。

娘の墓にひとりで来たのは初めてだった。花は持ってこなかった。そもそも花を持ってきたことなど一度もなかった。たいてい母親が用意していたからだ。墓参りには年に二回、来ていたが、いつも両親と一緒だった。

両親はフィリップを家まで迎えにきたが、車を遮断機の前に止めたまま、もう家の中に入ってくることはなかった。ヴィオレットと顔を合わせるのが怖かったのだ。ヴィオレットの絶望と向きあう勇

に……。

車の後部座席に乗った。広い座席にぽつんと座り、海に着くことだけが楽しみだった子供の頃のように、おとなしく気がなかったのだろう。フィリップは子供の頃、一家でバカンスに出かけた時のように、おとなしく

車の後部座席に乗った。広い座席にぽつんと座り、海に着くことだけが楽しみだった子供の頃のように……。

フィリップはいつも思っていた。自分がひとりっ子なのは、両親が一度しかセックスをしなかったからだろうと……。それも何かのまちがいで、きっと事故のようなものだったのではないか？　自分は事故でできた子供なのではないかと……。

墓地に向かって車を運転する父親の背中は、いつもひどく曲がって見えた。孫を失った悲しみと、あの妻との長年の暮らしのせいにちがいない。運転はあいかわらず下手くそだった。わけもなくブレーキをかけ、それ以上にわけもなくアクセルを踏んだ。左に寄りすぎているかと思うと、今度は急に右に寄りすぎた。追い越すべきではない時に追い越し、追い越すべき車線にいるのに追い越さなかった。交通標識など目に入らぬようで、しょっちゅう道に迷った。ひどい方向音痴で、初めての目的地に行く時には、必ず迷った。だが、不思議なことに、娘が死んだという知らせを聞いて、一緒にノートルダム・デ・プレ城に向かった時だけは迷わなかったが……。

あの時、遮断機のある家から城までの道のりは終わりのない旅のように思えた。城まであと数キロメートルというところで、すでに焼けこげた臭いがした。大火事のせいで、空気が汚染されたかのように……。城に到着した時、三人は門の前で車をとめたまま、しばらく車から降りることができなかった。それから、意を決して、城までの二百メートルを歩いた。建物の左翼はほとんどが焦げ、黒ずんでいた。壁が焼けおち、窓が壊れていた。消防士や警察官がたくさんいた。それから、身なりのよい人たち——一緒に死んだ子供の親たちもいた。親たちは恐怖に射すくめられたように、茫然と突っ立っていた。誰もが肩を落とし、口をきかなかった。親たちの上を、時はゆっくりと流れていた。親

たちは皆、これが現実のこととは思えず、遠くから眺めているように見えた。たぶん、心と身体が一緒につぶれないように、いったんふたつに分かれたのだろう。心は心で茫然とし、身体は身体で麻痺しているようだった。

一号室に近づくことはできなかった。周囲はすべて封鎖されていた——アメリカのドラマでよく目にする光景だ。それが、このブルゴーニュで——現実の世界で実際に起こっていた。赤いプラスチックのテープが悲劇の境界を定めていた。その向こうが惨劇の場だ。専門家が地面や壁を観察し、写真を撮っていた。火の通り道を調べているのだろう。証拠を集めて、火災の原因を突きとめるのだ。検事のために正確なレポートを作成しなくてはいけない。子供が四人も死んだのだ。軽々しく扱うべきではない。犯人を罰し、刑に処さねばならない。

「お気の毒に」「ご愁傷様です」「お悔やみ申しあげます」「子供たちは苦しまなかった」そんな言葉を、何度も何度も言われた。城の関係者は見なかった。いや、もしかしたら見たのかもしれないが、忘れてしまった。ほかの子供たち——運よく死を免れた子供たちは、すでに家に帰っていた。急いで退去させたのだろう。

レオニーヌの遺体を確認することはできなかった。もう何も残っていなかったからだ。フィリップは棺や墓碑に刻む文字を選ぶこともしなかった。すべて両親が代わりにやってくれた。結局、最後まで、娘のために何かを選ぶことはなかった。フィリップは思った——おれは自分の娘に何か買ってやることもしなかった。靴も、服も、髪留めも靴下の一足さえも……。それは、いつもヴィオレットの役目だった。あいつは娘のために品物を選んで買ってやるのが好きだったから……。でも棺を選ぶために、ヴィオレットはここにはいない。いや、ヴィオレットはもうどこにもいない。自分にはもう何かをしてやれる相手はひとりもいないのだ。

その晩、フィリップはホテルから家に電話をかけた。電話を取ったのは〈マルセイユの女〉だった（フィリップはセリアのことをそう呼んでいた）。家を出る前に、妻の面倒を見にきてほしいと頼んだのを思い出した。セリアは、ヴィオレットは眠っている、医者が何度も来て鎮痛剤を打っていったと言った。

葬儀は一九九三年七月十八日に行われた。

ほかの参列者たちは、みんな夫婦で手を取り、支えあっていた。フィリップは誰とも口をきかず、ひとりで立っていた。母親が触ろうとしたが、さっと身を引いた。十四歳の時に、キスしようとした母親を拒んだように……。

ほかの人たちは、うめくような泣き声をあげていた。立っていられない人たちもいた。誰もが悲しみにくずおれていた。フィリップだけが、涙も浮かべず、まっすぐに立っていた。

と、その時、フィリップは泣きくずれている女たちの中に、ジュヌヴィエーブ・マニャンがいることに気づいた。黒ずくめの服に身を包み、真っ青な顔をしていた。目はうつろだった。なんであの女がここにいるんだ？　フィリップは思った。だが、すぐに目を背けた。ほかの女はもうどうでもよかった。いや、何もかもどうでもよかった。おれはフランソワーズを愛した。でも、それは終わった。ヴィオレットとレオニーヌも愛した。でも、それも終わった。

最初に知らせを受けて、城に駆けつけてから、葬儀が終わるまでの四日の間、頭の中にはひとつの言葉しか浮かばなかった。おれは自分の娘を守ってやることすらできなかった。おれは自分の娘を守ってやることすらできなかった……。その言葉が繰り返し浮かんだ。

葬儀が終わると、人々はそれぞれの方向に散っていった。フィリップは再び両親の車に乗りこんだ。あいかわらず、後部座席は広く見えた。でも今度の旅の終点は海ではない。終点には、ヴィオレットと、彼女の計りしれないほどの悲しみが待っていた。
持ち主を失った空っぽの部屋も待っている。フィリップはいつも、娘のピンクの部屋から逃げていた。あの部屋からは、毎晩、本を読み聞かせるヴィオレットの声と、レオニーヌの笑い声が聞こえてきていた。だが、もうそれも聞くことはないのだ。

あの出来事から三年たった今、フィリップはひとりで娘の墓の前に立っていた。言葉は出てこなかった。娘にかける言葉も、娘のために祈る言葉も……。祈りの言葉を知らないわけではない。初聖体拝領も受けたのだから……。
初聖体拝領……。そうだ。フランソワーズを初めて見たのはその日だった。フィリップは友だちの兄貴といっしょにミサのワインを飲み、主の祈りをこっそりとふざけた言葉に変えて暗唱したのを思い出した。

天にまします我らが父よ――天辺の禿げます我らが父よ
願わくは、御名《みな》の尊《たっと》ばれんことを――かっとばされんことを
御国《みくに》の来たらんことを――つまらんことを
御旨《みむね》の天に行わるるが如く、地にも行われんことを――痔にも行われんことを
我らが日用の糧を、今日我らに与え給え――我らが自慰用の糧を、今日われらに与え給え
我らが人を赦す如く、我らの罪を赦し給え――我らが何をなしても、我らの罪を赦し給え
我らを試みに引き給わざれ――我らを誘惑に引きこみ給え
我らを悪より救い給え。アーメン――我らをあくまでイカセ給え。ザーメン

あの時は、涙が出るほど大笑いしたものだ。特に、Tシャツとジーンズの上から白いローブを着た時には、お互いに「おまえ、神父みたいじゃん！」「そっちはオカマみたいだぜ！」と言ってからかいあった。

フランソワーズを初めて見たのは、そのあとだった。その瞬間から、目にはフランソワーズしか映らなくなった。

フランソワーズは叔父のリュックに肩を抱かれて、教会の席に座っていた。最初は、叔父さんの娘かなと思っただけだった。でも、じっと見つめているうちに、素敵なお姉さんになって、理想の恋人に見えてきた。初聖体拝領を祝う食事会が終わったあと、フィリップはまたフランソワーズに会いたいと思った。そして、毎年会うたびに、フランソワーズを思う気持ちはさらに強くなっていった。

娘の墓の前で、フィリップは思った。もうこの墓地に来ることは二度とないだろう。娘にかける言葉ひとつ見つからないのだから……。今すぐバイクに飛び乗ってフランソワーズに会いにいきたかった。フランソワーズに会って、その腕の中に身を投げだしたい。だが、それは無理だ。最後に会ってからもう何年もたっている。フランソワーズのことは忘れなくてはいけない。

おれが今しなくちゃいけないのは、ヴィオレットのもとに戻り、ひざまずいて心から許しを請うことだ。初めて会った日のように、またあいつの心を捉えるんだ。踏切の管理人になる前に戻るんだ。おれがあいつの面倒を見よう。あいつが笑顔を取り戻せるように……。おれがあいつを笑わせるんだ。子供も作ろう。ヴィオレットはまだ十分若いじゃないか。あの夜、あの城で実際に何が起こったのか、きっと突きとめてみせると妻に言おう。フォンタネルを殴ったこと、昔マニャンと関係を持ったことも正直に打ち明けよう。おれは最低の男だった、でも必ず真実を明かしてみせると伝えるんだ。そうだ、またヴィオレットと子供を作るんだ。そして、今度はちゃんと面倒を見よう。もしかしたら今度は息子ができるかもしれない。息子を持つのはおれの夢だった。今度は用心するぞ。もうあちこちの女のところに行くこともやめよう。引っ越してもいい。ヴィオレットと一緒に人生をやりなおすんだ。そうだ、人生は変えることができると、テレビでも言ってたじゃないか……。

そのためには、まずマニャンにもう一度会いに行こう——フィリップは思った。あの女は、「子供を傷つけるようなこと、あたしには絶対できません」と言っていた。どうしてあんなこと言ったんだ？　子供を傷つけるようなことじゃなかったら、ほかに何をしたっていうんだ。もう一度会って、ほんとうのことを訊きだしてやる。そうだ、さっき、あの女は言いかけた。「何が起こったのか、知りたいですか？」って……。でも、おれは怖くて聞けなかった。おれがあの女にひどいことをしたせいで、あの女が娘に復讐をしたんだとしたら、どうしようかと思って……。そんなことを聞く、心の準備ができていなかったからだ。でも、あの女が娘を傷つけたんじゃないとしたら……。

フィリップは最後にもう一度、レオニーヌの墓を見た。やはり言葉は何も出てこなかった。そもそも娘が生きていた時だって、たいしたことは言ってやれなかったのだ。レオニーヌの質問にきちんと答えてやったことさえ、一度もなかった。突然、「パパ、どうしてお月様は明るいの？」という娘の声が聞こえてきた。

フィリップはレオニーヌの墓を離れ、出口に向かって歩きはじめた。ふたりを見たのは、その時だった。ヴィオレットと年寄りの男を見たのは……。ふたりは手をつないで歩いていた。フィリップは自分の目を疑った。どうしてヴィオレットがここにいるんだ!?　マルセイユのセリアの別荘にいるはずじゃないか！　つまり、ヴィオレットは嘘をついていたということだ。母親の声が聞こえてきた。「誰も信用するんじゃないよ。おまえは自分のことだけ考えなさい。信じられるのは自分だけだよ」

目の前にはマルセイユにいるはずの妻がいる。しかも、ほかの男と一緒に……。微笑みまで浮かべて……。レオニーヌが亡くなってから、フィリップは一度もヴィオレットが笑った顔を見たことがなかった。

六カ月の間、ヴィオレットは月に二回、《カジノ》のレジ係の赤い車を借りて日曜日にこの墓地に来ていた。あれはこういうことだったのか！　おれには娘の墓参りに行くのだと信じさせて、ずいぶんとうまく隠したものだ。あいつには愛人がいたんだ？　いや、愛人だと？　あの年寄りが？　どうやって知り合ったんだ？　どこで？　ヴィオレットに愛人？　ありえない！　そうだ。マルセイユの帰りにちょっと娘の墓に寄っただけだ。それで、墓地で迷子になった年寄りに親切にしてやって、手を取って歩いているだけだ。年寄りを墓まで連れていってやったら、今日は家に帰ってくるつもりだろう。

フィリップはひそかにあとをつけた。ふたりは手をつないで、墓地の入口にある家まで歩いていった。きっと、管理人に年寄りを預けて、自分は帰ることにしたんだ。そう考えると、フィリップは大きな石の十字架のうしろに身をひそめて、しばらく家の様子をうかがった。だが、ヴィオレットはなかなか出てこなかった。

午後七時頃、年寄りが家から出てきて、墓地の門を閉めた。フィリップはびっくりした。そうか、あいつはこの忌々しい墓地の管理人だったのか。ってことは、ヴィオレットはおれたちの娘が埋葬されている墓地の管理人とできていたのか。フィリップは自分の笑い声を聞いた。悪意に満ちた笑い声だった。殴ってやりたい。殺してやりたいという激しい怒りがわいてきた。

ヴィオレットは家の中から出てこなかった。そっと近寄ると、窓ごしにヴィオレットの姿が見えた。腰にエプロンを巻いて、家と同じように、テーブルにふたり分の食卓の準備をしている。胸が痛かった。あまりにも痛くて、フィリップは思わず血がにじむほど自分の指を嚙んだ。子供の頃に見た西部劇を思い出した。鉄砲で撃たれたカウボーイが、腹から弾を取り出している間、口に木の棒を加えて歯を食いしばっていた場面を……。

ヴィオレットは二重生活を送っていた。それなのに、自分はまったく気がつかなかったのだ。夜が更けた。ヴィオレットと年寄りは家の鎧戸を閉め、電気を消した。ヴィオレットは出てこなかった。あの家で寝るのだ。もうまちがいない。

二カ月前、フィリップはヴィオレットに、ブランシオンの墓地に行くことを禁じた。墓地の帰りに、ヴィオレットがマニャンに会いにいったと聞いて、怖くなったからだ。おれがマニャンとできていたことがあって、しかもあの城で娘の食事の世話をしていたということを知ったら、ヴィオレットはもうおれを許してくれないにちがいない。それが怖かったのだ。

だが、ヴィオレットに愛人がいたとなると、話はまったくちがってくる。フィリップは思った。そうか、だから墓地に行く前の日は、あんなに気分がよさそうに見えたのか。普段は沈みこんでいたくせに……。「日曜日に墓地に行くから。二週に一度だけ、踏切の面倒を見てちょうだい。朝、家を出て、夜には帰ってくるから……。二週に一度だけよ」あいつはおれにそう言った。よくもまあ、ぬけぬけと……その頃は何も知らなかったが、今になってみると、なぜあいつがだんだん元気を取り戻していったのかよくわかった。

壁を乗りこえて墓地を出たときには、もうかなり夜も更けていた。道路に面した家のドアを思い切り蹴とばしてやると、フィリップはバイクに乗って、猛スピードでマコンを目指した。

いずれにせよ、マニャンに会って、話を訊きだしてやろうと思ったのだ。家のある通りに着いたのは、午後十時だった。だが、どこか様子がおかしかった。家の前には警察のワゴン車がとまり、警官が家から出たり、入ったりしていた。もう寝支度をすませていたのか、近所の人たちがガウン姿で、ひそひそ話をしながら、成り行きを見守っている。きっと亭主のフォンタネルがマニャンを殴って、怪我でもさせたのだろう。いつもよりひどく……。それなら、話を聞くどころではない。

そのまま方向転換すると、フィリップは途中で休憩も取らず、家のあるマルグランジュまで、一気にバイクを走らせた。それから、欲求不満の女たちが集まっている、例の〈秘密の場所〉に向かった。

71

開けた窓から、私たちは一緒に見ていた
人生や、愛や、喜びを……。風の音を聞きながら……

（墓碑に使われる言葉）

《イレーヌ・ファヨールの日記》

一九九二年十月二十二日

昨夜、ガブリエルの声を聞いた。

ポールに手伝ってもらってキッチンで夕飯の準備をしていた時に、つけっぱなしだった隣の居間のテレビから、突然聞こえてきたのだ。裁判に関するニュースらしく、ガブリエルは、「自分を捨てた女を弁護している」と言っていた。でも、それはもちろん、私の聞きまちがいだ。自分に負い目があるから、そう聞こえたのだろう。

なつかしい声、私のいちばん美しい思い出に刻まれたトーン……。心の底からびっくりして、持っていた陶器の鍋を落としてしまった。鍋はタイルに当たって粉々に砕け、中に入っていた沸騰した湯が足首にかかった。ポールがパニックを起こして、とんだ大騒ぎになった。私は震えていた。ポールは火傷のせいだと思ったみたいだった。

ポールは私を居間に連れていき、テレビの前のソファに座らせた。ガブリエルの前に……。すぐ目の前にあの人がいた。テレビの四角い画面の中に……。ポールが火傷した肌に水を含ませたガーゼを貼ろうと四苦八苦している間、私はテレビの画面を見ていた。ガブリエルは法廷に立っていた。ニュースキャスターが、今週マルセイユで行われた裁判で、ガブリエルが脱獄の共犯に問われた五人の被告のうち、三人の無罪判決を勝ちとったと伝えていた。裁判は昨日、終わっていた。

ガブリエルはマルセイユにいたのだ。私のすぐそばに。知らなかった……。だけど、もし知っていたとしても、何ができただろう？　会いにいった？　だけど、会って何を話すの？　今さら、「五年前、私はあなたから逃げました。家族を捨てたくなかったから。五年前、私はあなたのことが怖くなったのです。自分のことも。でも、あなたのことを忘れることはできませんでした。それだけはわかってください」って、彼に言うの？

ジュリアンが部屋から出てきて、病院に連れていったほうがいいとポールに言った。私は断った。夫と息子がああだこうだと意見を交わして、結局、救急箱の中から火傷の薬《ビアフィーヌ》のチューブを見つけてくるまで、私はずっとガブリエルを見ていた。あの人は以前のように、あのきれいな手を動かして、記者たちに何か話していた。黒い法服を身にまとい、他人を弁護することへの情熱に満ちていた。そのまま、画面から出てきてほしかった。スクリーンの中から主人公の好きな俳優が出てくるウディ・アレンの『カイロの紫のバラ』っていう映画があったけれど、私はあの主人公のミア・ファローになりたかった。

もし頼んだら、私のことも、ガブリエルは弁護してくれるだろうか？　私があの人を置き去りにした日のことにも、〈情状酌量の余地〉を見つけてくれるだろうか？

あの日、ガブリエルはどのくらい運転席に座って私を待っていたのだろう？　いつ頃、諦めて車を出したのだろう？　いつ、もう私は戻ってこないと気づいたのだろうか？

涙が頬を伝いはじめた。私の意思とは無関係に、涙があふれて止まらなくなった。

ポールがテレビを消した。

暗くなった画面の前で、私は身体を折りまげて、泣きつづけた。

ポールとジュリアンは、私が痛みのせいで泣いているのだと思って、主治医の先生に往診を頼んだ。やってきた先生は、火傷はごく軽いものだと言った。

私はひと晩中眠れなかった。

ガブリエルの姿を見て、声を聞いて、どれほど自分があの人に会いたかったのか、やっとわかったのだ。

＊　＊　＊

翌朝、イレーヌはガブリエルからもらった名刺を探した。この前、会った時、事務所はソーヌ＝エ＝ロワール県のマコンにあると言って、名刺を渡してくれていたのだ。電話をかけると、事務所はまだそこにあった。ガブリエルに会いたいと言うと、電話の相手は、「プリュダン先生は多忙なので、予約は数カ月待ちの状態です。ふたりいる共同経営者のひとりなら、もっとはやく対応できますよ」と答えた。イレーヌは、時間ならあるから、プリュダン先生の予約を待つと答えて、自分の名前と電話番号を伝えた。自宅ではなく、バラ園の電話番号を……。ガブリエルはその番号を知っているはずだが、念のためだ。すると、電話の相手が、「どのようなご用件ですか？」と尋ねてきたので、イレーヌは「プリュダン先生はもうご存じです」とだけ告げた。取れた予約は、三カ月も先の日付だった。

その二日後、ガブリエルがバラ園に電話をかけてきた。電話が鳴った時、イレーヌはちょうど店のシャッターをあげているところだった。きっと花の注文だろうと思い、ボールペンを手に、急いで受話器を取った。ボールペンのキャップには従業員の歯型がついていた。片手がふさがっていると、歯を使って、キャップをはずすのだ。

「ぼくだ」ガブリエルは言った。

「おはようございます」

「事務所に電話をくれた？」

「ええ」

「今週はずっと裁判でスダンにいるんだ。来るかい？」

「ええ」

「じゃあ、あとで」

そう言って、電話は切れた。

イレーヌは注文書の《差出人からのメッセージ》の欄に、《スダン》と書きなぐった。

スダンは、フランス北東部のアルデンヌ県にある街だ。マルセイユからは約九百キロメートルの道のりだ。フランスを南から北までまっすぐ縦断しなくてはならない。

イレーヌはすぐにマルセイユの駅に行って、十時発の列車に飛びのると、たくさんの列車を乗りついだ。お化粧はリヨン＝ペラーシュの駅で簡単にすませた。トイレの鏡に顔を映して、おしろいを塗り、リップグロスをつけただけだ。季節は十月だった。イレーヌは自分の着ているベージュのレインコートを見て、かすかに微笑んだ。きっとガブリエルは、あいかわらずベージュの服を着ていると思うだろう。ブロンドの髪を黒いゴムでまとめ、鏡の前を離れると、イレーヌは駅の売店で、食パンのサンドイッチを買った。それから、歯ブラシとレモン味の歯磨き粉も買った。

スダンに着いたのは、夜の九時頃だった。タクシーに乗って、裁判所の前で降ろしてくれと運転手に頼んだ。ガブリエルは裁判所にいちばん近いカフェかレストランにいるはずだと、イレーヌは確信していた。あの人は、早い時間にホテルに帰るような人じゃない。ビールとフライドポテトとか、ワインと日替わりメニューなんかを頼んで、店のテーブルの端で書類に取り組んでいるはずだ。人がまわりにいて、その息づかいを感じていたい人なのだから……。ガブリエルは静かなホテルの部屋が大嫌いだった。冷たいベッドカバーも厚いカーテンも。かといって、誰かがいるように感じるためにテレビをつけておくのも嫌いだった。

思ったとおり、イレーヌは裁判所の近くの店でガブリエルを見つけた。窓越しに、三人の男性とテーブルに座っている姿が見えた。ガブリエルは煙草を吹かすのとしゃべるのとを同時に行っていた。テーブルクロスが汚れている。四人ともシャツの襟をゆるめて、はずしたネクタイを椅子の肘掛けにひっかけていた。

店に入っていったイレーヌに気づくと、ガブリエルは手をあげて、名前を呼んだ。

「イレーヌ！　こっちに来て一緒に座れよ！」

まるで、彼女が帰宅途中に偶然、通りかかったかのような言い方だった。

イレーヌはテーブルに近づき、三人の男性に挨拶をした。

「紹介しよう。ぼくの同僚だ。ローラン、ジャン＝イヴ、それにダヴィッド。諸君、こちらはイレーヌ、ぼくの運命の女性《ひと》だ」

三人が微笑んだ。まるでガブリエルが冗談を言ったかのように……。まるでガブリエルのそんな冗談には慣れっこで、彼の人生にはたくさんの〈運命の女性〉がいるかのように……。

「さあ、座って。お腹は空いている？　いや、だめだよ。食べなくちゃ。マドモワゼル・オードリー、メニューを持ってきてください！　何を飲む？　え、お茶？　だめだめ！　スダンじゃ、お茶は飲まないんだよ。マドモワゼル・オードリー、同じボトルをもう一本だ！　ヴォルネイの二〇〇七年だ。素晴らしいワインだよ、飲んだら驚くだろう。ほら、ぼくの隣においで」

ガブリエルの同僚のひとりが立ちあがって、席を空けてくれた。ガブリエルはイレーヌの手を取り、目を閉じて手の甲にキスをした。その時、イレーヌはガブリエルが結婚指輪をはめていることに気づいた。薬指に光るホワイトゴールドの指輪……。

「来てくれて、嬉しいよ」ガブリエルが言った。

イレーヌは魚料理を頼み、ガブリエルが同僚たちと話しているのを聞いていた。なんだか肩透かしを食らったような気分だった。好きな人と一夜を過ごすために、はやる気持ちを抑えて、フランスを縦断してきたのに、相手はすぐにふたりきりになりたいとは思っていないのだ。もう手に入れたも同然なのだから、急ぐ必要はないとでも言うのだろうか？　まずは料理とワインをゆっくり味わい、お楽しみは最後にとっておこうとでも……。

イレーヌは後悔した。その場から消えてしまいたくなって、どうやってここから抜けだそうかと考えた――目立たないように席を立って、裏口の非常口を見つけて外に出る。駅まで走って行って列車に飛び乗る。あとは家に戻って、洗いたてのシーツにくるまるだけだ。アロエベラの香りのするシーツに……。心の底からそうしたかった。でも、結局、その場に残って、ウェイトレスにこっそり緑茶を頼んだ。ガブリエルはあいかわらず話に夢中になっていたが、それでも、時々、彼女のことを気にかけて、「大丈夫かい？」「寒くないかい？」「喉は渇いてない？」「お腹は空いてない？」と声をかけてきた。

そのうちに、ようやくお開きになり、男たちはいっせいに立ちあがった。ガブリエルがカウンターに勘定を払いにいった。イレーヌは黙って、あとからついていった。

外に出ると雨が降りはじめていた。ガブリエルとは話をしなかった。どんどん気まずくなるのがわかった。イレーヌは気がつかなかった。いや、もしかしたらずっと前から降っていたのかもしれない。でも、気まずくなっていたのは、こちらだけかもしれない。何も持たずに飛びだしてきてしまったと、今さらながら気づいた。持っているのは、ハンドバッグに、札が何枚かと小切手帳だけだ。どうしちゃったんだろう？　こんなの、ちっとも私らしくない。いつもはもっと慎重なのに……。イレーヌはまた後悔した。自分が安っぽい、はすっぱな女になった気がして、惨めな気分になった。

ガブリエルがレストランに戻ると、傘を借りてきた。明日、返しにくると店員に言ったらしい。それから、傘をさすと、イレーヌの腕をとって、前を行く三人のあとについて歩きだした。歩く方向は、全員同じだった。ガブリエルはイレーヌの腕を強くつかんでいた。

ガブリエルを含めた四人は、全員が同じホテルに泊まっていた。《ホテル・アルデンヌ》……。中に入ると、四人はそれぞれ受付で自分の部屋の鍵を受け取った。そして、イレーヌも含めて、五人でエレベーターに乗りこんだ。ふたりが三階で降り、ガブリエルが「おやすみ、また明日」と声をかけた。三人目は五階で降りた。

「おやすみ、ダヴィッド。また明日」

「七時半に朝食でいいですか？」

「ＯＫ」

五階から七階まで、ガブリエルとイレーヌはふたりきりで向きあった。ガブリエルはじっと彼女を見つめていた。

エレベーターのドアが開くと、暗い廊下が見えた。部屋まで歩き、ドアを開けた瞬間、イレーヌは冷えた煙草の匂いを嗅いだ。オレンジ色の壁は、モロッコ風の漆喰を真似たものだった。

ガブリエルは「失礼」と言って先に部屋に入ると、部屋の隅に置いてある照明器具の明かりをすべてつけてから、浴室に消えた。

イレーヌはその場に突っ立っていた。レインコートを脱いだらいいのか、そのまま着ていたほうがいいのか、よくわからなかった。身体の動かし方もわからなかった。だから、部屋の入口で大理石の彫像のように固まったまま、開いて置いてあったガブリエルのスーツケースを眺めていた。きれいにアイロンがかかった、しわひとつないシャツ。きちんとたたまれたセーターに靴下。イレーヌは、誰が彼のワイシャツにアイロンをかけ、洋服をたたんでいるのだろうと考えていた。

ガブリエルは笑みを浮かべながら、浴室から出てきた。

「さあ、入って。脱ぎなさいよ」

イレーヌはおかしな顔をしたにちがいない。ガブリエルが声をあげて笑いだした。

「全部脱げって言っているわけじゃないよ。レインコートを脱いだら？」

「……」

「ずいぶんと静かなんだね」

「どうして、私にここに来ないかと言ったんですか？」

「会いたかったから……。ずっと会いたかった」

「で、その結婚指輪は？　それはなんです？」

ガブリエルはベッドに座った。イレーヌはレインコートを脱いだ。

「結婚してくれと頼まれたんだ。嫌だとは言えなかった。女性に結婚してほしいと言われたら、断るのは難しいだろう？　そんなの失礼じゃないか。で、君は？　今でも結婚しているの？」

「ええ」

「じゃあ、ぼくたちこれで平等だね。一対一だ」

「……」

「ぼくはしょっちゅう君の夢を見ていたよ」

「私もです」

「淋しかったよ。ここにおいで」

イレーヌはガブリエルのそばに座った。だが、身体は寄せなかった。間に線を引くように距離を取った。

「結婚してから、浮気したことはあったんですか？」

「君とは浮気じゃない。本気だ」

「どうして再婚したんです？」

「さっき言ったじゃないか。妻に頼まれたからだよ」

「奥様を愛していらっしゃるの？」

「どうしてそんな質問をするんだい？　ぼくのために旦那さんと別れてくれるの？　その質問に答える必要はないと思うよ。君は足枷《あしかせ》をはめられているんだ。ぼくがどんなふうに答えたって、自由に行動することはできないんだ。さあ、服を脱いで。全部だ。君が見たい」

「電気を消してください」

「だめだ。ぼくは君が見たいんだ。ぼくたちふたりの間で、恥ずかしがることなんてないだろう？」

「あなたのお友だち、私のことを娼婦だと思ったかしら？」

「あいつらは友だちじゃないよ。ただの同僚だ。さあ、服を脱いで」

「じゃあ、あなたも私と同時に脱いでください」

「お安いご用だ」

72

神様、この喜びがいつまでも続きますように
鳥のように自由に羽ばたけますように

雨はずっと降りつづいていた。私はジュリアンの車の助手席に乗って、彼の従姉妹の結婚式に向かっていた。ワイパーが私たちの顔をぬぐうように、目の前でせわしなく動いている。

後部座席のナタンは眠っていた。私は時々、うしろを振りかえって寝顔を眺めた。子供の寝顔を見るのはほんとうにひさしぶりだ。ラジオから歌が聞こえていたが、カーブにさしかかるたびに電波が乱れた。そのたびに、ジュリアンと私は、イレーヌとガブリエルの話をした。

「スダンの出来事のあとも、ふたりはたびたび会っていました」ジュリアンが言った。

「お母様のそういう話を知るのって、どんな気分ですか？」

「率直なところ、まったく知らない人の話を読んでいる気がしました。そうだ、あの日記だけど、返さなくていいですよ。差しあげます。あなたの記録簿と一緒にしまっておいてください」

「でも……」

「お願いします。あなたに持っていてほしいんです」

「全部、お読みになったんですか？」

「ええ。何度も読みました。特に、母があなたのことを書いている箇所はね……。どうして、母のことを知ってるって教えてくれなかったんです？」

「だって、ほんとうに知ってるわけではありませんから……」

「あなたはすぐに話をそらしますね。びっくりするようなやり方で……。言葉をもてあそぶのが得意だ。世の中に、ほんとうに知ってると言える人なんていないでしょう。ぼくはあなたと母が知り合いだったと言ったんです。ぼくはいつも、あなたに本音を吐かせてやりたいっていう欲求に駆られますよ。でも、あなたは決して口を割らない。容疑者の口を割らせるほうがずっと楽ですよ。正直、もしあなたが罪を犯したとしても、ぼくは捕まえたくないですね。取り調べしている間に、こっちの頭がおかしくなりそうだ」

　私は声をあげて笑った。そして言った。

「あなたといると、友だちを思い出します」

「友だち？」

「サーシャっていうんです。私の命の恩人です……。あなたみたいに私を笑わせて、救ってくれたんです」

「褒め言葉だと取っておきましょう」

「もちろんです。ところで私たち、どこに向かっているんですか？」

「オパルドンです」

「すみません《パルドン》って、何がです？　聞こえませんでしたか？」

「オパルドン。それが通りの名前なんですよ。ラ・ブルブールという村にある通りです。ぼくの父が生まれたところで、今でも一部の親族が住んでいます……。いまだに、親族間で結婚することもあるような土地です」

「私が行ったら、みなさん、あれは誰だろうと不思議に思うんじゃないかしら？」

「ぼくの妻だって言いますよ」

「おかしな人ね、あなた」

「まだまだ」

「結婚式の贈り物は何にしたんですか？　新郎新婦はまだ若いのでしょう？」

「若くはないんですよ。ふたりとも、それまで別々の人生を生きてきました。従姉妹は六十一歳で、新郎は五十代なんですよ。さあ、贈り物は何にしましょうか？　ここから二十キロメートルほど先にサービス・ステーションがあるから、そこに寄りましょう。きっと面白そうな物が見つかりますよ。それに、どこかでナタンを着替えさせないといけないし……」

「私は出る前に着替えたので、これでいいですか？　もうこれ以上、変わりませんけど……」

「いや、あなたはすでに変わっていますよ。変わった生き方をしている。服のほうはそれでいいですよ。いつでも儀式に出られるような格好をしているんだから……。葬式でも、結婚式でも、なんでもこいです」

私はまた声をあげて笑った。

「あなたは変わらないのね」

「ええ、変わりません。いつもジーンズにセーターです。夏にはセーターがTシャツになりますが……」

ジュリアンは私を見て微笑んだ。私は彼に訊いた。

「ねえ、ほんとうに結婚式のプレゼントをサービス・ステーションで買うつもりなんですか？」

「ほんとうですよ」

サービス・ステーションに着いて、ジュリアンがガソリンを満タンにしている間に、私はナタンと一緒に併設されている店に向かった。私は自然にナタンの手を取っていた。古い習慣、決して忘れることのない仕草だ。髪を同じ色に染めたり、馴染みのある香水を選んだり、似たような物を買ってしまうように、深く考えることもなく自然にしてしまうこと……。子供と手をつなぐのはほんとうにひさしぶりだった。ナタンの小さな指が私の手を握るのを感じて、心が乱れた。ナタンは私の知らない歌を口ずさんでいた。

私はふわふわと浮いているような気持ちのまま、店に入った。レジの前に並んだいろいろなチョコレートバーとキャンディを見て、ナタンは目を大きく見開いた。

男性用のトイレまで来ると、代わりに持ってやっていた服の包みを渡して、ナタンに言った。

「私は入れないから、外で待ってるね」

「わかった」

ナタンは着替えの入った袋を受け取って、トイレに入っていった。そして、五分後、白い半袖の開襟シャツに明るいグレーの麻のスリーピース・スーツを着て、とても誇らしげな態度でトイレから出てきた。

「とってもかっこいいわ、ナタン」

「ジェル持ってる?」

「ジェル?」

「髪につけるの」

「店で売ってないか、見てきましょう」

私たちがジェルを探していくつもの棚を見てまわっている間、ジュリアンは結婚祝いの品を選んでいた。小説二冊、レシピ本一冊、ケーキ一箱、気圧計、色とりどりのテーブルセット、フランスの地図、DVD三枚、映画音楽傑作選のCD、地球儀、アニスキャンディ、男性用のレインジャケット、女性用の麦わら帽子、それにぬいぐるみ。ジュリアンはレジにいた男性に、全部まとめてプレゼント用に包装してほしいと頼んだ。でも、レジの男性は包装紙はありませんと答えた。そして、にっこり笑いながら、ここは高級デパートの《ギャラリー・ラファイエット》じゃなくて、A八十九番のサービス・ステーションですからね、とつけくわえた。ジュリアンは店で売っていたWWF（世界自然保護基金）の布製の大きな買い物袋を見つけて、そこにプレゼントをすべて入れた。袋にプリントされたパンダのロゴを見て、ナタンが、「パパ、カラーシール買ってよ。ぼく、パンダに色をつけて、竹と青い空をシールで作るんだ！」と言ったので、ジュリアンが「すごいぞ、息子よ。天才的な思いつきだ」と褒めた。

私は自分がまったく別の女性になって、人生が変わってしまったような気がした。誰か別の人の人生にいるような感じだ。イレーヌがカップ・ダンティーブでベージュの服をカラフルな服に着替えて、サンダルを履いた時も、きっとこんな気持ちだったのだろう。

ナタンと私はとうとうジェルを見つけた。《ハガネのように強固》と書いてあるヘアージェルの最後の一個が男性用旅行セット（剃刀二本、歯ブラシ三本、汗拭き用のウェットシートのパック）の間に紛れこんでいた。私たちは同時に勝利の歓声をあげ、私は今日三回目の笑い声をたてた。

ナタンは大喜びでジェルを手にトイレに入っていった。出てきた時には、髪の毛はビンビンの逆毛になっていた。ジェルを全部、頭につけたにちがいない。ジュリアンは不思議そうな顔で息子を見ていたが、何も言わなかった。

「どう？　かっこいい？」

ナタンに聞かれて、ジュリアンと私は同時に「かっこいい！」と答えた。

73

急行列車も鈍行列車も、ぼくを幸せの場所に運んでくれない
コンコルドもクルーズ船も、ぼくを幸せの場所に乗せていってくれない
ぼくを幸せの場所に連れていってくれるのは、君だけだ

——アラン・バシャン「どんな急行列車も」

一九九六年九月　フィリップ・トゥーサンの話

フィリップの一日は、ずっと前からいつも同じだった。

朝は九時頃に起きて、ヴィオレットが用意した朝食を食べる。薄いコーヒー、薄切りにしてカリッと焼いたバゲット、無塩バター、果肉なしのチェリージャム。それから、シャワーを浴びて、髭を剃る。バイクで出かけて、午後一時まで郊外の道を飛ばす。スピード違反の検問も、取り締まりレーダーもないとわかっている場所では、死ぬほどアクセルをふかす。文字どおり、死ぬほどだ。そのあとは、家に帰って、ヴィオレットと昼食をとる。

それがすんだら、午後四時か五時頃まで、家庭用テレビゲーム機《メガドライブ》で、ビデオゲームの『モータルコンバット』で遊ぶ。それから、午後七時までバイクで出かけ、帰ってきたらヴィオレットと夕飯。腹ごなしに歩いてくるという口実で大通りに徒歩で向かい、愛人の家に行くか、また

バイクに乗って、例の〈秘密の場所〉に行く。バイクで行く時には、夜中の一時二時まで帰らない。雨が降っていたり、行くのが面倒な時は、家でテレビをつけ、映画を見る。そんな時、ヴィオレットはいつも近くで本を読むか、一緒に映画を見たりしていた。

けれども、二週間前、ブランシオンの墓地でヴィオレットが管理人の年寄りといるのを見てからというもの、ヴィオレットのことが信用できなくなった。一緒にいても、心の中ではあの年寄りのことを考えているのだろうかと、疑いの目を向けてしまうのだ。

自分がいない間に、あの年寄りに手紙を書いたり電話をかけたりしているかもしれない——そう思ったフィリップは、帰宅すると電話のリダイヤルキーを押すようになった。だがいつも電話に出るのは、自分の母親だった。母親には二日に一度、電話をかけているので、その間はヴィオレットは誰にも電話をかけていないということだ。不愉快な母親の声が聞こえた瞬間、フィリップは電話を乱暴に切った。

母親には二日に一度、まるで儀式のように、電話をかけなくてはならなかった。毎回、同じ言葉を聞くために……。「坊や、元気？　ちゃんとご飯は食べてる？　ちゃんと寝てる？　具合の悪いところはない？　バイクに乗る時は気をつけるのよ。ゲームのしすぎで目を悪くしないようにね。あれはどうしてるの？　ろくでもない女は？　ちゃんと仕事をしているんでしょうね？　家はきれいになっているの？　シーツは毎週洗っているんだろうね？　おまえの銀行口座は、私がちゃんと管理しているからね。何も欠けてないから大丈夫よ。おまえの生命保険料も、先週お父さんがちゃんと振りこんだからね。私はね、またいつもの痛みがぶり返したの。それにしても、ほんとうに運がなかったわ。ああ、ほんとうにね。世の中、がっかりさせる人ばかり。いいこと、用心しなさいよ。おまえの父親はどんどん意気地なしになっていくわ。幸い、私がしっかりしているからよかったようなものの。おまえたちのことは、私がちゃんと見ているから安心しなさい。じゃあまたね、坊や」

毎回電話を切るたびに、フィリップは気分が悪くなった。母親の言葉を聞いていると、錆びた剃刀を使っているように苛々した。その苛々はますます激しくなっていた。せめて、叔父さんのリュックのことが聞けるとよかったのだが……。自分から会いにいくつもりはなかったが、どうしているかは知りたかった。叔父さんは大好きだったし、フランソワーズのことも気になった。だが、叔父さんのことを母親に訊いても、答えはいつも同じだった。「お願いだから、あの人たちの話はしないでちょうだい」そう不機嫌な声で言われて、それでおしまいだった。こちらに罪悪感を抱かせたい時には、不機嫌な声は悲しそうな声に変わった。いずれにしろ、母親はリュックとフランソワーズをまとめてゴミ袋に入れていた。

母親には苛々したし、ヴィオレットが年寄りと仲よくしているのは気がかりだった。けれども、それを除けば、フィリップの毎日は、少なくとも表面上は穏やかに過ぎていった。フィリップは変わっていなかった。一九八三年に駅でフランソワーズと別れた時のまま……。わがままな子供、不幸せな子供のままだった。


だが、その朝、届いたふたつの手紙が、表面上は穏やかだったフィリップの生活を根本から変えることになった。

最初の知らせは郵便で届いた。自分好みにカリカリに焼かれたパンに温めたジャムを塗って食べている時に、手紙を開けたヴィオレットが、「一九九七年の五月に、遮断機を自動化するんですって」と言った。一九九七年の五月と言ったら、あと八カ月しかない。つまり、自分たちは八カ月の間に新しい仕事を見つけなくてはならなくなったのだ。ヴィオレットはジャムの瓶とバター入れの間に手紙を置くと、九時〇七分に通過する列車の遮断機を下げるために外に出ていった。

フィリップは手紙を手に取った。これでヴィオレットはおれからいなくなる。手紙を見て、最初に思ったことはそれだった。なぜなら、これでヴィオレットを自分につなぎとめているものは何もなくなるのだから……。踏切番の仕事と家。これがあるから、ヴィオレットはここにいて、ここにいる自分と一緒に暮らしている。もちろん、仕事と家だって、ヴィオレットが出ていこうと思えば、簡単に捨てていけるものなのだが……。おれ自身にはもうヴィオレットをつなぎとめる力はない。おれたちをつないでいた糸はあまりに細く、もう見えないくらいになっているのだから……。最大の絆だったレオニーヌはもういない。レオニーヌの部屋だけが共通の思い出として残っているが、その部屋は固くドアが閉じられている。第一、その部屋のある、この家がなくなるのだ。

そうなったら、ヴィオレットがおれと一緒にいる理由はなくなる。ヴィオレットはきっと、あの年寄りの管理人のいる墓地に行ってしまうだろう。じゃなければ、ふたりでどこかに行ってしまうかもしれない。

そんなことを考えている時に、もうひとつの知らせが届いた。遮断機を上げたヴィオレットが青ざめた顔で戻ってきたかと思うと、こう言ったのだ。

「今、遮断機のところで、レオの幼稚園の先生と会ったんだけど……。ジュヌヴィエーブ・マニャンが自殺したんですって……。首を吊って」

フィリップは二週間前の夜、最後にマニャンの家の前を通った時のことを思い出した。警察のワゴン車がとまり、ガウン姿の近所の人たちが街灯の下でひそひそ話をしていた。あの時か！　それなら自分が会いにいった、すぐあとに首を吊ったにちがいない。あの日、あの女は、「子供を傷つけるようなこと、あたしには絶対できません」と言っていた。でも、それなら、子供を傷つける以外のことなら、何かした可能性がある。やっぱり、それを突きとめなくては……。

　フィリップはシャワーも浴びなかった。急いで歯を磨くと、バイクにまたがってすぐに出発した。茫然としているヴィオレットをあとに残して……。

74

太陽の羽根飾りがついたぼくのペンで、白い紙の上に
復活の大天使を雪のように降りつもらせよう

——クロード・ヌガロ「今にわかるよ」

スピーカーからは、ラファエルのバラード「小さな船」が流れていた。

なぜだろう？　過ぎ去る〈時〉は、ぼくらを見つめ、それから壊す
どうして君は行ってしまうの、どうしてぼくと一緒にいないの
なぜだろう？　水上を走る船が翼を持つように　人生に翼があるのは

私とジュリアンはふたりだけで、結婚式場のダンスフロアで踊っていた。ミラーボールの最後の光が、しわくちゃになった私たちの服の上に小さな星の光を映していた。
式場にはもう誰もいなかった。最後まで残っていたふたりのウェイトレスが、ちょうどテーブルを片づけおえたところだった。ひとりが紙のテーブルクロスをはずし、もうひとりは床に散った白い紙吹雪を箒で集めている。

新郎新婦も招待客も、みんな引きあげていた。ナタンは従兄弟の家に泊まりにいった。ラファエルの歌声だけが会場に響きわたっていた。これが最後の曲だ。この曲が終わったら、DJ――ちょっとお腹の出ている、ジュリアンの義理の叔父さん――は、機材を片づけることになっていた。

今日という日が終わらなければいいのに……ジュリアンの腕に抱かれて踊りながら、私は思っていた。今日という一日を、このまま続けていたい。引き延ばしたい。初めてソルミウで過ごした日も、同じように感じたことを思い出した。あの日、私たちは夜になってもなかなか別荘に戻ることができなかった。太陽はずっと前に沈んだというのに、いつまでも足の先を波に浸していた。

こんなに笑ったのはひさしぶりだった。いや、ひさしぶりというよりも初めてだった。今日のように笑ったことは一度もなかった。もちろん、レオニーヌと一緒にいて笑ったことは何度もある。でも、自分の子供といて笑うのと、ほかの人たちといて笑うのとではまったくちがう。子供といて笑う時とは身体の別のところから、笑いがわきあがってくるのだ。笑いは身体のちがう場所に住んでいる。いや、笑いだけではない。涙も恐怖も喜びも、きっと別々の場所に住んでいるのだ。

そして、また一日が去っていく
このささやかな人生で　退屈している暇はない

曲が終わった。DJがマイクで「おやすみ、いい夜を！」と私たちに言ったので、ジュリアンが大きな声で「おやすみ、デデ！」と叫んだ。

誰かの結婚式に参加したのは初めてだった。結婚式がどれもこんなに楽しいものなら、これからはどんどん出席しようと思った。

私が上着に袖を通している間に、ジュリアンは厨房に行って、シャンパンのボトルとプラスチック製のシャンパングラスを二脚持ってきた。

「もう十分飲んだとは思いませんか？」

「まだ足りませんよ」

式場の外に出ると、夜風が心地よかった。私たちは並んで歩いた。ジュリアンは私に腕をからめていた。

「これから、どこに行くんですか？」私は訊いた。

「どこって、もう朝の三時ですよ、マルセイユの家に連れてかえりたいところだけど、ここから五百キロもありますからね。ホテルに行くしかないでしょう」

「でも、私、あなたと一緒に泊まるつもりはないんですけど……」

「ぼくにはありますよ。あなたと泊まるつもりが……。それに今度は、逃げられませんからね」

「私を閉じこめる気ですか？」

「あなたを勾留します。あなたの人生が終わる日までね。忘れないでくださいよ、ぼくは警察官なんだから……」

「ジュリアン、私は愛に向いていないんです。前にも言ったでしょう？」

「聞きましたよ。同じことを何度も言わないでください」

それを聞いて、今日一日、ジュリアンと一緒にいて感じていた、あの喜びがまた戻ってきた。喜びは喉に優しくこみあげてきて、泡のようにぱちぱちと弾けた。喉のあたりがくすぐったくて、私はまた笑い声をあげた。高く響く声で……。私がこんなに高い笑い声を出せるなんて、まったく知らなかった。買った時から高い音の出なかったピアノが修理されて、戻ってきたみたいだった。

なんだろう、この喜びは？　私は考えた。もしかしたら、これが青春というものかもしれない。もうすぐ五十歳になろうというのに、今さら青春を知るなどということがあるのだろうか？　私には青春はなかったけれど、それと知らずにどこかに大事にとっておいたのかもしれない。それが今日、現れた？　土曜日の今日、オーベルニュ地方で行われた結婚式で……。自分の家族ではなく、他人の家族と一緒にいる時に？　私のものではない男性の隣で？

そんなことを考えているうちに、ホテルに着いた。でも、入口のドアには二重の鍵がかかっていた。ジュリアンの顔が引きつった。

「ヴィオレット……。こういうのを間抜けの見本って言うんだ。よく顔を見ておくといい。昨日、ホテルのフロント係から電話があって、村に着いたら、まずチェックインして、部屋の鍵を受け取るようにと言われたんだ。その時に、玄関の鍵の解除コードも教えるからって……」

私は大声で笑いはじめた。いったん笑いはじめると、もう止められなかった。夜空に向かって、ピアノの高音を響かせるように、私は笑いつづけた。気持ちがよかった。笑いすぎて、お腹が痛くなった。息もできなかった。でも、息が整うと、また笑った。

その間、ジュリアンは面白そうに、私を見ていた。私は「これじゃ、私を勾留するのは無理ですね。人生最後の日までなんて、絶対に無理！」と言おうとした。でも、笑いすぎて、言葉が口から出てこなかった。頰に涙が伝わるのを感じた。ジュリアンが笑いながら親指で私の涙をぬぐった。ジュリアンも声を出して笑っていた。その声はどんどん大きくなっていった。

私たちはジュリアンの車まで歩いた。もしこの時間にまだ外を歩いている人がいて、私たちの姿を見たら、きっとおかしなカップルだと思ったろう。男のほうはズボンの両方のポケットにプラスチックのグラスを一脚ずつ入れて、片手にシャンパンを持ち、もう片ほうの手で、隣の女を支えている。

そして、女のほうはお腹を抱えて笑いころげながら、まともに歩くこともできなくなっているのだから……。

車に着くと、私たちは後部座席に並んで座った。ジュリアンはキスで私の口をふさいで、笑いを止めてくれた。先ほどとはちがう身体の場所から、静かな喜びがわいてきた。

私はサーシャが近くにいるのを感じた。サーシャがジュリアンを動かして、私が自分で捨てた自分のかけらを——生きていくために必要なかけらを、私の身体に戻すようにさせたのだ。私にはそれがわかった。

75

ぼくは放浪者だ。いつでも向こう側に行きたいという気持ちに取り憑かれている
——ピエール・バルー

今日はピエール・ジョルジュ（一九三四—二〇一七）の埋葬が行われた。ピエールの孫娘が、三日もかけて棺の木地に田園風景と青い空を描いた。天国でおじいちゃんがお散歩できるように願って描いたのにちがいない。純真な絵に心が揺さぶられた。

ピエールの本名はエリー・バルーと言った。歌手のピエール・バルーと同じ、ユダヤ系の名前だ。だから両親は、戦争が始まる前に息子の名前と名字を変えなくてはならなかったのだろう。その両親は、ふたりとも数十年前にこの墓地に埋葬されていた。

葬儀のために、パリからユダヤ教の祭司が呼ばれていた。デルフィーヌという名前の女性で、フランスで三人目となる女性祭司だった。彼女が歌うカディッシュというユダヤ教の祈りの哀悼歌は、とても美しかった。ピエールの両親が眠る一家の墓に棺が降ろされる間も、祭司はずっとカディッシュを歌っていた。それから、参列者が少しずつ白い砂を棺の上にまいた。孫娘が贈った田園と空に加えて、家族と友人たちは海辺もピエールに贈ったのだ。

人はみな、自分にふさわしい家族を持つのだという。ピエールの墓を囲んでいる子供や孫たちは、

誰もが同じように故人との別れを惜しんでいた。それを見て、私は、ピエールというのはきっと素晴らしい人だったにちがいないと思った。

埋葬のあとで、町役場に併設された会場で故人を偲ぶ会が行われていた。会場のドアが開いているのだろう、私の家まで、歌声や音楽が聞こえてきていた。集まった家族や友人たちがピエールのために歌っているようだ。

今回、出番のなかったセドリック神父は、葬儀の間、ずっと私の家の台所にいた。ユダヤ教のデルフィーヌ祭司が、コーヒーを飲むために寄った時も、神父はまだ私の家にいた。カトリックの男性神父とユダヤ教の女性祭司が私の台所に一緒にいるのは、美しい光景だった。ふたりは時々、笑い声をあげながら、信仰について語りあっていた。若々しいふたりの声が、混ざりあって、私の台所に響いた。サーシャがそれを見たら、きっととても喜んだだろう。

お天気がよかったので、私は庭に出て畑仕事に取りかかった。デルフィーヌ祭司とセドリック神父も外に出てきて、緑のあずまやに座り、それから二時間近くも笑いながら話していた。

デルフィーヌ祭司は私の菜園や果樹の美しさにすっかり魅了されたようだった。それがわかると、セドリック神父が庭を案内する役を買ってでた。神父はまるで、この庭は教会のものであり、ここに小さな奇跡を起こしたのは自分の神様だと言わんばかりに誇らしげだった。

ナスを植えながら、私はピエール・ジョルジュの家族と友人の歌声を聞いていた。さっきよりもはっきりと聞こえてくる。きっと町役場の外に出て、広場の木陰に移動して歌っているにちがいない。デルフィーヌ祭司とセドリック神父も会話を中断して耳を傾けていた。

歌は、ピエール・バルーの「恋する勇気」だった。

ぼくはもう誰かに「好きだ」と言って
その返事に喜んだりするつもりはない
恋のゲームの真似をして
傷つくつもりもない
でも、君はぼくに魔法をかけてしまった
恋のゲームにぼくをひっぱりだした
でも、また急に恋の魔法が見えなくなった
期待も不安もないのが怖い
ぼくの気持ちは閉じこめられて
恋する勇気を持てないのだから

畑仕事をしながら、私は自分に問いかけた。もしかしたら、この歌は私のために歌われているのではないかと……。

午後六時半頃、参列者たちは車に乗ってパリへと帰っていった。次々に車のドアの閉まる音が聞こえてきた。車のドアの閉まる音は、誰かが帰っていく音だ。最近、私はその音が嫌いになっていた。夕飯はノノとガストンとエルヴィスの四人でとった。私は旬の野菜であり合わせのサラダを作り、ジャガイモを炒めて、目玉焼きを添えた。私たちは食事を楽しんだ。猫たちが集まってきて、私たちのとりとめのない会話を聞いているようだった。特に面白みもないけれど、幸せなおしゃべりだった。食事の間中、ノノは何度も、「ここは居心地がいいなあ。おれたちのヴィオレットの家は……。なあ、そうだろ？」と繰り返していた。そのたびに、ほかのふたりは「そうだ、とってもいい」と声をそろえて答えていた。エルヴィスがいつもの英語かフランス語か分からない発音で、《ドンテ・リブ・ミ・ナオ》と歌った。プレスリーの「今、ぼくを捨てないで《ドント・リーブ・ミー・ナウ》」だ。

三人は九時半頃に帰っていった。今は六月の最も日が長い時期だ。私は庭に残り、木々を眺めた。そして私たちの愛を思った。ジュリアンと私の……。私たちの愛は芽を出したばかりの小さな木のようだった。これからどんなふうに枝が伸びて、どんなふうに葉が広がり、どんな花が咲くのかわからない。生まれたての小さな愛だ。

風が吹いて、葉むらが揺れた。私は静けさの中に聞こえる、ささやかな物音に耳を傾けた。レオニーヌはもうそんなささやかな音さえたてることはない。その代わり、私の胸に小さな愛のメロディーを聞かせてくれる。私だけが知っているメロディーを……。

ふとナタンの顔が浮かんだ。結婚式の翌日の日曜日、私たちはまた三人で車に乗って帰ってきた。後部座席にいたナタンの髪は、あいかわらずジェルで白く固まっていた。ジュリアンが「マルセイユに着いたら、ママのところに送りとどけるから、その前に髪を洗わないといけないよ」と、何度も言った。そのたびに、ナタンは顔をしかめて、助けを求めるように、バックミラーごしに、私の顔を見た。

家に着くと、ジュリアンは私を降ろすために通りに面したドアの前に車をとめた。そのまますぐに出発するつもりだったようだが、ナタンが犬や猫を見たがったので、みんなで家に入った。フローランスとマイ・ウェイがナタンの小さな足に身体をこすりつけにきた。ナタンは長いこと二匹を撫でていた。

「ヴィオレット、猫は全部で何匹いるの？」

「今は十一匹よ」

私は猫の名前をすべて言って聞かせた。まるでジャック・プレヴェールの詩のようだった。

ナタンは大きな笑い声をあげた。私たちは、猫の餌皿に残っていた古いキャットフードは鳥が食べられるように外に捨て、新しいキャットフードを入れた。水も新しいものに替えた。その間、ジュリアンはガブリエルの墓においてある母親の骨壺を見にいっていた。

ジュリアンが戻って来た時、ナタンはもう少しだけここにいたいと懇願した。私は、もっとここにいてほしいと懇願したかったが、何も言わなかった。

結局、ふたりは果樹園からおやつになりそうな果物をいくつかもぎって、車に戻った。私は外まで見送りに出た。車に乗る前にジュリアンが私の唇にキスしようとしたが、ナタンに見られたくなくて、思わずあとずさりをした。

ナタンは助手席に座りたがったが、ジュリアンに「十歳になるまではだめだ」と言われて口をとがらせていた。それでも、私の頬にキスをして「ヴィオレット、またね」と言って、車に乗った。

車のドアが音を立てて閉まった。その音を聞いて、私は急に泣きたくなった。でも、唇を結んで、なんでもないふりをした。それどころか、笑みまで浮かべてみせた。

そんなことを思い出しているうちに、夜も更けてきたので、私は家に入った。通りと墓地のふたつの玄関の鍵を閉めて、二階の寝室にあがった。エリアーヌが私についてきて、ベッドの足もとに身体を伸ばして寝そべった。窓を開けると、優しい初夏の夜気が部屋の中に入ってきた。私はバラの香りのクリームを塗ると、ベッドに入り、ナイトテーブルの引き出しからイレーヌの日記を取り出した。

日記を開いて読みはじめる前に、ふと、イレーヌも孫のナタンには会っているのだと気づいた。どんなおばあちゃんだったんだろう？　計算してみると、ナタンが生まれたのはガブリエルが亡くなった一年後だった。イレーヌはナタンの誕生を、どんなふうに受けとめたのだろう？

イレーヌとガブリエルの愛は、私に『死刑執行人《ハングマン》』というゲームを思い出させた。文字をひとつずつ言って、相手の考えた単語を当てるゲームで、ひとつ文字をまちがえるたびに、一本ずつ線を描く。それが絞首台に吊された人の絵になるとゲームオーバーだ。私はまだふたりの愛をひと言で表す単語を見つけられずにいた。

ジュリアンは私の人生に母親とガブリエルも連れてきた。

私たちの人生が終わる時、私たちの関係はどうなっているのだろう？

76

家庭というのは形を変えるだけで、崩壊することはない。
家庭の一部が見えなくなるだけだ

——ドミニコ会アントニン・セルティランジュ神父の祈りの言葉

一九九六年九月　フィリップ・トゥーサンの話

ヴィオレットを家に残して、バイクに飛び乗ると、フィリップはまっすぐにマコンを目指した。だが、高速道路を降りようとした最後の瞬間、行き先を変えた。そのままリヨンまでバイクを走らせ、リュックとフランソワーズの修理工場があるブロンに向かったのだ。《ペルティエ自動車修理工場》の前に着いた時には、午後も半ばになっていた。気づかれないように十分距離を取ってバイクをとめ、修理工場を眺めた。白と黄色に塗られた壁は変わっていない、思い出のままだ。最後に工場に足を踏みいれてから、もう十三年になる。これだけ離れた場所からでも、フィリップはいろいろなエンジンオイルの匂いを嗅ぎわけることができた。大好きだった匂いだ。

車の展示場の風景も変わらない。変わったのは、車の種類とボディラインだけだ。ヘルメットをかぶったまま、フィリップは何時間もそこにいた。どうしても、〈ふたり〉の姿が見たかったのだ。

やがて、午後七時頃になって、一台のメルセデスが工場から出てきた。フランソワーズが運転し、リュックが助手席に座っている。並んで座っている〈ふたり〉の姿を見て、心臓が激しく高鳴った。ヘビー級のボクサーに内側から叩かれているようで、胸全体が脈打った。

車は門から出て、去っていった。車の赤いテールランプが見えなくなると、フィリップはふたりと過ごした日々を思い出した。あれは人生最良の日々だった。自分は愛され、守られていたのだ。両親から離れ、過度に期待されることなく、過ごすことができた。フィリップはメルセデスのあとを追わなかった。ただ、ふたりの姿が見たかっただけだ。まだあの修理工場にいることがわかれば、それでよかった。まだふたりが生きていることがわかれば……。

再び、バイクに乗ると、フィリップはマコンのはずれにある《雌鹿の岩《ラ・ビュッシュ・オ・シャイユ》》に向かった。ジュヌヴィエーブ・マニャンとアラン・フォンタネルが住んでいる忌々しい場所へ……。あたりはすっかり暗くなっていた。フィリップは夜のツーリングが好きだった。ヘッドライトに埃や蛾が浮かびあがるのを眺めながら、闇を疾走するのが好きだった。たとえ、気の重い場所に向かう時でも……。

マニャンとフォンタネルの家には、一階のひと部屋にだけ明かりがついていた。家の前にバイクをとめて玄関に向かうと、力いっぱいドアをノックした。不幸があったばかりの家だが、そんなことにはかまっていられなかった。

ドアが開いた。アラン・フォンタネルはかなり酔っ払っていた。ひとりのようだ。二週間前に思い切り顔を殴ってやった時は、目のまわりに青いあざができたものだが、今は薄くなって、ほとんど消えかけていた。

「ジュヌヴィエーブはくたばっちまったよ。あいつと一発やるつもりで来たんなら諦めな」

戸口にいるのが誰だか気づくと、フォンタネルはそう言った。その言葉に吐き気がした。どうやったら、そこまで下司《げす》な人間に成りさがることができるのだろう？　怒りで身体に震えが走った。

だが、すぐに思いなおした。下司なのはおれも同じだ。マニャンと関係を持って、仲間とまわしたこともあったんだから……。

思い出したらめまいがして、思わず戸口の枠に寄りかかった。フォンタネルが挑戦的な目で、こちらをじっと見ていた。フィリップは初めて、マニャンに同情を覚えた。あの女の人生はおれとフォンタネルのふたりのろくでなしに、踏みにじられてきたのだ。どれだけ、惨めで辛い思いをしていたことか！　そう思うと、マニャンの痛みが氷のように冷たい刃となって、胸を貫いた。マニャンの幽霊に長いナイフで刺しつらぬかれたような気がした。夜の闇が襲ってきたように、目の前が真っ暗になった。

その様子を見て、軽蔑したような笑みを浮かべると、フォンタネルはドアを開けたまま、家の奥に入っていった。フィリップもそのあとに続いて、薄暗い廊下を歩いていった。中は締め切った家の臭いがした。すえたような、油と埃が混じったような臭い――掃除も換気もしたことのない場所の臭いだった。ヴィオレットなら真冬でも家の換気を怠らないのに……。唐突に、フィリップは思った。ヴィオレット！　今すぐヴィオレットを抱きしめたい。力強くではなく、優しく……。今までに一度もしたことのないやり方で……。墓地のあの年寄りなら、きっとそんなふうにヴィオレットのことを抱きしめるのだろう。

フォンタネルが台所の椅子に座った。フィリップはちょうど向かいあうようなかたちで、テーブルの反対側に座った。ビニールクロスの上には食べ物は載っていなかった。ただ、空になったビールの缶だけが数十個もころがっていた。ウォッカや、ほかのアルコール度数の高い酒の空き瓶も二、三本ある。フォンタネルが飲みはじめたので、フィリップも勝手にコップを持ってきて、飲みはじめた。ふたりは終始、無言だった。まるでふたりのほかに悪魔が一匹やってきて、一緒に酒を飲んでいるようだった。

そのまま長い時間がすぎた。フォンタネルが口を開いたのは、フィリップがふたりの男の子の写真に気づき、そのまま目をそらすことができずに眺めていた時だった。年季の入ったひどく汚い食器棚の角に、額縁に入った笑顔の写真が飾ってあった。学校でグループ写真を撮ったあとに、兄弟姉妹だけを別にして撮られる写真だ。

「坊主どもはジュヌヴィエーブの妹んとこだ。おれといるよりずっとマシだからな。おれはいい父親だったためしがなかった……あんたはどうだ?」

「……」

「チビどもが――あんたの娘たちが死んだのは、ジュヌヴィエーブのせえじゃねえよ。つまり、あいつが何かをしたわけじゃねえんだ。おれが知ってるのは、最後のほうだけだ。その前のことはわからねえ。ジュヌヴィエーブも知らないはずだ。あの夜、部屋で寝ていたら、突然、ジュヌヴィエーブに叩きおこされた。おれははじめ、悪い夢でも見てるのかと思った。あいつはおれを揺さぶりながら、声を殺して泣いていた。頭がイカレちまったんだと思ったよ。言ってることがちんぷんかんぷんで、ちっともわかりゃしなかったからな。あいつは、あんたのことを話してた。あんたの娘がいたとか、ナンシーの幼稚園で保育補助をしていた時に見たんだとか……。運命は意地が悪いとも言ってた。母親にひっぱたかれるとも……。で、「いったい、何があったんだ?」って訊いたら、あいつはおれの腕を引っ張って、「いいから、一緒に来て! 早く来て! ああ、なんて恐ろしい……」ってわめいたんだ。おれはジュヌヴィエーブに引っ張られるまま、下の部屋まで降りていった。何があったかは、すぐにわかったよ。でも、その時にはもうどうすることもできなかった。子供たちは死んでた。一酸化炭素中毒でな。もう手遅れだった」

フィリップは顔をあげて、フォンタネルをにらみつけた。それにはかまわず、フォンタネルは缶ビールを飲みほすと、続けてウォッカのコップも空にした。それから、一回、大きく鼻をすすると、ビニールクロスについた傷をじっと見つめ、爪の先でこすりながら、言葉を吐きだすように話を続けた。

「そうだ。一酸化炭素中毒だ。部屋の壊れた給湯器のせいでな。女校長のクロックヴィエイユは、設備に金を出したがらなかった。備品が壊れても、そのまま放っておくようなやつだったんだ。それに人使いが荒かった。おれは設備のメンテナンス係で、ジュヌヴィエーブは、料理の手伝いと配膳をする世話係だ。だから、ほんとうなら、夕方の食事が終わったところで、家に戻ってもいいんだが、女ボスは人件費をケチるため、おれたちに泊まりの仕事をさせたんだ。法律で決められてるスタッフの人数をそろえるためにな。料理人のルテリエやインストラクターの娘たちも泊まりの仕事を押しつけられてた。夜中にガキどもを監視する人間をほかに雇うと、それだけ金がかかるからな。おれたちは夜勤と称して、交代で子供たちを見張ってた。

で、あの日のことだが、あの日、ジュヌヴィエーブは夜勤じゃなかった。夜勤の当番は、インストラクターのリュシー・ランドンだったんだ。ほら、金髪で痩せた、ちょっと可愛い女だ。ランドンはガキどもが寝てから、二時間だけ交代してくれって、ジュヌヴィエーブに頼んだ。二階のルテリエの部屋に行ってマリファナを吸いたかったんだよ。ジュヌヴィエーブは嫌だとは言えなかった……。ランドンはいつもあいつに手を貸してくれてたからな。だから、引き受けたのはいいが、こっそり城を抜けだした。うちの坊主どもはあいつの妹んとこに預けていたんだが、チビのほうが具合が悪くなったんだ。夏風邪だよ。それで心配になったんだろう。自分がほかのガキどもの面倒を見てる間に、自分のガキが病気になったんで、気が咎めたってのもあったかもしれない」

そう言うと、フォンタネルは立ち上あがり、アルコサンティックの曲「ろくでもない人生」を口笛で吹きながら、用を足しにトイレに行った。そして、台所に戻ってくると、今まで座っていた場所とはちがう場所に座った。フィリップの横だ。自分が用を足している間に、それまでの席を誰かに盗られてしまったかのように……。

「ジュヌヴィエーブが城を抜けだしてたのは、せいぜい一時間だよ。戻ってきて、あいつは一号室のドアを開けて中をのぞいた。とたんにめまいがして、ころんで怪我をした。それは部屋に充満してい た一酸化炭素のせいだったんだが、あいつはガキの風邪がうつったんだろうと思って、なんとか起きあがると、部屋の窓を開けて、新鮮な空気を吸った。あいつにとっちゃ、それがよかったんだ。そうしなきゃ、あいつ自身も一酸化炭素中毒になってたはずだからな。でも、あらためて、寝ていたガキたちの様子を見たところで、何か変だって気づいたらしいのさ。最初、見た時は、チビどもはよく寝てるように見えた。だが、寝息の音もしなけりゃ、寝がえりをうったりもしねえ。子供ってのは、寝てる時でもなんかしら動いてるもんだが、ぴくりとも動かねえんだ。あいつは恐るおそる確かめた。で、ガキどもが死んでるって気づいたわけだ。何があったかはすぐにわからなかったと思うよ。一酸化炭素ガスは、臭いがしねえからな。

じゃあ、なんで部屋のなかに一酸化炭素ガスが充満してたのか？ それが壊れた給湯器のせいだったんだよ。あの城にはどの部屋にも給湯器が設置されてたが、それが大昔の代物でな。まったく役に立たないどころか、危険なんで、使うのは禁止されてたんだ。ところが、誰かがそれを使ったんだよ。しばらくして、ジュヌヴィエーブはすぐにそれに気づいた。なぜって、給湯器は誰も使わないように、壁に両開きの扉のついた箱を取りつけて、上から覆っていたんだが、その箱の扉が両側に開いてたからだ」

アラン・フォンタネルはしゃべりつづけながら、テーブルにころがっていたスプーンの先で新しい缶ビールの蓋を開けた。

「おれたちはみんな、城にある設備はどれもクソだってことを知ってた。特にあの給湯器は……。口火をつけっぱなしにしとくと、すぐに消えて、ガスがだだ洩れの状態になるんだ。おれが部屋に行った時には、もうできることは何もなかったんだよ。手遅れだった。四人とも窒息してたんだ……」

フォンタネルは黙りこんだ。最後のほうは気持ちがこみあげてきたのか、声が震えていた。感情を顕《あら》わにしたのを見るのは、ここに来て初めてだった。フォンタネルは煙草に火をつけて、目をつぶったまま吸いはじめた。

「おれはすぐに給湯器のスイッチを切った。口火が消えて、ガスが出っぱなしになってたからな。部屋に入った時に、窓を開けてなければ、ジュヌヴィエーブも死んじまってたところだ。まわりを見たら、口火をつけたマッチも見つかった。

ジュヌヴィエーブは嘘のつけない女だった……。あんたがあいつとやってたのも、おれは知ってたよ。ナンシーにいた頃だ。のぼせあがった目をしてやがったからな。本物の馬鹿だよ、あいつは……。あんたに会いにいく時は、いつも安物の香水をプンプンさせて、顔を塗りたくって、慣れない靴を履いて足に靴ずれをこさえやがってよ……。馬鹿で、嘘がつけない女だった。だからあの夜、おれはあいつの目を見て、その話に嘘はねえ、あいつが給湯器をつけたんじゃないって、わかった。ジュヌヴィエーブは何もしてねえんだ。心底、震えあがってたからな。死んじまいそうなほど……。それにな、あの給湯器はかなり昔のもんだから、口火をつけるにも、いくつか手間がいる。あいつにはできっこねえよ。

そうさ、古い給湯器を使うのは禁止されてた。スタッフはみんな知ってたよ。くどいほど念を押されたからな。もちろん規則には書かれてないさ。そんなこと書いてあったら、女ボスはすぐにムショ行きだからな。だけど、おれたちはみんな知ってた……。あの女は、古い給湯器を取りはずしておくべきだったんだ。でも、そうすると、新しい給湯器を買わなくちゃならない。それで使えないように箱で覆って——あの女は安全箱って呼んでいたが——給湯器があると見せるためだけに扉をつけたんだ。ほんとにケチな女でな。あの城で新しかったのは、共同シャワー室に置いてあった温水タンクだけだったよ」

その時、誰かが玄関のドアを叩いた。フォンタネルは無視した。ただ「どうせ近所のやつだろう。少しはほっといてくれっていうんだ」と言って、コップにまたウォッカをついだ。

フィリップはじっとフォンタネルの話を聞いていた。部屋に充満していく一酸化炭素ガス。それを吸って、眠りながら死んでいくレオニーヌ。その場面を想像するたびに、胸が締めつけられ、悲しみがこみあげてきた。その胸の痛みを焼けるような酒の痛みでごまかすように、ウォッカをあおった。

「ジュヌヴィエーブはパニックを起こしてたよ。刑務所には入れられたくないって言ってな。そんなことはないって話したんだが、城を抜けだして、自分の子供の様子を見にいったことがわかったら、全部自分のせいにされて、捕まっちまうって言うんだ。一時間くらい、持ち場を離れただけで、捕まることなんかねえよって、なだめてみたが無駄だった。ともかく、おれに助けてくれって言うんだ。でも、助けろって言われても、どうすりゃいいんだ？　ほんとのことを話すしかねえだろう？　だけど、あいつは聞かなかった。『警官が来たら、あんたがインストラクターの娘たちの下着を盗んだって言ってやる。証拠もあるって……』と、めちゃくちゃを言いだす始末だ。おれはひとまずあいつの顔を思いっ切りひっぱたいた。ともかく、あいつを黙らせるためにな。

で、その時、思い出したんだ。軍隊にいた時に、仲間のひとりが兵舎の一部を焼いちまったことがあったのを……。食べ物の入った鍋を置いたままにして火を消し忘れたんだ……。それでおれは思いついたんだよ。火事になれば、全部消えちまう。全部燃えちまえば、誰も責任を問われなくてすむってな。いや、火事を起こしたやつは責任を問われるだろうが、それが子供だったら？　たとえば、子供たちが牛乳を入れた鍋を火にかけて、火を消し忘れたとしたら……。そしたら、誰も子供たちを責めないだろう」

その瞬間、フィリップはフォンタネルの口をふさぎたくなった。もうこれ以上、聞いていることができなかった。いっそのこと、この場を逃げだしたかった。だが、できなかった。氷のように冷たい手で、椅子に押さえつけられているようだった。

「厨房に火をつけたのはおれだ」フォンタネルが言った。「ジュヌヴィエーブはチョコレートミルクを作り、チビどもが飲んだようにして、空になったカップをチビどもの部屋に置いた。それから、部屋のドアを少し開けたままにして、厨房に戻ってきた。おれは厨房に火をつけると、ドアをきちんと閉めずに廊下に出て、反対側で厨房の火がチビどもの部屋に回るのを待った。ジュヌヴィエーブは二階のおれの部屋に行かせた。あいつは泣いていたよ。そうだ、あの夜からあいつはずっと泣きつづけてた。それから、ずっと怖がってた。いつか、あんたか、あんたの女房が自分を殺しにくるだろうって言ってな」

それを耳にした瞬間、身体に震えが走るのがわかった。だが、フィリップは黙って、話の続きを聞いた。

「チビどもの部屋に炎が燃えうつったのを見て、おれは階段を駆けあがり、ルテリエの部屋のドアを思い切り蹴とばした……。それから、自分の部屋に入って、ジュヌヴィエーブと一緒に息を殺してた。ランドンが目を覚まして、一階に降りていったようで、火を見てすぐに叫び声をあげた。その声を聞いて、おれも部屋から飛びだしていった。たった今、起きたばかりで、何があったのかわからないってふうを装ってな。ルテリエは一号室に入ろうとしたが、もう火の手が高くあがっていて無理だった。おれたちはみんなを避難させた。消防士が到着する頃には、一号室は燃えつきていたよ。地獄みてえな風景だった。いや、地獄のほうがマシだったかもしれねえ。

ランドンがジュヌヴィエーブに問いただすことはなかった。あの晩、どこにいたんだとか、どうしてチビどもが夜中に起きだして、誰にも知られずに厨房に行けたのかって……。そりゃ、訊けねえだろうよ。そもそも元をたどりゃ、ジュヌヴィエーブに交代を頼んだランドンのせいなんだからな。おれが給湯器のスイッチを切ったせいで、チビどものほんとうの死因はわからなかった。警察にも消防にもな。でも、それなら、誰が給湯器の口火をつけたんだろう？ そのあと、おれはほかの部屋の給湯器も見てみたが、それには誰も触ってなかった。じゃあ、誰が？ なんの目的で？ 結局、おれにもそれはわからなかった。これで全部だ。このことを知ってるのはおれとジュヌヴィエーブだけだ。いや、今はおれだけだ」

フィリップは気が遠くなるのを感じた。いや、一瞬、気を失ったのかもしれない。目を開けると、フォンタネルは同じ姿勢で座っていた。ウォッカのグラスを手に、充血した目で、うつろな視線を宙に向けて。指に挟んだ煙草は吸われないまま、灰がビニールクロスに落ちていた。絶望の眼差しで、フィリップはフォンタネルを見た。フォンタネルが言った。

「そんな目でおれを見ないでくれ。やったのはジュヌヴィエーブじゃねえよ。それは確かだ。……だから、そんな目でおれを見るなって。いいか、おれはろくでなしだ。そんなこたあ自分でもわかってる……。道ですれちがったら、みんなが避けるようなやつだよ。だがな、おれはガキには、髪の毛一本だって触ってねえよ」

＊　＊　＊

ジュヌヴィエーブ・マニャンは一九九六年九月三日に埋葬された。その日はレオニーヌの誕生日だった。生きていたら、レオニーヌは十歳になっていたはずだった。

ジュヌヴィエーブは《雌鹿の岩《ラ・ビュッシュ・オ・シャイユ》》の小さな墓地にある家族の墓に埋葬された。その時には、フィリップはもう、線路脇の自分の家に戻っていた。

その一九九六年から一九九七年にかけての冬の間、フィリップはどこにも行かなかった。バイクはガレージにしまったままで、例の〈秘密の場所〉にも行かなかった。

一月には両親がブランシオンにレオニーヌの墓参りに行くために迎えにきたが、フィリップはかたくなに車に乗るのを拒んだ。昔、母親の非難を押し切って、リュックとフランソワーズの家にバカンスに行った時のように、言うことを聞かなかった。

フィリップはニンテンドーのゲームをして過ごした。お姫様を救うゲームを……。どうやったら、自分のお姫様を――本物のお姫様を救えるのかがわからなかったので、ゲームの中のお姫様を何百回も救いつづけた。

そして、一九九七年の五月、ついに遮断機が自動化される日がやってきた。この踏切がフランスで最後の手動遮断機を使っていたため、この出来事は評判になり。新聞社が取材にやってきた。フィリップはヴィオレットとふたりで写真におさまった。だが、それは自分たちが失業することを意味した。家を明け渡すまでには、しばらく猶予があったが、仕事はすぐに見つけなければならなかった。記事が新聞に載った日、朝食と昼食の間にフィリップはうんざりする気持ちで、職業安定所に行った。そして、仕事が見つからず、うんざりした気持ちで帰ってきた。

すると、ヴィオレットが突然、言いだしたのだ。ブランシオン＝アン＝シャロンの墓地で管理人の仕事に空きが出るので、夫婦でその仕事がしたいと……。最初はあの管理人の年寄りの近くにいたいせいかと思ったが、年寄りのほうは、管理人をやめたら、どこか遠くに行ってしまうという。それなら、なぜ？　いちばん不思議なのは、ヴィオレットがまだ自分と一緒に暮らすつもりでいることだった。踏切の仕事がなくなると聞いた時、フィリップはこれでヴィオレットとはおしまいだと思った。わずかに自分と妻をつないでいた細い糸が切れてしまうと思ったのだ。それだけに、ヴィオレットがまだ自分と結婚生活を続けるつもりだというのが意外だった。フィリップは思わず、「こいつは頭でもおかしくなったのか」という目で、妻を見てしまった。

だが、墓地の管理人になるのは嫌だった。死人を相手に働くなんて、そんな仕事はまっぴらだった。あの墓地にはレオニーヌの墓があるが、そのこと自体はどうでもよかった。娘の墓があるから、そこで働きたいとも、逆に働きたくないとも思わなかった。それについて、ヴィオレットがどう考えていたかもわからない。墓地の管理人になりたいと言った時、そこに娘の墓があることについては、何も言わなかったから……。

フィリップもそれについては触れず、ただ、「おれは行かない。死人を相手に働くなんて、そんなハゲタカみたいなことをするもんか！　それくらいなら、死んだほうがマシだ！」と言った。すると、ヴィオレットは仕事は全部、自分がするからと言って、説得してきた。あなたは、今まで以上に、何もしなくていいと……。フィリップは、午前中に行ってきたばかりの職業安定所のことを考えた。担当者は、バイクいじりが好きなら、自動車修理の職業訓練を受けて、修理工場か、カーディーラーで働いたらどうかと提案してきた。だが、フィリップは修理工場で油にまみれて働きたいとは思わなかった。ましてや、カーディーラーになって、客に車を売ったり、契約書にサインをもらっている自分の姿を想像すると、それだけでヘドが出そうになった。働くだって？　毎朝、目覚まし時計の音で起き、週に三十九時間、働く。スーツにネクタイをして、決められた時間に決められたことをする？　悪夢だ。考えられない！　今までに仕事をしたいと思ったことは一度もなかった。唯一、十八歳の時に、リュックとフランソワーズの修理工場で働きたいと思ったことはあるが、それはリュックとフランソワーズのところだったからだ。

フィリップは考えた。確かに墓地は気味が悪いが、そこで働くことにすれば、何もしなくても、毎月給料が入ってくる。母親が管理して、自分はそこから小遣いをもらうだけだが……。買い物は今までどおりヴィオレットがしてくれるし、料理も掃除もしてくれる。清潔なシーツが敷かれた自分のベッドには温かい妻の身体、きれいな食器に、薄切りにしてカリッと焼いた朝のバゲットもそのままだ。自分はただナンシーからブランシオンに居場所を変えるだけでいい。ほかに変えるのは地元産のお気に入りのヨーグルトくらいなものだろう。それだけで、ずっとニート生活ができる。ヴィオレットは、埋葬が見たくなければ、窓にカーテンをかければいいと言った。そのとおりだ。死者や遺族や墓掘り人の相手はヴィオレットに任せて、自分はひとりになれる部屋で『スーパーマリオ』をやって、お姫様を救っていればいいのだ。

そう考えて、フィリップはヴィオレットの提案を受け入れた。それに、ブランシオンで暮らすことには、もうひとつメリットがあった。ブランシオンは当然のことながら、娘の事故があったノートルダム・デ・プレ城に近い。娘が死んだあの夜、誰が給湯器の口火をつけたのか、探しだすには好都合だ。関係者は今でも、あのあたりに住んでいるはずなのだから……。フィリップはブランシオンに行ったら、絶対、娘を殺した犯人を突きとめてやると決心した。

こうして、一九九七年八月、フィリップはヴィオレットとともにブランシオン＝アン＝シャロンに移り住んだ。引っ越しは三トン程度の小さなトラック一台ですんだ。

墓地に着いた時、あの年寄りはもういなかった。テーブルの上にメモが置いてあった。フィリップは、ヴィオレットが家のどこがどうなっているのか、隅々まで知っていることに気づかないふりをした。

家に入ると、ヴィオレットは裏の庭に行き、すぐに弾んだ声で声をかけてきた。「フィリップ、こっちに来て！　早く！　早く見に来て！」と……。そんな声はもう何年も聞いたことがなかった。そこで庭に出ると、菜園の奥でトマトをもいでいるヴィオレットの姿が目に入った。ヴィオレットはトマトにかぶりつくと、フィリップにもひとつ差しだして、「食べて」と言った。その目はレオニーヌが生まれた日に、産院で初めて赤ん坊を抱いた時と同じように、きらきらと誇らしげに輝いていた。墓地のそばでできた野菜など、気色が悪くて食べる気はしなかったが、それでもフィリップはなんとか笑顔を作り、いやいやトマトをかじった。トマトの汁が手に流れた。と、ヴィオレットが自分の指で、その汁をぬぐって舐めた。その瞬間、フィリップにはわかったのだ。自分がずっとヴィオレットを愛しつづけてきたということが……。だが、今さらそんなことに気づいても手遅れだった。ふたりの間には、もう埋められないほどの溝があるのだから……。

フィリップはトラックからバイクを出し、「ちょっとその辺を回ってくる」とヴィオレットに言った。

77

今、君を失い、涙に暮れているが
どれだけ悲しみが深くても、君と出会えた喜びのほうが大きい
（墓碑に使われる言葉）

一九九六年の十月二十九日の朝、私はサーシャから手紙を受け取った。手紙の日付は十月二十二日だった。

かけがえのないヴィオレット
八月に会ってからもう二カ月だ。あの時は、夫からここに来るのを禁止されていたのに、マルセイユの帰りに寄ってくれたんだったね。会えなくて、淋しいよ。今度はいつ、こちらに来ることができそうだね？
今朝、私はバルバラの歌を聴いた。まったく彼女の声ときたら、どうして秋に似合うのだろう。秋の湿った土の匂いが感じられる。植物に栄養を与えて、根をぐんぐん伸ばすような土ではなく、来たるべき冬に備えて、静かに根を休ませてくれる土だよ。そう、力を蓄える準備をさせてくれる土だ。冬を越して、命は再生する。秋はその揺りかごなのだ。バルバラの声は紅葉する木々の葉のことも思

わせる。秋が深まるにつれて、木々の葉が微妙に色合いを変えていく様子は、さまざまに変化するバルバラの声のトーンそのものだ。バルバラはほんとうに面白い歌手だ。真剣にバルバラの歌を聴くと、歌のほうは深刻そうなのに、彼女自身は人生を何ひとつ深刻に捉えていないのがわかる。本人に会ったら、恋に落ちていたかもしれないな。彼女が男だったらの話だが……。惚れっぽいと思うかな？しかたないよ。私は船乗りの女房みたいに貞淑ではないのだから……。

今年の秋は最後まで天気が穏やかで、まだ霜も降りないから、ついさっき最後のトマトとピーマンとズッキーニを収穫したところだ。もうすぐ〈諸聖人の祝日《トゥーサン》〉だ。目に見えない境界みたいなもので、その日を過ぎると夏野菜はもう採れなくなる。私の食卓は色とりどりのサラダでまだきれいだけれど、一カ月後には砂糖パンしかのっていないだろう。畑ではキャベツが育ちはじめた。初霜が降りる前に、もういくつかの区画は耕して堆肥をまいておいた。ほら、八月に一緒にジャガイモとタマネギを掘ったところだよ。農家の友人が馬糞を五キロ持ってきてくれたので、裏の小屋の近くに置いて防水シートをかけておいた。そのまま置いておくと、雨が降った時にいちばん大事な成分が水で流れてしまって、藁しか残らないからね。ちょっと臭うけど、それほどひどくもないよ（なんといっても、化学肥料を使うよりは、ずっとよいからね）。それに、墓地にいるお隣さんたちは気にせんだろう。ああ、そういえば新しい住民が増えたよ。三日前にエドゥアール・シャゼル（一九一〇―一九九六）を埋葬した。眠っている間に亡くなったのだが、私は時々考えるのだ。眠っている間に死ぬなんて、どんな夢を見たんだろう？　よほど死にたくなる夢だったのだろうかと……。

ジュヌヴィエーブ・マニャンのことを聞いたよ。とても悲しい最後だ。忘れるべきだと思うよ、ヴィオレット。「あの時、ほんとうは何があったのか？　娘さんが亡くなったのはどうしてなのか？誰のせいか？」なんていうことは知ろうとせずに、ただ前をむいて生きるべきだ。過去は私が畑にまいた馬糞ほど肥沃ではないからね。むしろ生石灰に似ている。根もとを焼く毒薬だ。そうだよ、ヴィオレット、過去は今を殺す毒だ。昔のことをくどくど思い返すのは、少し死ぬようなものだ。

私は先月から、古いバラの木の剪定を始めたよ。キノコは、今年は天気がよすぎて、だめだ。例年、夏の終わりにふたつ三つ雷雨が来て、雨がたくさん降ると、一週間後にはアンズタケが採れるのだが、昨日森に行ってみたら全然なかった。いつもなら、いくらでも生えている秘密の場所なのに、パリからキノコ狩りにやってきた都会人みたいに、ほとんど手ぶらで帰ってきたよ。なんと、アンズタケが三つだけだ! 籠の底で私をあざ笑っているようだった。しかたがないから、オムレツにして食べてやったよ!

ところで、先週、町長さんに会ったので、君のことを話しておいた。猛烈に推薦しておいたよ。君に会いたいと言っている。君が私の仕事を継ぐことに異論はないそうだ。君はひとりではなく、夫も一緒だということも伝えておいた。給料がひとり分増えるから、初めは町長も渋い顔をしていたが、以前、四人いた墓掘り人が今は三人になったから、予算内には収まるだろうとのことだ。

だからね、もし私が君なら、時間を無駄にせず、今すぐ町長に会いにいくよ。誰かがこの職につきたいと言いだす前にね。町長にも、仕事を探している親戚や知人はいるだろうからね。求人広告を出したら、応募してくる人もいるだろう。もちろん、私だって、墓地の管理人になろうと、町役場に人が殺到するとは思えないが、そうは言っても、用心するに越したことはない。私自身の気持ちを言えば、私の猫たちや菜園を君以外の人に託すなんて、考えられないよ!

町長との面談を取りつけるから、こっちにおいで。たいていの場合、地位のある人間は信用できないが、町長はまあそれほどでもない。君を雇うと言ったら、念書をとる必要もないくらいだ。ともかく、すぐにブランシオンに来てほしい。夫が気になるなら、嘘をついて……。〈嘘の効用〉と言ってね。嘘も時には役に立つんだ。

かけがえのないヴィオレットに愛をこめて。

一九九六年十月二十二日
サーシャ

手紙を読みおわると、私はフィリップ・トゥーサンに言った。

「私、マルセイユに行かなくちゃ！」

「今は八月じゃないぞ」

「別荘に行くんじゃないの。セリアの家に行くのよ。何日か、私の助けが必要なんですって……。移動日を含めて、四、五日くらい。何か困ったことが起きなければね」

「しかし、なんで、おまえの助けが必要なんだ？」

「セリアが入院するの。エミーの世話をする人がいないのよ」

「いつ？」

「今すぐよ。緊急事態なの」

「今すぐだって!?」

「そうよ！　緊急事態だって言ったでしょ！」

「何の病気だよ？」

「盲腸」

「あの歳でか？」

「盲腸になるのに歳は関係ないでしょ……。ステファニーが私をナンシーの駅まで送ってくれるから、そこから列車に乗るつもり。私が着くまで、エミーは隣の人が預かってくれるそうだから……。どうしてもって、セリアに頼まれたのよ。私しか、頼れる人がいないって……。だから、今すぐ行かなくちゃ！　電話の横に、列車の時刻表を貼っておくから、遮断機を下げてね。食べ物の心配もいらない。とりあえず、ホワイトシチューとグラタンが冷蔵庫に入ってるから、電子レンジで温めて食べて……。冷凍庫にはあなたの好きなピザも二枚入ってる。冷蔵庫はヨーグルトとすぐに食べられるサラダでいっぱいにしてあるし、お昼には焼きたてのバゲットを届けてくれるよう、ステファニーに頼んでおく。ビスケットの箱は、いつもどおり、テーブルクロスの引き出しに入ってる。じゃあ行くね。数日で戻ってくるから……。セリアの家に着いたら電話する！」

＊　＊　＊

ナンシーの駅までのおよそ二十五分の間、私はステファニーにほとんど話しかけなかった。彼女にも嘘をついていたからだ。セリアが盲腸になって、孫のエミーの世話をするのに、マルセイユに行かなければならないのだと……。ステファニーは隠しごとをするのが苦手なので、フィリップ・トゥーサンにしたのと、同じ嘘をついておかなければならなかった。ほんとうのことを話したら、お昼に焼きたてのバゲットを届けにいった時に、フィリップ・トゥーサンに問いつめられて、すべて白状してしまうだろう。

だから、駅までの間、話をしたのは、もっぱらステファニーのほうだった。車を運転しながら、ステファニーは、「一時間だけ、ほかの人にレジを代わってもらったから、大丈夫。心配しないで」と私を安心させると、「二、三カ月前から、スーパー《カジノ》がオーガニック製品の取り扱いを始めたの。で、今度、オーガニック・ビスケットが出るのよ」と、熱心に話していた。でも、私はまったく聞いていなかった。頭の中でサーシャの手紙を読み返していたのだ。心はすでにサーシャの菜園に、家に、台所に飛んでいた。一刻も早く、あそこに行きたかった。ステファニーが運転するフィアット・パンダのルームミラーにぶらさがった白い虎のぬいぐるみを見ながら、私はもう、どうやってフィリップ・トゥーサンを説得しようかと考えはじめていた。ブランシオンの墓地の管理人になりたいと言ったら、夫はきっと嫌がるだろう。死とか墓地とか、陰気な話が嫌いな人だから……。だったら、何か理由を見つける必要がある。踏切番より楽な仕事だとか、仕事は全部、私がするからとか――とにかく、夫を納得させるための理由を……。

ナンシーからリヨン行きの列車に乗り、終点のリヨンでマコン行きに乗り換え、マコンからは城の前を通るバスに乗った。城の近くにさしかかると、私はぎゅっと目をつぶった。

未来の私の家に着いたのは、午後の終わりだった。もう日はほとんど沈んでいて、とても寒かった。唇がひび割れていたので、舌で何度も湿らせた。ドアを開けて中に入ると、空気がとても優しかった。テーブルにはろうそくが灯り、お茶と香水の匂いがする。ハンカチに浸して、あちこちに置いてある《オシアンの夢》の匂いだ。サーシャはにっこり笑ってただこう言った。

「〈嘘の効用〉に感謝！」

私はサーシャの隣に行った。サーシャは野菜の皮をむいていた。少し震える手で、大事そうにピーラーを握って……。

夕飯はミネストローネスープだった。それはもう絶品としか、言いようがなかった。夕飯を食べながら、私たちは畑やキノコのこと、好きな歌や本について語りあった。

私はサーシャに、私たちがここに来たら、サーシャはどこに行くのかと尋ねた。

「全部考えてあるよ。旅に出るんだ。気に入った土地があったら泊まる、気ままな旅だ。年金はそんなにもらえるわけじゃないが、食うには困らない。食べる量はほんの少しなんだからね。二等列車かヒッチハイクでどこかに行き、あとは歩きだ。それから、また二等列車に乗る。そんなことをしてみたいんだよ。唯一の夢でね。〈よそ者〉になりたいんだ。旅の合間には、時々、友だちのところに身を寄せるつもりだ。少ないけれど、ほんとうの友だちがいるから……。そう、友だちに会いにいくのも、旅の計画のひとつなんだよ。で、友だちの庭の世話をするんだ。もし庭を持っていなければ、作ってやろうと思う」

旅の最終目的地はインドだそうだ。いちばんの親友であるサニーはインド人で、子供の頃に知り合った。大使の息子で、七十年代からは南インドのケーララ州に住んでいる。サーシャはこれまでにも、何度もサニーのところに遊びにいっていた。妻のヴェレーナも一度連れていったそうだ。それに、サニーはサーシャの息子と娘、エミールとニノンの〈代父〉だった。カトリックの洗礼に立ち会う代父ではなく、役所で行われる〈市民洗礼〉の代父だ。サーシャはそのサニーのいるケーララで、人生を終えることを望んでいた。いや、サーシャは「そこで人生を終える」とは言わなかった。「そこで死ぬまで生きたい」と言ったのだ。

デザートはライスプディングだった。サーシャが前日に作っておいたもので、ヨーグルトのガラス瓶に入っていた。私はスプーンで瓶の底に入っているカラメルをほじくりだした。自分でも子供みたいだと思ったが、それを見ていたサーシャが突然、それまでとはちがう声音で言った。

「子供たちを亡くしたことで、私は重圧から解放された。自分が死んだあとに、子供たちの心配をしなくてすむからね。子供たちが生きていた頃には、自分が死んだあと、この子たちが病気になったり、お腹を空かせたりしたらどうしよう、自分はもう何もしてやることができないと思って苦しかった。

そんなことは想像するだけで恐ろしかった。でも、今はもうそんな心配はいらない。子供たちが大きくなって、私が死んだ時に悲しむこともない。私は誰も悲しませずに、死ぬことができるんだ。私は自分が死ぬこと自体は怖くない。そんなことに怯えるのはエゴイストだけだ。そんなことが怖いんじゃない。あとに残す人たちが心配で、死にたくないと思うのだ。子供たちが亡くなってしまった以上、私は心おきなく死ぬことができる」

「でもサーシャ、あなたが死んだら、私は悲しみますよ」

「妻や子供たちが悲しむのとはちがうよ。君はただ友だちを失った悲しみに暮れるだけだ。それはレオニーヌを失った時の悲しみとはちがう。そんな悲しみ方は、もう決してしないはずだ。自分でもよくわかっているだろう？」

そう言うと、サーシャはお茶を淹れるために湯を沸かした。そして、私がここにいるのは嬉しい、引退後にはほんとうの友人たちを訪ねにいくつもりだが、その中にはもちろん私も入っていると言った。「ただし、君の夫がいない時にね」とつけくわえるのも忘れなかったが……。

サーシャが音楽をかけた。ショパンのピアノソナタだった。ショパンを聴きながら、サーシャは墓地の仕事とそこで働く人たちについて説明してくれた。私の未来の仕事と、一緒に働く仲間のことを……。

「墓参りに来るのは未亡人が多いかな。しょっちゅう来るから、顔見知りになるだろう。埋葬には立ち会うのが普通だが、どうしても辛ければ立ち会わなくてもいい。まあ、特に子供の埋葬なんかは……。あれは辛いものだよ。だから、立ち会わなくてもかまわない。別に、規則で決められているわけじゃないからね。それに、墓地で働く人たちは結束が強いんだ。管理人も墓掘り人も、葬儀店の連中も……。何かあったら、いつでも代わりを頼める。仲間同士、融通しあえるんだ。唯一、代わりがいないのは神父だけだ。

まあ、いろんなものを見聞きすることになるよ。愛する人を失ったせいで、悲しみが癒えない者もいるし、死んでなお故人を憎んでいる者もいる。生きている間にもっといろいろしてやればよかったと後悔している者もいるし、故人のせいで人生が台無しにされたと恨んでいる者もいる。遺産をめぐって墓地で喧嘩を始めたり、暴力沙汰を起こす者たちもいる。そういった愛憎の果てに、ようやく安らぎを得た者も……。わずか数ヘクタールの土地だが、ここには人生のすべての要素が詰まっているんだ。

そうそう、毎日の仕事で注意すべきことを言っておこう。それはふたつある。ひとつめは、墓参りに来た人を墓地に閉じこめないようにすることだ。埋葬が終わったあと、悲しみのあまり、時間を忘れて、墓地のどこかでぼんやりしている人がいるからね。ふたつ目は盗難だ。近くの墓に供えてある花を盗んで、自分たちの墓に供えたり、メモリアルプレートを持っていったりする人がいるんだ。《おばあちゃんへ》《叔父さんへ》《友へ》と刻まれているだけなら、どんな墓にも置くことができるからな。

あとはしょっちゅうやってくる若者がいたら、注意して見てほしい。普通だったら、墓地に来るのは年寄りばかりで、若者が来ることはない。それがしょっちゅう来るなら、悪い兆候だ。死んだ恋人や友だちを追って、自殺をしたいと思っている恐れがあるからね。

まあ、この仕事は、特に忙しいってことはないが、十一月一日の〈諸聖人の祝日《トゥーサン》〉だけは別だ。次の日の〈死者の日《ジュール・デ・モール》〉と併せて、死者を祀《まつ》る日だから、墓参りに来る人が大勢いるんだ。中にはもちろん、普段、墓参りに来ない人たちもいるからね。そういう人には墓の場所を教えてやる必要がある」

そう言うと、サーシャは墓地の地図と、故人の情報カードを見せてくれた。情報カードには故人の名前と命日、それから墓の場所が記されていて、家の外の倉庫にしまわれていた。といっても、そこに保管されているのは、この半年の間に亡くなった人たちのもので、それ以前のものは、すでに整理されて町役場にしまわれているということだった。

私は、レオニーヌはもう整理されたのか、と思った。あんなに若いのに、もう整理されてしまったのだと……。

「あと、気をつけなければならないことと言ったら、そうだ、墓を掘りおこす時には、墓掘り人が両隣の墓を壊さないように、見張っていてほしいということだ。実は三人いる墓掘り人のひとりが、えらい不器用でね。まあ、めったにないことだが、それでもね。それから、墓地に車で入るのは禁止されているので、中に入れないように……。あえて入ろうとする連中もいるので、注意が必要だ。エンジン音が聞こえるからすぐにわかるだろう。そういうことをするのは、たいていは高級車に乗った老人だ。

そのほかのことは、仕事をしていくうちに、おいおいわかっていくだろう。同じような日は、一日としてないよ。そのうち生者と死者を題材にした小説か回想録が書けるはずだ。君が百回も『サイダーハウス・ルール』を読みなおした頃にはね……」

それから、サーシャは子供が学校で使うような新しいノートを取り出すと、いくつかのリストを書きはじめた。最初のリストは、墓地に暮らしている猫たちの名前と性格、習慣、それに餌のことだった。サーシャは〈マユミ区〉の左奥に猫が暮らせる場所を作っていた。墓掘り人たちの手を借りて、人の通らない十平方メートルほどの場所に小屋を建て、古いセーターと毛布を敷いたのだという。猫たちが冬を越すための、雨に濡れない温かい場所だ。猫に関するページの最後には、トゥールニュにある動物病院の連絡先も書いてくれた。父と息子でやっている獣医で、通常の半分の費用で、ワクチン接種や不妊手術、そして治療のためにここまで出張してくれるという。

「墓地には犬もやってくるよ。たいていは、死んだ飼い主の墓で寝ているので、面倒を見てやっておくれ」

そう言うと、サーシャは、別のページに墓掘り人たちの名前を書いた。何時に墓地にやってきて、何時に帰るのか、どんな仕事をするのかも……。あだ名も書いてくれた。それから、葬儀店のルッチーニ兄弟の名前と住所、仕事の内容を記すと、最後に町役場の死亡証明書の担当者の名前をつけくわえた。

「この墓地に人が埋葬されはじめてから二百五十年になる。これはこの先も続くんだ」

そう言って、サーシャは話を締めくくった。

サーシャのリストはそれで終わりではなかった。翌日から丸二日かけて、サーシャは今度は、菜園や果樹の手入れ、野菜や花の種をまいたり、植えつけをしたりするタイミング、季節ごとにどんな作業をするか、などについて、注意事項をびっしり書いて、ノートの残りのページを埋めつくした。

そして、翌日の十一月一日、〈諸聖人の祝日《トゥーサン》〉の朝、菜園の土には薄い霜が降りた。薄明の中、墓地の門を開ける前に、私たちは最後の夏野菜を収穫した。ふたりともコートをしっかり着こみ、手には懐中電灯を持って……。霜の降りた畑のあぜを歩いている時に、サーシャが尋ねた。

「ジュヌヴィエーブ・マニャンの自殺を知って、どう思ったかね？　これで真相がわからなくなったと？」

「ええ。でも、厨房で起きた火事の原因が子供たちの火の消し忘れではないことには確信があります。ほんとうの原因は誰かの煙草の不始末か何かで、ジュヌヴィエーブ・マニャンはそれを知っていたんだと思います。でも、何かの事情で言えなかった。その良心の呵責に耐えかねて、みずから命を絶ったのだと思います」

「やはり、真相を知りたいのかね？」

「知りたい気持ちに変わりありません。レオニーヌが死んだあと、娘のために真実を知ること、それが私をこの世につなぎとめていましたから……。でも、今は、娘のために大切なのは――私にとってもだけれど――花を育てることだと思っています」

墓地の門の前に車がとまった音がした。もう最初の墓参りの人がやってきたのだろう。門を開けにいくサーシャに私もついていった。サーシャが言った。

「門の開閉時間は、規則どおりではなく、君が決めるんだよ。訪れる人たちの様子を見てね。早く来た人たちを開門時間まで待たせるのは冷たすぎるし、悲しみに沈んで、墓から立ち去りがたい思いをしている人に、もう門を閉める時間だから帰ってくださいなんて、言えないだろう？」

門が開くと、その日、私は一日中、墓参りに訪れる人たちを観察していた。どの人もキクの花を腕いっぱいに抱えて、通路を歩いていた。私はサーシャが教えてくれた猫小屋に行ってみた。猫たちが私に身体をこすりつけてきたので、撫でてやった。心が安らいだ。前の晩、サーシャが言っていたことを思い出した。「墓参りに来る人たちの多くは、墓地に住みついている動物に感情移入するんだ。亡くなった人たちが、動物を通じて何か伝えようとしているのだと想像するんだよ」

午後五時頃、私はレオニーヌのそばに行った。正確には、墓に刻まれた娘の名前のそばに……。その時、黄色いキクの花を供えているトゥーサンの両親に気づいて、全身の血が凍りついた。あの出来事のあとで、ふたりを見るのはそれが初めてだった。年に二回、墓参りのために息子を探しにきて家の前に車をとめている時にも、私は窓から見ることすらしなかったからだ。いつも車のエンジン音と、

「行ってくる!」と叫ぶ夫の声を聞くだけだった。ふたりとも歳をとっていた。父親はさらに背が曲がっていた。母親はあいかわらずしゃちこばったように立っていたけれど、小さくなっていた。時間がふたりを押しかためたようだった。

私がここにいると知ったら、母親はすぐに夫に連絡するだろう。夫は私がマルセイユにいると信じているのだから、かなりまずいことになる。ふたりに姿を見られてはいけない。そう思って、私は泥棒のように物陰に隠れて、ふたりを観察した。まるで自分が何か悪いことでもしたみたいだった。

サーシャがいつの間にか、うしろに来ていたので、びっくりして飛びあがった。サーシャは何も訊かずに私の腕をつかみ、「おいで。家に戻ろう」と言った。

その夜、私はフィリップ・トゥーサンの両親のことをサーシャに話した。母親が私を軽蔑していて、意地悪な言動ばかりすること。そして、何よりも、あの両親がレオニーヌを殺したということ……。話しているうちに、興奮してきて、私は言った。

「そうです。娘を殺したのはあの人たちなんです。娘をサマースクールに送りこんだのは、あの人たちなんだから……。あの人たちがいけないんです!」

サーシャは何も言わなかった。私は続けた。

「やっぱり、この墓地で働くのはやめたほうがいいと思います。年に二回もあの人たちの姿を見ることになるのだから……。あの人たちが娘の墓に花を供えるところなんて見たくない。あの人たちの罪悪感は軽くなるかもしれないけれど、それを見るこっちは、悲しみが増すばかりです。そう、あの人たちを見たせいで、私はまた悲しみに突き落とされました。ええ、あの事故から毎日、レオニーヌのことを考えて、悲しみに沈み、今、ようやくそこから立ちあがって、あいかわらず、毎日、娘のことは考えているけれど、一分一秒でも考えない時はないけれど、どうにか娘の不在を受け入れることができたような気がしていました。娘はどこか別の場所にいるけど、逆に私に近づいてきている。この世界のどこにでも娘の存在を感じることができると……。でも、今日、フィリップ・トゥーサンの両親を見た瞬間、娘が離れていくのを感じました。ここであの人たちの姿を見るのは無理です」

するとサーシャはこう言った。

「君が夫とともに、ここで墓地の管理人をすると知ったら、あの人たちは君を避けて、ここには来ないだろう。ここにいれば、君は二度とあの人たちを見なくてすむよ。あの人たちと会いたくないなら、この墓地の管理人になるのが、最良の方法だ」

私は安心した。

その翌朝、私は町長さんと面会した。私が部屋に入るやいなや、町長さんは言った。

「あなたとご主人のフィリップさんを一九九七年八月から墓地の管理人として雇います。給料はふたりとも《全産業一律スライド制最低賃金》です。あなたたちには、管理人用の家が与えられ、水道光熱費と家庭ゴミ収集税は町が負担します。これが採用通知書です。ほかに何か質問はあるかな?」

「ありません」採用通知書を受け取りながら、私はすぐに答えた。

そばで、サーシャがニコニコしていた。

町長さんは私たちにお茶を出してくれた。ティーバッグのバニラのフレーバーティーで、私たちは一緒に出された少し固くなったビスケットを、子供のようにお茶に浸して食べた。サーシャがおとなしくお茶を飲んでいるのを見て、私はありがたく思った。サーシャはティーバッグのお茶が嫌いで、「お茶を淹れるのに、プラスチックでできた袋を使うなんて、文明の恥だよ。ましてや、それを進歩と呼ぶなんて」と、いつも怒っていたからだ。でも、その思いを私のために我慢してくれたのだ。

ビスケットを食べる合間に、町長さんが私に言った。

「サーシャから聞いているとは思うが、いろいろとひどい目にも会いますよ。二十年ほど前だったが、墓地にネズミが発生したことがあってね。大量のネズミだ。駆除業者を呼んで、あちこちの墓の間にヒ素の粉末を混ぜた餌をまいたのだが、ネズミはいっこうに減らず、とうとう誰も墓地に行こうとしなくなってしまった。カミュの『ペスト』を思わせるような光景ですからな。駆除業者はヒ素の量を増やしたのだが、やっぱり何も変わらない。そこで、三回目にヒ素入りの餌をまいた時、墓の陰に隠れて、ネズミの行動を観察することにしたんです。ネズミたちがヒ素を選りわけて、餌だけを食べているんじゃないかと思って……。答えはすぐにわかりましたよ。箒とちりとりを持った小さな老婆がやってきて、ヒ素の粉だけを集めだしたのですよ！　信じられないかもしれませんが、ほんとうなんです。老婆は何カ月もそうやってヒ素を集めて、どこかに売っていたんです。翌日の新聞の見出しには、大きく我々の町の名前が出ましたよ。《ブランシオン＝アン＝シャロンの墓地でヒ素の不正取引が発覚》ってね！」

78

この世界には君の知らない美しいものがたくさんある
山をも崩す愛の信念、君の輝く魂の泉
だから、眠りにつく時に思い出して、愛は死よりも強いのだと

――フランソワーズ・アルディ「たくさんの美しいもの」

「お墓っていうのはゴミ箱みたいなものね。ここに埋葬するのは残骸だけだもの。魂は別の場所にあるのだから」

そうつぶやくと、ダリュー伯爵夫人はブランデーを一気に飲みほした。伯爵夫人は私の台所のテーブルに座って、気持ちを落ち着かせているところだった。彼女が〈真実の愛〉と呼んで、墓参りを欠かさない男性の妻――彼女がひまわりの花束を供えるたびにゴミ箱に捨てていた正妻が、ちょうど今、埋葬されているところなのだ。オデット・マロワ（一九四一―二〇一七）と墓に刻まれて……。

その様子を伯爵夫人は遠くから眺め、埋葬の途中で私の家に寄ったのだ。埋葬には参列しなかった。参列したら、オデットの子供たちが嫌な顔をするのがわかっていたからだ。子供たちは夫人と父親との関係も、母親が夫人を敵視していたことも知っていた。墓のそばに近づいただけで、けんもほろろに追い返されただろう。

でも、これからは、伯爵夫人がひまわりの花束を〈真実の愛〉の墓に供えても、それをゴミ箱で見つけることはないだろう。無残に花びらをむしりとられた、ひまわりの残骸を……。そう思っていたら、夫人がしみじみと言った。

「なんだか、古い女友だちを失ったような気分だわねえ……。私たち、お互いに大嫌いだったのに……。でもまあ、古い女友だちって、ほんとうは、いつもちょっとだけお互いを嫌いだったりするものよね。それに私、彼女に嫉妬しているのよ。私より先にあの人のところに行ったのですもの。結局、生涯ずっと彼を真っ先に手に入れていたのだわ、あの性悪女は……」

「これからもお花を供えるんですか？」

「いいえ。もう終わりです。今はもうあの世でふたり一緒にいるのだもの。そこにお花を贈るなんて、いくら私でもデリカシーに欠けるでしょう？」

「その……あなたが〈真実の愛〉と呼ぶ方とは、どこで出会ったんですか？」

「夫の仕事をしていたのです。伯爵の所有していた競走馬の管理をしていたの。きれいな男性でね。あのお尻、あなたにもお見せしたかったわ、ヴィオレット。あの筋肉、身体、唇、それにあの目！今でも思い出すと身体が震えてしまうの。私たち、二十五年間も愛人関係だったのですよ」

「どうして、それぞれの結婚相手と別れなかったんです？」

「オデットが別れたら自殺するって脅したの。『私を捨てたら、死んでやるから』って。それにね、ヴィオレット。ここだけの話、そのほうが私にも都合がよかったのです。だって、いくら大恋愛の相手だからと言って、二十四時間もずっと一緒にいたら、何をしたらいいのかわからなくなるでしょう？　そうなったら大変、一緒にいるのが仕事みたいになっちゃうわ。それに私、自分の指を使ってすることなんて、本を読むかピアノを弾くことしかできないの。たぶん、一緒になったら、すぐに捨てられていたでしょうね。だけど愛人なら、会いたい時にだけ会って、戯れていればいいのですもの。私はあいかわらず、甘やかされて、よい匂いのするクリームや香水をつけて、きれいなプロポーションを維持する生活を続けられます。私、お料理なんてしたことないから、指から食べ物の臭いなんかしたことがないの。白くて、すべすべして、いい匂いがして……。そして男の人ってね、そういう手が大好きなの。ほんとうですよ。それに白状しますけど、伯爵との生活は快適でしたしね。夫と一緒に世界中を旅してまわりました。豪華なホテルにプール、南の島での海水浴。私はゆっくり英気を養って、きれいに焼けて戻ってきて愛する人に会う。その間、あの人は私に会いたくて、うずうずしているんです。だから、バカンスから戻ったあとは、私たち、いっそう情熱的に愛しあったものよ。ほら、貴族の妻が森番と禁断の恋に落ちる『チャタレイ夫人の恋人』って小説があるでしょう？　私、あの主人公になったような気分でした。

あの人には、伯爵との間にはもう何もないと信じさせました。伯爵は私より二十も年上だったから、もう触れようともしないし、寝室も別だと言ってね。あの人も、オデットは夜の生活には興味がないのだと言っていましたけど、どちらも嘘ですよ。ふたりとも相手を愛しているから嘘をついたの。お互いを傷つけないためにね。私ね、ジャック・ブレルの「長年の愛人たちの歌」を聞くと、いつも少しばかり涙が出てしまうの。《二十年の愛、それはもう信念の愛だ》っていうところでね。ねえ、ヴィオレット、最後にもう少しあなたのブランデーをいただけないかしら？　今日はお酒が必要だわ……。すれちがうたび、オデットはいつも挑戦的な目でじろじろと見てきたけど、私、あれが大好きだったわ……。いつもにっこりと微笑んであげたの。もちろん、わざとよ。

私、主人と愛人を一カ月ちがいで続けて失ったの。ふたりとも心臓発作でした。ひどい話でしょう？　突然、すべてを失ってしまったのよ。土と水、火と氷をね。まるで神様とオデットが力を合わせて、私を打ちのめそうとしていたみたいだったわ。まあ、でも、ここまでの人生を考えれば、素晴らしい年月を過ごせましたもの。文句を言うことなんて、何もありません……。今、私の最後の願いは、死んだら火葬にして遺灰を海にまいてほしいということだけです」

「伯爵のそばに埋葬してほしいとは思わないんですか？」

「夫のそばで永遠に?!　絶対にごめんですよ！　退屈で死にそうな日々が永遠に続くだなんて、恐ろしすぎるもの！」

「でも、ここに埋葬されるのは残骸だけだって、さっきご自分でおっしゃったじゃありませんか」

「私の残骸ですら、伯爵のそばにいたら退屈してしまいますよ。一緒いるとほんとうに気が滅入る人だったのですから！」

　私は思わず吹きだしてしまった。その時、ちょうどノノとガストンがコーヒーを飲みに家に入ってきた。オデットの埋葬が終わったのだろう。ふたりは私が大笑いしているので驚いたようだった。伯爵夫人がいるのを見て、ノノが赤くなった。夫人に夢中なのだ。顔を合わせるたび、小学生のように顔を赤らめていた。

　数分後にやってきたセドリック神父は、伯爵夫人の手を取って、甲にキスをした。

「それで、神父様、どうでした？」

「いつものような埋葬でしたよ。伯爵夫人」

「子供たち、音楽はかけましたの？」

「いいえ」

「馬鹿な子たちね。オデットはフリオ・イグレシアスが大好きだったのに……」

「なぜそんなことをご存じなのです？」

「女っていうのはね、ライバルのことなら何でも知っていますの。習慣とか、香水や好みなんかね。それで、ライバルとはちがうことをするの。だから、妻のいる家を出て、愛人の家に来た時、男性は豪華なホテルで休暇を過ごしにきているような気がするはずですわ」

「どれもカトリック教徒らしからぬお言葉ですね、伯爵夫人」神父が口をはさんだ。

「だけど、神父様、懺悔する人がいないと困りますでしょう？　教会の告解室に閑古鳥が鳴いてしまいましてよ。罪って教会の資金源じゃありませんか。みんなが清廉潔白な人物になってしまったら、教会の椅子に座る人なんて誰もいなくなってしまいますよ」

伯爵夫人はノノに視線を移した。

「ノルベール、家まで送ってくださらないかしら？」

ノノの顔がますます赤くなった。どぎまぎしているのが、見ていてもわかる。

「もちろんです、伯爵夫人さま」

ノノと伯爵夫人が家の外に出ていったとたん、ガストンがコーヒーカップを落として割った。箒とちりとりを持ってきて、割れた陶器の破片を掃きあつめようと身体を曲げた時、ガストンが私の耳もとで囁いた。

「ノノのやつ、女伯爵と寝てるんじゃないだろうか？」

79

天と地をつなぐ時の中には、最も美しい秘密が隠されている

——フランソワーズ・アルディ「たくさんの美しいもの」

《イレーヌ・ファヨールの日記》

一九九三年五月二十九日

ポールは病気だ。かかりつけの先生の話では、肝臓か胃か膵臓が悪化している症状が見られるという。ポールは苦しそうだが、治療を受けようとしない。病院で検査を受ける代わりに、霊媒師に会いにいって、「長く幸せな人生を送ると言われたよ」って、晴れやかな顔で帰ってくるのだ。この一週間で、三人もの霊媒師のところに行っている。まるで船が沈みはじめたら、突然神に祈りはじめる、無神論者たちみたいだ。いったい、何に取り憑かれたのだろう？　今まで、霊媒とかそういった類のものには一度も興味を示したことがなかったのに……。私は、ポールが病気になったのは自分のせいだと感じている。ガブリエルにホテルで会うためについたたくさんの嘘が、ついにポールの身体を蝕んだのだろう。

リヨン、アヴィニョン、シャトールー、アミアン、エピナル——ガブリエルと私は半年前から、国中を荒らす銀行強盗のように、さまざまな町に乗りこんでは、ホテルのベッドを荒らしてきた。きっ

とそのせいなのだ。

私はポールのためにパオリ＝カルメット研究所でCTスキャンの予約を取った。でも、ポールは行かなかった。私は今すぐ病院に行って、治療を受けてと、毎晩のように言うけど、ポールは決して、首を縦に振らない。ただ、静かに微笑んで「心配しなくていいよ、すべて丸く収まるから」と答えるだけだ。

だけど、ポールは苦しそうだ。それに痩せてきた。夜、寝ている間にも、苦痛でうめき声をあげている。

私は絶望している。ポールは何がしたいの？　頭がおかしくなってしまったの？　それとも自殺がしたくて、治療を受けなければ死ねると思っているの？

私ひとりの力じゃ、無理やり車に乗せて病院に連れていくこともできない。私にできることはすべて試してみた。笑顔で説得しても、泣いて懇願しても、怒ってみても、何ひとつポールの心には響かないようだ。ただ成り行きに任せて、死ぬのを待っているように見える。

どうしてそんな、すべて諦めたような態度を取るのか、説明してほしいと、私は頼んだ。ともかく話を聞いてほしいと何度も言った。でも、ポールは返事をしなかった。いつも、そのまま寝室に行ってしまうのだ。

どうしたらいいのか、わからない。

一九九三年六月七日
今朝、ガブリエルからバラ園に電話があった。嬉しそうな声で、一週間エクスで弁護することになったから、会いたいと言われた。「君のことばかり考えているよ。毎晩一緒に泊まってほしい」と言われた。

私は無理だと答えた。ポールをひとりにはしておけない。

そう言うと、ガブリエルはいきなり電話を切った。

私はレジの隣にあったスノードームをつかんで、力いっぱい壁に投げつけた。スノードームは粉々に砕けた。

ポリスチレンの雪の粒が床に散らばった。偽物の雪――私たちの愛と同じだ。本物の愛ではない、ただホテルで夜を過ごすだけの愛。

私たちはおかしくなっていた。

一九九三年九月三日
ポールのハーブティーに薬を盛った。ポールが気を失えば、救急車が呼べると思ったので、強い鎮静剤を入れたのだ。

救急隊員たちは、居間の中央に倒れているポールを見つけると、すぐに病院に運んで検査を行った。

ポールは癌だった。

病気と、私がこっそり飲ませた薬のせいで、そうとう衰弱していたので、医師はポールを入院させることにした。退院の目処はまったくついていない。

薬物検査で、ポールが強い鎮静剤を摂取したことがわかってしまったが、ポールは医師に、自分で飲んだと言った。痛みに耐えかねて、すべて終わりにしたかったのだと……。私が咎められることがないように、そう言ったのだ。

私はポールに自分のしたことを説明した。万策尽きて、あなたをなんとかして病院に連れて行くためには、もうそれしか方法がなかったのだと……。ポールは、私がまだそれほど自分を愛してくれているると知って、感激していると言った。夫は、もう私に愛されていないと思っていたのだ。

時々、私はガブリエルと一緒にどこかに行ってしまいたくなる。でも、時々だ。

一九九三年十二月六日
ガブリエルに電話して、ポールの手術と化学療法のことを話した。
しばらくは会わないと告げると、ガブリエルは「わかった」と言って、電話を切った。

一九九四年四月二十日
今朝、とてもきれいな女性がバラ園に来た。妊娠していた。赤ちゃんが生まれる日に、記念に庭に植えたいと言ってオールドローズと牡丹を求めた。私たちはいろいろおしゃべりをした。特に、彼女の庭と家、バラと牡丹を植えるのに最適な西南の方角について……。彼女がお腹の子供が女の子だったら嬉しい、素晴らしいことだと言ったので、私には息子がいるけれど、男の子も同じくらい素晴らしいですよと答えた。彼女は笑った。

私が誰かを笑わせることはめったにない。ガブリエルくらいのものだ。あとは、幼かった頃の息子くらい。

支払いの段になって、彼女は小切手を書き、身分証明書と一緒に差しだして言った。

「すみません、身分証明書は夫のものなのですが、名字と住所は一緒ですから……」

小切手を見た。名前はカリーヌ・プリュダン、住所は《マコン市コンタミンヌ通り十九番》と書かれていた。身分証を見た。ガブリエルの身分証明書だった。彼の写真、生年月日、出生地、指紋、それに小切手と同じ住所が書かれていた。《マコン市コンタミンヌ通り十九番》。
どういうことなのか理解するまで――彼女とガブリエルを結びつけるまで、数秒かかったと思う。顔が赤くなるのを感じた。頬が燃えるようだった。ガブリエルの妻はじっと私を見つめていた。そのまま目をそらさず身分証を私の手から取りあげて、上着の内ポケットにしまった。赤ちゃんがいるお腹のすぐ上、自分の心臓にぴたりとつくかたちで……。
そして、ボール箱に入れた苗木を持って店を出ていった。

一九九五年十月二十二日
ポールの癌が寛解して、ジュリアンとお祝いをした。今、息子は学校近くのアパートに住んでいる。家には私ひとりだ。ひとりでいるのは淋しい。あの子が生まれる前と同じだ。子供は、私たちの人生を満たしたあとで、大きな虚しさを残していく。ぽっかりと巨大な穴が開いたようだ。

一九九六年四月二十七日
ガブリエルからの連絡がとだえて三年がたつ。毎年、自分の誕生日が来ると、彼から連絡があるのではないかと思ってしまう。思っている？　信じている？　それとも期待しているのだろうか？
ガブリエルに会いたい。
妻と娘と一緒に、オールドローズと牡丹の咲いた庭にいるガブリエルを想像してみた。ひどく退屈している姿しか頭に浮かんでこない。彼が好きなのは、煙草の煙のこもったブラッスリー、法廷、それに、私なのだから……。

80

いつものように私に話しかけてください。いつもの口調で……
そんな深刻な様子はしないでください。悲しそうな様子も……
それよりも、笑ってください。これまで笑っていたのと同じように……

——ヘンリー・スコット・ホランド『さよならのあとで』

一九九七年九月　フィリップ・トゥーサンの話

ヴィオレットと一緒にブランシオン＝アン＝シャロンで暮らしはじめてから、一カ月が過ぎた。毎朝、目が覚めるたびに、あまりの静けさに打ちのめされそうになった。マルグランジュの家では、いつも音に囲まれていたからだ。警報の音、列車が通過していく音。家の前の道路にも、つねにトラックや乗用車が行きかい、踏切で停車している間もアイドリングの音が聞こえた。それに比べ、ここの生活はなんと気が滅入ることか。ここにあるのは死者の沈黙だけだ。墓参りに来る人々ですら、足音を忍ばせて歩いている。フィリップは沈黙に怯えた。一時間ごとに鳴りひびく教会の陰気な鐘の音だけが、時が過ぎていることを知らせていた。何も起こらないまま、ただ時だけが過ぎていくことを……。

たった一カ月で、フィリップはこの場所を嫌いになっていた。墓も家も菜園も、この地域も。墓掘り人たちも大嫌いだった。墓掘り人たちのトラックが門を通る時には、なるべく近づかないようにしていた。姿を見かけても、遠くから挨拶して、すぐに道を変えた。仲良くするつもりなど毛頭なかった。どう考えても、イカレたやつばかりだった。ひとりは自分のことをエルヴィス・プレスリーと呼ばせているし、もうひとりは猫やら犬やら、墓地にいる動物の面倒を見て、怪我をしている動物がいると手当てしている。三人めのやつは一歩あるいただけで、すっころんでいた。

フィリップは動物好きな男が怖かった。あんな毛玉を見て喜ぶのは女だけだ。第一、動物なんて汚いじゃないかと、いきがっていたが、本音はちがった。ほんとうは動物が怖かったのだ。だから、ヴィオレットが犬か猫を飼いたいと言った時も、アレルギーがあるからだめだと答えて、許さなかった。動物は怖いし、すぐに動物を手なずける動物好きの男も怖かった。そして、何よりも、この墓地には猫がうじゃうじゃいた。ヴィオレットと、イカレた墓掘り人のうちのふたりが餌をやるからだ。もう嫌悪感しかなかった。

まったく、とんでもないところに来てしまった。朝食のあと、いつものようにバイクにまたがりながら、フィリップは思った。しかも、今日は午後三時から埋葬が行われることになっている。ここに来てから、初めての埋葬だ。霊柩車なんて見たくない。遺族たちの悲しそうな顔を見るのも勘弁だ。近くで埋葬が行われているなんて、想像するだけで怖かった。

そこで、フィリップはいつものように昼食には戻らず、バイクを走らせることにした。そして、あちらこちらを気ままに巡っているうちに、ちょうど昼の時間にマコンに着いた。

その時だ。赤信号で停止していたら、近くの小学校から子供たちが出てくるのが見えた。その中にレオニーヌの姿があったので、フィリップははっとした。髪の色、髪型、歩き方、まさにレオニーヌだ。服もピンクと赤に白い水玉模様のワンピースで、あの時、着ていたものと同じだ。レオニーヌは生きていたのだ。火事で死んだというのは嘘で、あの夜、きっと誰かに誘拐されて、今まで監禁されていたのだ。あの城のスタッフは信用ならない。フィリップはひとりごちた。レオニーヌみたいに可愛い子を見たら、さらいたくもなるだろう。レオニーヌ！

フィリップはエンジンを切って、バイクを降りると、レオニーヌのほうに走っていった。だが、途中で足を止めた。あの時、娘は六歳だった。もし生きているなら、今頃は中学生だ。この子はレオニーヌじゃない……。

バイクに戻って、エンジンをかけると、また憎しみがわいてきた。みんな、あの城のやつらのせいだ。娘が死んだのも、おれが墓地なんかに住まなきゃならなくなったのも……。みんなやつらのせいだ。

フィリップはしばらくバイクを暴走させた。それから、道路沿いのドライブイン・レストランに入り、怒りに任せてステーキとフライドポテトを腹に詰めこんだ。そうして、料理の皿を押しやると、紙製のランチョンマットを裏にして、またあのリストを書きだした。

~~エディット・クロックヴィエイユ　校長~~
~~スワン・ルテリエ　料理人~~
~~ジュヌヴィエーブ・マニャン　世話係~~
~~エロイーズ・プティ　インストラクター~~
~~リュシー・ランドン　インストラクター~~
~~アラン・フォンタネル　メンテナンス係~~

こいつらの中に、給湯器の口火をつけたやつがいる。フィリップは考えた。おそらくジュヌヴィエーブ・マニャンとアラン・フォンタネルではないだろう。フォンタネルによれば、やつらは厨房に火をつけたと言うんだから……。給湯器のことをごまかそうとして、火をつけたという可能性もなくないが、それならおれに話すこと自体がおかしい。事件は子供たちのせいだということで片づいているんだし、自分から言いださなきゃ、今さら放火の罪に問われることもない。マニャンが自殺したのは気になるが、それなら、なおのこと、フォンタネルは口を閉ざしているだろう。それに、あの時のフォンタネルはほんとうのことを言っているように見えた。やつは放火したことを白状しても、おれに真相を話す気になったんだ。理由は知らない。あの時、おれたちはアルコールにどっぷり浸かっていた。そのせいか、そうじゃなかったら、おれたちと一緒に飲んでいた悪魔が面白がって、やつに言わせたのだろう。

もう一度、リストを見ると、フィリップは名前の書いてあるところだけ、ランチョン・マットをちぎって、ジーンズの尻ポケットに入れた。こうなったら、誰が給湯器の口火をつけたのか、どんなことがあっても突きとめてやる。これから、ほかのやつらに話を聞いていこう。ひとりずつ、順番に……。フィリップは立ちあがって、店を出た。

一九九七年十一月十八日　リュシー・ランドンの話

リュシー・ランドンはクリニックで、医療事務と受付の仕事をしていた。その朝、患者を待合室に入れるために入口のドアを開けると、リュシーはすぐにフィリップ・トゥーサンに気づいた。レオニーヌ・トゥーサンの父親だ。リュシーは事件で死んだ子供の親たちの顔を全員、覚えていた。特にレオニーヌの父親のことは……。娘と同様、美しい顔をしていて、裁判にひとりで来ていたからだ。ほかの三人の親たちは、夫婦でそろって来ていた。

裁判の時、リュシーは、親たちの前で証言をした。「炎に気づいた時にはもう遅かったんです。ほかの部屋の子供たちを避難させるのが精いっぱいでした。いいえ、子供たちが起きだして、厨房に行った物音は聞こえませんでした」と……。

あれは恐ろしい出来事は……。あの夜から、リュシーはいつも寒気を感じていた。氷の塊の中に閉じこめられたようで、寒くてたまらない。皮膚が焼けるように痛かった。この痛みは炎に焼かれたあの子たちが感じたのと、同じ痛みだろうか？　リュシーはよく思った。

それにしても、どうしてこの人はこのクリニックにやってきたのだろう？　両腕で肩を抱えて、暖をとるようにさすりながら、リュシーは考えた。寒い。身体が凍りついたような気がする。この人は私が誰だか知っていて、ここに来たのだろうか？　サマースクールのインストラクターだと知って……。私に会いに……。それとも、偶然、診察を受けにきただけなのだろうか？　もしかしたら、診察の予約をとっているかもしれない。

そう考えて、リュシーは予約台帳に目を走らせた。その朝、クリニックには三人の医師が出勤していたが、どの医師の予約リストにも、フィリップ・トゥーサンの名前は載っていなかった。見ると、トゥーサンは足もとにバイクのヘルメットを置いて、窓に顔を向けて座っている。その様子は、診察の順番を待っているようにも見えた。診察が終わって患者が外に出ると、医者も診察室から出て、次の患者の名前を呼ぶ。リュシーはそのたびに、トゥーサンの名前が呼ばれるのを待った。だが、それから二時間以上たっても、そんなことは起こらなかった。

残りの患者はあとふたりだった。それから三十分後に最後の患者が帰ると、待合室にはフィリップ

・トゥーサンしかいなくなった。リュシーは声をかけた。
「こんにちは、ムッシュー。ご予約はおありですか？」

「あんたと話がしたいんだが……」

「私とですか？」

「そうだ」

フィリップ・トゥーサンの声を聞いたのはこれが初めてだった。リュシーはがっかりした。間延びした声で、アクセントも洗練されたものとはほど遠かったからだ。天は二物を与えないってこと？　リュシーはほんの一瞬、そんなことを考えたが、フィリップ・トゥーサンが自分に会いにきたのだと思い出すと、また両腕で肩を抱えて、さすった。

「なぜ私と？」

「フォンタネルから聞いた。あの夜、ジュヌヴィエーブ・マニャンはあんたから子供たちの監督を代わってほしいと頼まれたんだと……。ほんとうか？」

その言葉にはなんの抑揚もなかった。怒りも憎しみも感じられない。ただ、単純に事実を訊いていた。リュシーはもう逃げられないと思った。これまで、ジュヌヴィエーブに交代を頼んだことについては固く口を閉ざしていたが、フォンタネルから聞いたのなら、今さら嘘をついてもしかたがない。フォンタネルの顔が頭に浮かんだ。あのぞっとするような目をした、いやらしい老いぼれの犬みたいな男――どうしてあんな男がサマースクールの仕事をするために雇われたのだろう？　あんな男を子供たちのそばに置くなんて、危険きわまりない。

「ほんとうか？」フィリップ・トゥーサンがまた尋ねた。

「はい」リュシーは素直に答えた。「私はジュヌヴィエーブに代わりを頼みました。スワン・ルテリエと二階にいたんです。そしたら、あんなことになって……。誰かがドアを叩いたので、下に降りていったら、あの子たちの部屋が……部屋が炎に包まれていました。もう何もできませんでした。何も……。ごめんなさい。ほんとうにごめんなさい……」

「フォンタネルは嘘をついていなかったということか」

そう言うと、フィリップ・トゥーサンは立ちあがって、待合室から出ていった。

一九九七年十二月十二日　フィリップ・トゥーサンの話

エピナルにある大型スーパー《コラ》の地下駐車場で、サマースクールの校長をしていたエディット・クロックヴィエイユを捕まえると、フィリップは尋ねた。

「サマースクールで、あんた、誰かに嫌われていなかったか？」

「嫌われる？」

「じゃあ、サマースクールじゃなくても、誰かに恨まれていたということは？　あの火事の前に……」

「恨まれる？」

「つまり、あんたを困らせようとして、わざと設備を壊すようなやつがいなかったかってことだ。あんたを恨んで、その仕返しのために、サマースクールで事故が起きるようにするやつが……」

「何をおっしゃっているのかわかりません」

「でも、給湯器は壊れていただろう？」

「壊れていた？」

こいつはあくまでもすっとぼけようとしてる。さっきから、こっちの言葉を繰り返すだけだ。フィリップはとうとう我慢できなくなって、相手の胸ぐらをつかんだ。

エディット・クロックヴィエイユは一九九五年の十一月に二年の実刑判決を食らって、懲役刑に服していたが、一年で出所し、その後は夫とともにフランス北東部の町、エピナルに移り住んでいた。

それを突きとめると、フィリップは丸二日間、クロックヴィエイユの行動を監視した。そして、今日、女校長が車を運転してひとりでスーパーに行ったのを知ると、辛抱強く、スーパーの駐車場で待ち、ショッピングカートを押して戻ってきたところを捕まえたのだ。

「いったい、あなたは誰なんです」胸ぐらをつかまれて、怯えた声で、女校長は言った。が、すぐに気づいたのか、さらに怯えた声で続けた。「あ、あなたは……。とうとうやってきたんですね。きっとあなたたちの誰かが来ると思っていました。私を殺しに……。それが今なんですね」

「そんなことはどうでもいい！」胸ぐらをつかんだまま、フィリップは言った。「いいから、おれの質問に答えてくれ。だが、もし答えないようなら、お望みどおり、殺してやる。おれは女に暴力をふるうような人間じゃないが、そんなふうに質問をはぐらかすつもりなら、遠慮はしない。本気だ。おれにはもう失うものなんてないんだから……。もうすべて失ってしまったんだから……」

それから、つかんでいた手をゆるめると、穏やかな口調で続けた。

「あんたにわかるように話そう。部屋にあった給湯器が壊れていたっていうのは、ほんとうか？」

「はい」女校長は蚊の鳴くような声で言った。

「で、スタッフはみんな、部屋の給湯器を使っちゃいけないって、知っていたんだな？」

「はい……。絶対に触らないように、使用禁止にしていました」

「子供たちが給湯器の口火をつけることはできたのか？」

女校長は力強く頭を左右に振った。

「いいえ！」

「どうしてそう言いきれるんだ？」

「給湯器が設置されていたのは、子供たちの手の届かない高さです。それに安全箱で覆っていました。子供たちが触る危険はまったくありません」

「じゃあ、いったい誰ならできたと思いますか？」

「できるって、何をです？」

「給湯器をつけることのできたやつですよ。誰です？」

「いません。そんな人いません。誰もいません！」

「マニャン？」

「ジュヌヴィエーブ？　どうしてあの人がそんなことをするのです？　かわいそうなジュヌヴィエーブ……。どうして、給湯器の話なんて訊くのですか？」

「じゃあ、フォンタネルは？　あいつとの関係はうまくいってましたか？」

「ええ。スタッフとはうまくいっていました。問題があったことなんて一度もありません。一度も……」

「それなら、スタッフじゃなくてもいい。ほかにあんたと問題のあった人はいませんでしたか？　隣人は？　愛人は？」

そう矢継ぎばやに質問されて、女校長は顔を引きつらせた。どうして、給湯器の話が出てくるのか、さっぱり見当がつかなかったらしい。

「トゥーサンさん、私は一九九三年の七月十三日まで、規則正しい人生を送っていたのですよ。まるで、定規で線を引いたようにね……」

フィリップはその言い回しが大嫌いだった。母親がよく使っていた表現だ。この女校長——エディット・クロックヴィエイユを殺してやりたくなった。だが、殺したところでどうなる？　この女は生きながらもうすでに死んでいるんだ。カートを押して戻ってくるのをひと目見て、わかった。首を締めつけている陰気なコート、陰気な顔色に陰気な目。顔の輪郭まで、陰気に垂れさがっている。フィリップは黙って背を向け、歩きだした。エディット・クロックヴィエイユが叫んだ。

「トゥーサンさん？」

もう二度と顔も見たくなかったが、フィリップはしぶしぶ振りかえった。

「何を探していらっしゃるんですか？」

フィリップは何も言わずにバイクにまたがり、ブランシオン＝アン＝シャロンに向かった。あの場所に帰るのは気が重かったが、寒くて、疲れていた。ヴィオレットに行き先も告げずに出てきたのは三日も前だ。清潔なシーツにくるまれて眠りたかった。ビデオゲームに没頭したかった。何も考えずに、いつもどおりの生活がしたい。もう何も考えたくなかった……。

81

君がぼくの中にいるのか、ぼくが君の中にいるのか？　君はぼくのものなのか？　きっとふたりとも、ふたりで作った〈ぼくたち〉と呼んでいるものの中にいるのだと思う

――ロバート・ジェームズ・ウォラー『マディソン郡の橋』

一九九六年十月　ガブリエル・プリュダンの話

日曜の夜は、いつも家で妻と一緒に映画を見る。それがガブリエル・プリュダンの習慣だった。ビデオは家の近くにあるレンタルビデオショップ《ビデオ・フューチャー》で、妻のカリーヌが借りてくる。だが、たいていはアメリカのロマンチックコメディなので、ガブリエルは閉口していた。ガブリエルの好みは、クロード・ルルーシュが監督した『冒険また冒険』のような映画だったし（セリフは全部そらで言えるほど好きだった）、好きな俳優は『冬の猿』のジャン＝ポール・ベルモンドとジャン・ギャバンだったからだ。アメリカ人俳優もロバート・デ・ニーロ以外は好きになれなかった。だから、映画が始まると、ガブリエルはいつも居眠りを始めた。

しかし、映画がつまらなくても、ガブリエルは文句を言わなかった。この日曜の夜の習慣が好きだったからだ。ソファに座って妻に寄りかかる。彼女の身体の温かさとスパイシーな香水の香りに包ま

れて目をつぶる。テレビから聞こえる英語のセリフが少しずつ遠くなる。映画の内容は眠っていてもわかった。髪を完璧にセットした美男美女が出会う。ふたりは一度、引き裂かれて、別れわかれになるが、どこかの街角でばったり再会する。最後にはキスするか、抱きあってジ・エンドだ。映画のクレジットタイトルが流れはじめると、カリーヌが感動のあまり、赤く泣きはらした目でガブリエルを優しく起こす。「あなた《モナムール》、また寝ちゃったのね」と、面白がっているような、ちょっと非難するような声で言いながら……。

それから、ふたりはソファから立ちあがり、子供部屋をのぞく。娘の寝顔を見て、子供の成長はなんと早いのかと感嘆してドアを閉めると、自分たちの寝室に行って、セックスをする。そして、月曜の朝が来て、またガブリエルは無罪を叫ぶ被告人の待つ法廷に出かけていく——それが、いつもの日曜の夜の過ごし方だった。

ところが、一九九六年十月のその夜は、いつもとちがっていた。映画が始まっても、ガブリエルは眠らなかったのだ。カリーヌがビデオデッキにカセットを入れ、映像が流れだした瞬間から、ガブリエルは映画のストーリーに心を奪われ、画面に釘付けになった。俳優と女優の素晴らしい演技に心を奪われたからではない。お互いにひと目で恋に落ちた主人公たちに、自分とイレーヌを重ねあわせていたのだ。これは、まさにぼくとイレーヌの話じゃないか。ガブリエルは自分がこの映画が真実であることを証言する証人になったような気がした。法廷では証人に尋問する側だが、この映画にかぎっては、自分が証人なのだ。ガブリエルは、映画に没頭した。カリーヌが無言でこちらを見ているのはわかっていたが、画面から目をそらせなかった。

映画の終盤、雨の降りしきる中、ヒロインを乗せた夫の車が交差点の赤信号で停車する。その前には愛人の車が停車している。愛人は町を去ろうとしている。夫の車から降りて、愛人の車に乗れば、まだ間に合う。これが最後のチャンスだ。愛人もわかっていて、青信号になっても、車を発進させない。夫がクラクションを鳴らす。愛人の車は動かない。ヒロインは車のドアに手をかけた……。だが、その手がドアを開けることはなかった。愛人の車は、永遠の別れを告げるウィンカーを出して、左に曲がっていった。そのシーンまで来ると、ガブリエルは抑えていた感情が一気にあふれだしてくるのを感じた。四年半、イレーヌを忘れるために築きあげた感情のダムが、降りしきる雨に崩壊したような気分だった。映画の中で降っている雨に、自分も打たれているような気がした。

そう、あの時、自分も車の中でイレーヌが戻ってくるのを待っていた。カップ・ダンティーブからマルセイユに戻り、これから一緒にリヨンに行こうとしていた時だ。イレーヌは「ちょっと、待ってて。やっぱり、バンの鍵を店に置いてきます」と言って、立ち去っていった。そのあと、ガブリエルはフロントガラスのうしろでハンドルに手を置いたまま、イレーヌが戻ってくるのを何時間も待っていた。イレーヌとともに過ごす人生に思いを馳せながら……。だが、いつまでたっても、彼女は戻ってこなかった。

数時間後、握りすぎて、こわばった手をハンドルから離すと、ガブリエルは車を降りて、バラ園に行ってみた。だが、そこにいたのは店員だけで、この数日イレーヌの姿は見ていないと言った。ガブリエルは絶望した。イレーヌが戻ってこないとわかったのだ。彼女は今の生活を続けることを選んだ。自分のために、人生を変えたりはしないのだ。けれども、そんなことは認めたくなくて、ガブリエルはやみくもに近くの通りを探しまわった。そして、最後には自分に言い聞かせた。きっと夫や息子のためだ。自分に対する愛が醒めたわけではない。イレーヌはぼくを愛している。でも、家族がいるから、しかたがなかったんだ。〈やむを得ない事情〉で……。〈やむを得ない事情〉――そう、裁判ではよく聞く言葉じゃないか。

そして、それから数年がたった。ある朝、事務所に行くと、イレーヌ・ファヨールという人物から相談の予約が入ったと告げられた。ガブリエルは最初、単に同姓同名の人物だろうと思った。だが、連絡先に書かれていたのは、よく知っている番号だった。イレーヌのバラ園の番号——ずっとかけることを我慢してきた番号だ。それで、仕事でスダンに行った時に、そこから電話をかけた。

ふたりはスダンで再会した。それから半年の間、あちこちの町のあちこちのホテルで逢瀬を重ねた。そのあと、イレーヌの夫ポールが病に倒れ、一年後には自分たち夫婦に娘のクロエが生まれた。病の夫と生まれた子供がふたりを引き裂いた。

イレーヌからの連絡がとだえてから、ほぼ四年がたっている。その間、ガブリエルは時々、考えることがあった。今頃、彼女はどうしているのだろう？　夫のポールは快復したのだろうか？　今でもマルセイユで、バラ園を経営しているのだろうか？　そんな時にはイレーヌの姿が浮かんでくる。彼女の微笑み、ちょっとした仕草、匂い、肌、それに髪——ガブリエルはイレーヌの髪をくしゃくしゃに乱すのが大好きだった。イレーヌはほかの女性とはまったくちがった。彼女といると、すべてがうまくいった。

映画のラストには、ヒロインの子供たちが母親の恋を知り、その遺志に従って、母親が恋人のもとに行けるように、橋の上から遺灰をまくシーンがあった。母親はこう手紙を残していた。「私は一生を家族に捧げました。だから、残されたものはあの人に捧げたいのです」と……。そのシーンを見て、ガブリエルは泣いた。信じられないことだった。ガブリエルは、これまでどんな時にも泣いたことはなかった。裁判に勝って嬉し涙を流したこともなかったし、負けて悔し涙を流したこともない。最後に泣いたのは、八歳の時、自転車から落ちて、怪我をした時のことだ。それ以来、ひと粒も涙はこぼしていない。

一九九六年十月　カリーヌ・プリュダンの話

映画を見ながら、夫は泣いていた。カリーヌは泣かなかった。泣けなかったのだ。いつもなら、こんな悲しい恋の映画を見たらハンカチが絞れるほど涙を流したものだが、ビデオの画面を食い入るように見つめている夫の姿を見ると、恐怖の感情しか、わいてこなかった。夫はあの女のことを考えながら、この映画を見ている。カリーヌには確信があった。あのイレーヌという女のことを考えながら……。

カリーヌはバラ園で会ったイレーヌのことを思い出した。その優雅な手の動きや髪の色、透き通るような肌、香水の匂いを……。あの時、自分はガブリエルには妻がいて、その妻は妊娠していると示すために、夫の身分証をイレーヌに手渡した。そうして、ボール箱に入れたバラと牡丹の苗木を持って、店を出たのだ。

カリーヌがイレーヌの存在を知ったのは、留守番電話がきっかけだった。電話はガブリエルの事務所からかかってきたもので、「リヨンの《ホテル・デ・ロージュ》から連絡があり、お部屋に忘れ物があるとのことです」というものだった。《ホテル・デ・ロージュ》というのは高級ホテルだ。その前の週、夫は確かに重罪裁判の被告の弁護でリヨンに滞在していたが、そんなホテルに泊まるだろうか？　そう思いながら、カリーヌはともかくホテルに電話をかけて、忘れ物を送ってくれるよう頼んで、自宅の住所を告げた。二日後にホテルから届いた小包の中には、女物の白いシルクのブラウスが二枚、エルメスのスカーフが一枚、長い金髪が何本か絡まったままのブラシが入っていた。最初、カリーヌはホテルの手ちがいだろうと思った。だが、ふと、リヨンから戻った時の夫の様子を思い出した。勝訴したというのに、とても淋しそうだったのだ。顔色が悪くて、病気ではないかと思ったほどだった。カリーヌがそのことを指摘すると、ガブリエルは何でもないというように手を振って、笑顔を見せたが、その笑顔には明らかに元気がなかった。

それだけではない。「レーヌ」という名前を……。リヨンから戻った日の翌日、ガブリエルは夜中に何度も、寝言で誰かの名前を呼んだのだ。翌朝、カリーヌが「レーヌって誰？」と聞くと、コーヒーを飲んでいたガブリエルが顔を赤らめた。

「レーヌだって？」

「あなた、ひと晩中その名前を言っていたのよ」

すると、ガブリエルは大声で笑いはじめた。

「被告の奥さんだよ。夫が無罪になったと知って、彼女、気を失ったんだ。それで、みんなで何度も名前を呼んだんだ。その夢を見たんだろう」

だが、それは嘘だった。その裁判について、カリーヌは知っていた。被告はセドリック・ピオレで、妻の名前はジャンヌだ。レーヌという名前ではない。だが、カリーヌはもしかしたら、あだ名かもしれないと思って、自分を納得させることにした。

しかし、それからも、夫は寝言で〈レーヌ〉の名を呼びつづけた。カリーヌはやはり自分に言い聞かせた。きっと仕事のせいだ、プレッシャーのせいだろう。夫は訴訟を引き受けすぎるのだ。だから、時々、女遊びをして、ストレスを発散する。そのくらいは、しかたのないことじゃないの。

ガブリエルとは、奥さんをなくしたずっとあとに知り合った。「女の人とはつきあっていないの？」と尋ねたら、「つきあっているよ。時々だけど」と答えた。カリーヌは「時々」ちがう女と会っているのだと思った。それなら、問題ない。結婚すれば収まるだろう。それに結婚してからだって、ストレスを発散するために、商売女と遊ぶくらいなら……。そう思って、気にしないことにしていた。

でも、ホテルから届いた忘れ物のシルクのブラウスを見た時、カリーヌはガブリエルが言った「時々」の意味を理解した。服から漂う優雅で上品な香りは、ゲランの香水《青い時《ルール・ブルー》》だ。カリーヌはブラウスとスカーフとブラシをゴミ箱に捨てた。これは行きずりの商売女が身につけるような品物じゃない、「時々」遊ぶだけの女が身につけるものでは……。「時々」会うのはひとりの女だったのだ。もっとつきあいの深い女……。

そのあと、しばらくして、ガブリエルの様子が変わった。何をするにも上の空で、ほんとうに元気がなくなったのだ。カリーヌがそのことを指摘すると、ガブリエルはオーディアールが手掛けた映画『冬の猿』のセリフを引用して、はぐらかした。「ぼくに足りない物があるとしたら、ワインではなく酔いだよ」と……。

ガブリエルの中にはほかの女がいる。あのレーヌという女が……。それでも、カリーヌはどうしたらいいのか迷っていた。このまま黙って見過ごすか。それとも、なんらかの行動を起こすか。決心がついたのは、妊娠がわかった時のことだった。子供が生まれる前になんとかしなければならない。そう考えると、安定期になるのを待って、女のところに行くことにした。

相手を突きとめるのは簡単だった。電話の請求書から、カリーヌはすぐにガブリエルが定期的にかけている番号を見つけた。地元にいる週には、事務所か自宅の書斎から、いつも朝の九時頃に同じ番号に電話をかけていた。通話時間は短く、二分を超えることはめったになかった。でも、待ち合わせをするには、それで十分だ。カリーヌはその番号に電話をかけてみた。受話器から聞こえてきたのは若い女の子の声だった。

「はい、バラ園です。ご用件をどうぞ」

ちがう、こんな若い子じゃない――カリーヌは黙って電話を切った。その次の週、もう一度電話をかけた。

「はい、バラ園です。ご用件をどうぞ」また同じ子だった。

「こんにちは。うちのバラが病気みたいで。花びらの縁に、おかしな黄色い斑点ができているのですが……」

何度も無言電話があったらおかしく思われるだろうと思い、カリーヌは適当なことを言った。

「バラの種類はなんですか?」

「わかりません」

「枝を一、二本切って、ここに持ってきていただくことはできますか?」

三度目にかけた時も、やはり同じ子が電話を取った。カリーヌは賭けに出た。

「はい、バラ園です。ご用件をどうぞ」

「レーヌ?」

「今、代わります。そのままお待ちください。お客様のお名前は?」

「個人的なことなので」

「イレーヌ! お電話ですよ」

カリーヌは聞きまちがいをしていたことに気づいた。ガブリエルが寝言で呼んでいたのは、〈レーヌ〉ではなく〈イレーヌ〉だったのだ。誰かが近づいてきて、受話器を取る音が聞こえた。今度聞こえてきたのは、落ち着いた、つややかな大人の女性の声だった。

「もしもし?」

「イレーヌ?」

「ええ」

カリーヌは電話を切った。その日、カリーヌはたくさん泣いた。「時々」とガブリエルが言っていたのは、すべて〈彼女〉のことだったのだ！

決着をつけるために、カリーヌは四度目の、そして最後の電話をかけた。

「はい、バラ園です。ご用件をどうぞ」

「こんにちは。そちらの住所を教えていただけますか？」

「マルセイユ七区、ローズ地区のシュマン・デュ・モーヴェ＝パ、六九番地です」

映画が終わると、カリーヌは立ちあがり、ビデオデッキからカセットを取り出してケースに戻した。ガブリエルはまだソファに座ったままでいた。泣いたことが恥ずかしかったのか、きまりの悪そうな顔をしていた。まるで被告席に立たされた犯罪者みたいだとカリーヌは思った。

翌朝、仕事に行く途中で返却するようビデオカセットをハンドバッグに入れると、カリーヌはガブリエルに言った。

「二年半前、クロエを妊娠している時のことなんだけど、私、イレーヌに会ったのよ」

ガブリエルは茫然としていた。法廷ならどんな不利な証言にもすぐに反論する優秀な弁護士が、妻である自分の言葉に声を出すこともできないのだ。カリーヌは続けた。

「マルセイユに行ったの。バラと白い牡丹の花を買って、小切手で支払いをする時に、私が誰なのか教えてやった。あなたの身分証明書を出してね。花はうちの庭には植えなかった。海に放り投げて、捨ててきた——誰かが死んだ時にするみたいにね」

その夜は寝室に行く前に、子供部屋をのぞかなかった。セックスもしなかった。ベッドの中で、お互いに背を向けて寝た。カリーヌは一睡もせずに、ガブリエルの頭の中を想像した。カブリエルはきっと、昨日の映画のシーンでも思い出しているのだろう。そうじゃなければ、イレーヌと過ごしたシーンを……。その後、ふたりの間でイレーヌの話題が出ることはなかった。

数カ月後、ふたりは別れた。

カリーヌは長い間、あの日曜の夜、『マディソン郡の橋』のビデオを借りたことを後悔した。映画はその後、何度もテレビで放映されたが、カリーヌは一度も見なかった。

《イレーヌ・ファヨールの日記》
一九九七年四月二十日
この日記にはもう一年も触っていなかったけれど、やはり手放すことはできそうにない。中学生の女の子がするみたいに、いつもは下着の入った引き出しのいちばん下に隠してある。時々、取り出して読み返しているが、思い出に浸っていると時間が過ぎるのも忘れてしまう。思い出って、プライベートビーチで過ごす長い休暇みたいだ。
ある程度の年齢になると、日記をつけることには執着しなくなるものだ。私はとっくの昔に、その〈ある程度の年齢〉は越えてしまったというのに……。きっと、ガブリエルがいつも私を十四歳の少女に引き戻してしまうのだろう。
今日、ひさしぶりに、ガブリエルに会った。ずいぶんと髪が薄くなって、少し太っていた。でも、目はあいかわらず美しく、黒く、深かった。個性的な、くぐもった低い声も変わらない。まるで交響曲を聴いているみたいな、私のお気に入りの声だ。
私たちはバラ園の近くにあるカフェで会った。いつもなら私がお茶を頼むと、「悲しい飲み物だ」とかなんとかチャチャを入れるのに、今日は何も言わなかった。カルヴァドス酒も入れなかった。彼はいつもより落ち着いていた。いつもほど悩んだり、怒ったりしていないように見えた。いつも怒っているのはしかたがない。だって、つねに自分の人生をかけて、被告のために反論しているのだから……。よほど大きな怒りがないと、やっていられないだろう。

コーヒーのお替わりをしながら、彼はひっきりなしにおしゃべりをした。煙草はやめたらしい。話題はふたりの娘のことだった。母親のちがうふたりの娘。上の娘は結婚したということだった。下の娘には会いたくてたまらないと……。娘の母親とは離婚したので、娘は母親のもとにいるという。私のバラ園を訪ねてきた女性だ。彼は私の近況も尋ねた。私はポールとジュリアンのことを話した。ポールの癌が寛解したこと、そのあと、ポールとどう過ごしているかも……。

ガブリエルは、「君の気持ちはよくわかる」と言った。「あの映画と同じだ。『マディソン郡の橋』と……。ぼくの気持ちもあの映画と同じだ」と……。

明日、リールで重罪裁判があるので、もう行かなくてはならないとも言った。ガブリエルが一緒に行ってほしいと言わなかったのは、初めてだった。

結局、私たちが一緒にいたのは、一時間ほどだった。最後の十分間、ガブリエルは私の両手を取り、そのまま自分の両手で包んでいた。そして席を立つ前に、目を閉じて私の手にキスをして言った。

「ぼくは、君と一緒に墓に入りたい。生きている間は失敗したから、せめて死んだあとくらいは、うまくやりたいんだ。ぼくのそばで永遠の眠りについてくれるかい?」

私は何も考えず、ただ「はい」と答えた。

「今度は逃げださないと約束してくれる?」

「はい。でも、あなたの手に入るのは、私の遺灰だけですよ?」

「もちろん、それでかまわないよ。ぼくは永遠に君のそばにいたいんだ。ぼくたちふたりの名前が並んで刻まれるなんて素晴らしいじゃないか。ガブリエル・プリュダンとイレーヌ・ファヨール。隣同士の墓に眠るジャック・プレヴェールと友人のアレクサンドル・トローネルと同じくらい素敵だ。プレヴェールは映画の脚本家で、トローネルはその映画の美術監督だけど、自分の映画の美術担当が同じ墓地に埋葬されるなんて、ぼくはとてもいいアイディアだと思うんだよ。そして実際、君はぼくの美術監督だったしね。ぼくの人生で、最も美しい背景をこしらえてくれたんだから……」

私は急に不安になった。

「ガブリエル、あなた死ぬの？　病気なの？」

「初めて敬語を使わないでくれたね。いいや、死なないよ。つまり、すぐには死なないと思う。そんな兆候はないから。さっき話した映画のせいだよ。気持ちがすっかり変わってしまったんだ。さあ、もう行かなくちゃ。ありがとう、イレーヌ。またね。愛しているよ」

「私もです。ガブリエル。あなたを愛しています」

「ぼくたち、少なくともひとつは共通点があるってわけだ」

82

愛する人、ここに眠る

（墓碑に使われる言葉）

ブランシオンの墓地に来てから五カ月がたった一九九八年一月のある朝のこと、私は洗濯したフィリップ・トゥーサンのジーンズから、一枚のリストを見つけた。浴室のヒーターで乾かしたジーンズの尻ポケットから、何かがはみだしているのに気づいたのだ。取り出してみると、ちぎったランチョンマットの裏に、何かが書いてあった。洗濯機にかけたので、文字はにじんでいたが、すぐになんだかわかった。マニャン、フォンタネル、ルテリエ、ランドン、クロックヴィエイユ、プティ……。サマースクールのスタッフの名前だ。

「どうして？」

私はバスタブの縁に腰をおろして、何度もつぶやいた。どうして？　どうして？　どうして、また今頃？　フィリップ・トゥーサンがあの人たちの名前を書いた紙を見つけるのは、その時が二度目だった。

ここに来た直後から、フィリップ・トゥーサンはナンシーにいた時以上に、気ままな生活を送っていた。雨が降っている日は部屋にこもってビデオゲーム、雨の降らない日はバイクで遠出……。私がしなくてもかまわないと言ったせいもあるけれど、墓地の仕事はいっさいやらなかった。朝夕の門の開閉もしなかった。遮断機のところから、列車やその列車に乗る人を見るのはできたが、死者を祀りに墓参りに来る人を見るのが怖いのだ。埋葬なんてもってのほかだ。霊柩車も怖ければ、中にいる死者も怖い。悲しみに暮れる遺族を見るのも怖いようで、埋葬のある日は、朝、出かけたきり、一日中、帰ってこなかった。いや、それ以外でも、ナンシーにいた時より、家にいないことのほうが多かった。本人はバイク仲間ができたんで、ツーリングをしていると言っていたが、私は浮気相手のはしごをしているのだろうと思っていた。

前の年――つまり、一九九七年の暮れには、四日間、帰ってこなかったこともあった。ただ、不思議なことに、その時だけは女の影を感じなかった。それは夫の疲れきった表情を見て、すぐにわかった。不思議なことはほかにもあった。帰ってきた時に、夫は私に、「ごめんよ。電話するべきだったんだが、予定よりずっと遠くまでみんなと足を延ばしちゃって……。畑の中を突っきっていたから、公衆電話もなくてね」と言ったのだ。フィリップ・トゥーサンが言い訳をするなんて、初めてのことだった。連絡しなかったのを謝ったのも、初めてだった。

フィリップ・トゥーサンが帰ってきた、その一九九七年の十二月十二日、墓地では、アンリ・アンジュの墓の掘りおこしが行われていた。一九一八年のエーヌの戦いの時に、サンシーの戦場で亡くなった若い兵士だ。享年は二十二。白い墓碑には、まだうっすらと《永遠に君を惜しむ》と書いてあるのが読めた。だが、アンリ・アンジュの《永遠》は終わった。長い間、誰にも手入れされないまま、荒れはてた状態になっていたので、〈永代使用権〉を無効にすることが決まったのだ。墓は取りこわされ、中の遺骨は共同納骨堂に納められることが決まった。私たち、墓地の管理人や墓掘り人にはどうすることもできなかった。墓は手入れのしようがないほど破損が激しく、苔に覆われていたからだ。

それは、私が初めて立ち会った掘りおこしだった。でも、私は最後まで、その作業に立ち会うことはできなかった。墓掘り人たちが土をよけて、長年の湿気と虫食いでぼろぼろになった棺を掘りだした時、フィリップ・トゥーサンのバイクのエンジン音が聞こえてきたからだ。私は仕事をしている三人を残して家に向かった。夫が帰宅した時には、いつも出迎えていたからだ。まるで、ご主人様のお帰りを迎える家の使用人のように……。

夫はゆっくりとヘルメットを脱いだ。顔色が悪く、疲れた目をしていた。家に入ると、長い間シャワーを浴び、何も言わずに昼食を食べ、それから昼寝をすると言って、次の日の朝までずっと眠っていた。私が夜の十一時頃にベッドに入ると、背中に身体を寄せてきた。

翌日も、夫は朝からまたバイクに乗って、どこかに出かけていった。今度は数時間で帰ってきた。そして、前日までの四日間は、サマースクールのエディット・クロックヴィエイユ元校長と話すために、エピナルに行っていたのだと打ち明けた。

私はびっくりした。夫がまだ娘の死の真相を知りたがっていることに……。私のほうは、もうその気持ちを失っていた。ブランシオンに来てからというもの、事件の関係者に会いに行くことはなかったし、どこに住んでいるかも知らなかった。元校長が一年で刑務所から出てきて、今はエピナルに住んでいるというのも、その時、夫に聞いて、初めて知ったくらいだ。「ママ、あの夜、何が起きたのかを知ってほしいの」と私に言うレオニーヌの声は、もう聞こえなかった。最初はその娘の声が生きる気力を与えてくれたが、今はそれがなくても大丈夫になっていた。サーシャは正しかった。この墓地で、私は再生したのだ。

実際、私はここに来てすぐに、自分の居場所を見つけたと感じていた。家も墓地も菜園も好きだったし、ノノやガストンやエルヴィス、ルッチーニ兄弟、そして猫たちと過ごす時間も好きだった。ノノたちはコーヒーを、猫たちはミルクを飲みに私の家に寄ったが、その頻度は次第に増えてきていた。といっても、来るのはいつも夫がいない時だったが……。墓地の仲間も猫たちも、いつも夫を避けていた。

　管理人としての仕事のほうも充実していた。町長さんの勧めで、私は墓地で花の鉢を栽培して売ることにした。一九九七年十一月一日の〈諸聖人の祝日《トゥーサン》〉に自分の家の墓参りに来た町長さんが、私の植えた松の木を見て、そうするように言ってくれたのだ。少しは収入の足しにもなるだろうと言うので、私はありがたく申し出を受け入れた。

　初めて埋葬に立ち会ったのは、一九九七年の九月のことだったが、その日から、私は埋葬の記録を取ることも始めた。弔辞、参列した人々の様子、棺の種類や色、弔花、メモリアルプレートに刻まれた哀悼の言葉、その日の天気、朗読された詩や流された歌や曲。埋葬の間、猫や鳥が墓に近づいたことも、すべて記録した。始めてみて、すぐに記録をとることは大切だと気づいた。人が生きた証を最後の瞬間まで残すために……。そして、埋葬に立ち会うことのできなかったすべての人々のために……。その中には悲しみのあまり参列できなかった人もいるだろう。埋葬に呼ばれなかったり、参列を拒否された人もいるだろう。そうした人々のために、誰かが記録を残すことが大切だと考えたのだ。私自身が、誰かに娘の埋葬を記録しておいてほしかったと思ったせいもある。娘の埋葬に参列しなかったことで、娘を見捨てたのではないかという気持ちに、いつも苦しめられていたからだ。私が記録を残しておけば、私のような思いをしている人も、少しは心が慰められるだろう。そう考えると、記録簿をつけることで、気持ちに張り合いができた。

　静かな墓地、お気に入りの家や菜園、仲間や猫たちと過ごす時間、充実した仕事……。だから、私はこの墓地での生活にすっかり満足していた……。

でも、一九九八年一月のその日、バスタブの縁に腰をおろして、フィリップ・トゥーサンのジーンズのポケットにあった、ちぎったランチョンマットの裏に書かれたリストを見ながら、私は思った。私も少しは外に出かけてもいいのではないかと……。夫はその日も朝から出かけていた。どこに行ったかはわからない。それなら、私だって、ほんの数時間、どこかに行ってもいいのではないか？ そう思った。考えてみれば、墓地に引っ越してきてから五カ月の間、ブランシオンの町の通りで日常の買い物をする以外、私は墓地を離れたことはなかった。どこかほかの通りや、知らない人たちの顔が見たくなった。きれいな服が飾られたショーウィンドウを見たり、本屋に入って、インクの匂いのするページをめくってみたりしたかった。命があふれている場所に行ってみたかった。

そこで、墓地に出て、ノノの姿を探した。マコンまで送っていって、午後の終わりに迎えにきてもらおうと思ったのだ。すると、ノノは、運転免許は持っているかと尋ねた。そして、私が持っていると答えると、自分が乗ってきた町役場のバンの鍵を私にくれた。

「私、あの車を使ってもいいの？」

「おまえさんは町の職員じゃないか。ガソリンは今朝、満タンにしておいたよ。よい一日を！」

私はバンに乗り、マコンに向かった。最後にステファニーのフィアットを運転してから、ずっと車のハンドルには触っていなかった。車を運転する時に感じる、あの自由な気分を味わうのはひさしぶりだった。私は歌いながら運転した。《優しきフランス、子供時代を過ごした愛しき祖国。優しい安穏に育まれた国よ。ぼくはいつも君を心に留めてきた》シャルル・トレネの「優しきフランス」。シャルル・トレネは私の想像上の叔父さんだ。だから、シャルル・トレネの歌を聴く時、私はこの歌は小さい頃、叔父さんが自分に歌ってくれた歌だと想像していた。叔父さんが歌ってくれた思い出の歌として……。その思い出が、時々、頭によみがえってくるのだ。

マコンに着くと、中心街に車をとめた。店が開いていたから、十時にはなっていたと思う。私はまずビストロに入った。生きている人たち——少なくとも悲しみに暮れていない人たちを見るのはひさしぶりだった。そんな人たちが店を出たり入ったり、通りを歩いたり、車を赤信号でとめたりするのを眺めながら、私はコーヒーを飲んだ。

それから、サン・ローラン橋を渡ってソーヌ河に沿って歩いたり、気まぐれに町を散策したりした。自分用に、セールになっていたグレーのワンピースとバラ色の薄手のアンダーシャツを買った。〈冬〉の服と、〈夏〉の服を……。私が上に〈冬〉の服を着て、下に〈夏〉の服を着ると決めたのは、その日が初めてだった。というより、下に〈夏〉の服を着ると決めたのは……。

そのうちにお昼になったので、カフェやレストランが並んでいる通りに行って、サンドイッチを買おうと思った。寒い日だったけれど、空は青く晴れていたから、川沿いのベンチでサンドイッチを食べて、パンの残りをカモにやろうと思ったのだ。そう言えば、あのシャム猫はどうしているのだろう？　私はふと思った。スワン・ルテリエが店から出てくるのを待っている間に、私は川に身投げをしようとして、猫に助けられた。猫が私の膝に飛び乗って、自殺を思いとどまらせてくれたのだ。

そんなことを考えて、ぼんやり歩いていたら、私は道に迷ってしまった。どこで角を曲がりそこねたのか、カフェやレストランのある通りからは遠ざかってしまったようで、通りにはアパートや一軒家が並んでいた。一軒家の庭にはブランコがあった。まだ冬なので、夏用の張り出しテラスには、ブルーシートがかけてあった。

と、その時、私はフィリップ・トゥーサンのバイクがあるのに気づいた。ホンダのバイクが……。心臓がドキドキして、私は一瞬、逃げだそうかと思った。でも、何かが私を引き留めた。夫がここで何をしているのか知りたいと思ったのだ。いったん家を出ると、遅くまで帰ってこないので、こんなに近くの町にいるのは意外だった。こんなところで何をしているのだろう？

そう思っていると、もっと思いがけないことが起こった。近くにあった三階だてのコンクリート製のアパートから、スワン・ルテリエが出てきたのだ。私はあとをつけていった。

ルテリエは通りの端まで歩くと、角にあったバーに入った。近づいて窓からのぞいてみると、奥のテーブルに向かい、誰かに声をかけた。その誰かはこちらに背を向けていたが、それが誰かはすぐにわかった。フィリップ・トゥーサンだ。ルテリエは夫の前に座り、ふたりで静かに話しはじめた。まるで旧知の仲のように見えた。

私はその日の朝、夫のジーンズの尻ポケットから見つけたリストのことを思い出した。夫は娘がどうして死んだのか、いまだにその真相を突きとめようとして、関係者から話を聞こうとしている。でも、何を？　何か真相に至る、手がかりがつかめたというのだろうか？

ふたりが話している間、私からは夫の髪しか見えなかった。私は、初めて《ティブラン》で彼を見た夜のことを思い出していた。私はバーカウンターの中から、プロジェクターの下で緑、赤、青と色を変える金色の巻き毛をうっとり眺めていた。あの輝くような金髪も、少しばかり色あせていた。昔、フィリップ・トゥーサンは美しさに光りかがやき、その光は若さのプリズムを通して、まわりに虹を放っているように見えた。私はまぶしくて、いつも見とれていた。その光も虹も、いつの間にか消えてしまっていた。その数年前から、夫はいつもどんよりと暗く見えていた。《ティブラン》で完璧な横顔をじっくり観察していた時に、彼の耳もとで甘い言葉を囁いていた女の子たちもどこかに行ってしまった。夫とかりそめのベッドをともにする相手は、薄汚く、むくんだ女しか残っていなかったはずだ。夫の身体から漂う香水の残り香から、私はそれを感じていた。昔は洗練された、よい匂いがしていたのに、安っぽい臭いしか漂ってこなくなっていたからだ。

薄暗いバーの奥には、夫とルテリエしかいなかった。十五分ほど話した後で、急にフィリップ・トゥーサンが立ち上がり、出口に向かってきた。私はあわててバーの横にあった行き止まりの道に入って、姿を隠した。夫はバイクのエンジンをかけて走り去った。

スワン・ルテリエはまだバーの中にいた。店に入って近づいていくと、ちょうどコーヒーを飲みおわるところだった。私を見ても、誰だかわからないようだった。

「何を訊かれたんです?」挨拶もなしに、私はルテリエに話しかけた。

「なんだって?」

「どうしてフィリップ・トゥーサンと話していたんですか?」

私のことを思い出したのか、ルテリエの顔がこわばった。だが、すぐにぶっきらぼうな口調で返事をしてきた。

「誰かが給湯器に口火をつけたんだと言ってたな。壊れた給湯器に……。それで、一酸化炭素中毒になったんだと……。あんたの旦那さんは、いもしない犯人を探してるんだよ。おれの意見を言わせてもらえば、あんたたちふたりとも、前に進んだほうがいいと思うよ」

「あなたの意見はいりません」

私はきっぱりと言った。怒りで胃のあたりがむかついた。私はバーから外に出て、まるで酔っ払いのように、道路に胃液を吐いた。

83

誰でもみんな、星は見ているけど、それは同じものではないんだ。
旅をしている人からすれば、星は道しるべだけど、
ただの小さな光にしか見えない人もいるんだ

――サン゠テグジュペリ『星の王子さま』

朝、台所で一緒にコーヒーを飲みながら、私はジュリアンに言った。

「時々、レオニーヌを叱った時のことを思い出して、後悔することがあるんです。あの子が言うことを聞かなかったり、わがままを言ったりした時に叱ったことを……。もうちょっとだけ寝たいと言っていたんだから、無理にベッドからひきずりださずに、そのまま寝かせてやればよかったと……。こうなることがわかっていたら、なんでも好きなようにさせてやりたかったって……。でも、すぐに気持ちを切り替えて、そんなことは思い出さずに、もっと楽しかったことを思い出そうって思います。あの子が私を幸せにしてくれたことを思い出して、生きていく方がずっといいから……」

「どうして別の子供を作らなかったんです?」

「私はもう母親ではなくて、ただの孤児に戻ってしまっていたから……。別の子供の父親になれる人もいなかったし……。それに新しくできた子供にしたって、『別の子供』と呼ばれるのは嫌でしょ

う?」

「今はどうです? 今は子供がほしくないですか?」

「今はもう、私はおばあさんです」

ジュリアンが声をあげて笑った。

「しーっ!」

私は手で彼の口をふさいだ。ナタンが従兄弟のヴァランタンと一緒に、そばのソファベッドで眠っていたからだ。シーツと毛布がぐちゃぐちゃになっているが、ふたりは枕を相手の足の近くに置いて、頭と足を反対向きにして寝ているのがわかる。枕の上には少しだけ毛布からのぞいた髪が見えた。それは麦畑の一部か、ヘーゼルナッツの香りのする森の端っこのように思えた。子供の髪を撫でると、私はいつも、早春の森の中、枯葉が敷きつめられた道を歩くような気分になった。

ジュリアンが、唇に置かれた私の指をつかんでキスをした。私は怖かった。数時間後に、散らかった家をひとりで片づけるのが……。車のドアが音をたてて閉まり、走り去るのを見送るのが……。ジュリアンと私の物語が失敗してしまうのが……。まだ物語とも言えていないのに……。

ジュリアンとナタンとヴァランタンの三人は、昨日の夜、突然やってきた。ブルブール村の実家に行った帰りだった。そこにいる間中、ナタンはずっとせがみつづけたそうだ。「マルセイユに帰らないでヴィオレットのお家に行こうよ。マルセイユに帰らないでヴィオレットのお家に行こうよ。マルセイユに……」と。それで、とうとうジュリアンが根負けして、ここに来ることにしたのだ。

着いたのは午後八時頃だった。もう墓地の門が閉まっていたので、道路に面したドアをノックしたそうだが、私はちょうど菜園にいて、最後のサラダ菜の苗を植えかえていたので、ノックの音が聞こえなかった。でも、ドアは開いていたので、三人は中に入ってきた。そして、ナタンとヴァランタンが私を驚かそうと、そっと庭に出て、「ゾンビだぞ！」と、うしろから声をかけたのだ。エリアーヌが吠え、猫たちが集まってきた。まるでナタンのことを覚えているかのように……。

嬉しいサプライズのはずだったのに、すごくタイミングが悪かった。昨日の夜、私はとても疲れていて、ひとりでゆっくりしたいと思っていたからだ。いつもより早くベッドに入って、寝ながらテレビでシリーズもののドラマでも見ようと思っていた。誰とも話したくない――そう、何より、もう誰とも話したくなかったのだ。だから、実のところ、この突然の訪問は迷惑だった。もちろん、その気持ちを必死で隠して、嬉しいふりをしたが……。でも、私は嬉しくなかった。そして思ったのだ。ナタンの声は大きすぎるし、ジュリアンは若すぎると……。

ジュリアンは台所で私たちを待っていた。おそらく、私の顔には迷惑だと書かれていたのだろう。いたたまれないような様子で言った。「こんなふうに突然お邪魔してすみません。息子があなたに夢中なので……。外に食事に行きませんか？……ブレアンさんの部屋はもう確保してきましたから……」

ジュリアンの声を聞いた瞬間、自分がまとっていた鎧がはずれたのがわかった。世界が急に明るくなった。ジュリアンの声には太陽のような効果があった。雲が切れて、光が差してきたように思えた。

「食事はここでしましょうよ。ブレアンさんのところに泊まるのもなし……。ここで食事をして、ここに泊まっていってください」

そう宣言すると、私は夕食の準備に取りかかった。チーズのクロックムッシュ、シェルマカロニ、目玉焼き、トマトのサラダ。ジュリアンはテーブルの準備を手伝ってくれた。デザートには冷凍庫に入っていたイチゴのシャーベットを出した。アイスクリームにキャンディは常備してある。レオニーヌの好物だった箱入りのチョコレートケーキはいつも引き出しに入っているし、冷蔵庫にはあいかわらず夫の好きだったヨーグルトも入っていた。どちらも身に染みついた習慣だ。結婚式に向かう途中のサービス・ステーションで、思わずナタンの手をつないでしまったのと同じことだ。

ジュリアンが考えを変えないように、私は白ワインをどんどん飲ませた。ブレアンさんのゲストハウスには行かず、この家に泊まらせるためだ。私と一緒に……。

食事のあと片づけを終えると、私は子供たちのためにソファベッドを作ってやった。サーシャを訪ねてここに来ていた頃、私が使っていたベッドだ。子供たちは叫び声をあげて、古いスプリングの上で飛びはねた。かわいそうにソファはぎしぎし音をたてた。だけど、それは嬉しそうにも聞こえた。

子供たちから、寝る前に夜の墓地に幽霊を見に連れていってほしいと懇願されて、私たちは三人で外に出た。墓碑に刻まれた名前を読みながら、ふたりは私にたくさんの質問をしてきた。日付を見て、ほとんどの墓がほんとうに古いんだねと感想を言い、どうして花がいっぱい飾ってある墓と、そうでない墓があるのかと訊いてきた。

結局、幽霊は出なかった。子供たちはひどくがっかりして、何か怖いお話をしてとせがんだ。そこで、私はディアーヌ・ド・ヴィニュロンとレーヌ・デュシャの話をしてやった。このふたりは白い服を着て、墓地のまわりや、道路の端や、ブランシオンの町なかに現れるの。ええ、この町には、白い服をきた女の人を見た人がたくさんいるのよ……。それを聞いて、子供たちの顔が青ざめてきたので、私はすぐに「でも、それは伝説で、私は一度も見たことはないけどね」とつけくわえた。

家に戻ると、ジュリアンは庭のベンチに座って、私たちを待っていた。隣で寝ているエリアーヌを撫でながら煙草を吸って、何か考えごとでもしているように見えた。でも、子供たちが「幽霊は出なかったよ！　でも、町の人たちは、墓地や道路で見たことがあるんだって！」と報告すると、微笑みながら聞いていた。子供たちは幽霊の扮装をしたディアーヌの古い絵はがきを見たがったが、悪夢でも見たらかわいそうなので、私はなくしてしまったと嘘をついた。

みんなで家に入ると、子供たちは幽霊が入ってくるのが怖かったのだろう、厳重に戸締まりがされていることを、三回も確認した。電気を全部消してしまうと怖いだろうから、階段の電気をつけたままにしておきましょうと、私は言った。でも、子供たちは階段に置いてあるピントさんの人形のほうがずっと怖かったらしく、電気は消していいから、一本ずつ懐中電灯をちょうだいと言った。

子供たちにおやすみを言うと、私とジュリアンは人形を倒さないように気をつけながら二階にあがった。ジュリアンは私のあとから階段を昇ってきた。途中で一度止まった時、首すじに彼の息を感じた。ジュリアンは私の腰を優しく撫でて、「早くあがって」と私の耳もとで囁いた。

けれども、寝室に入ってドアを閉めたとたん、子供たちがドアを開けて入ってきた。一緒に私のベッドで寝たいというのだ。私とジュリアンはふたりを挟んでベッドの端と端に分かれて横になり、子供たちが寝入るのを待った。子供たちの頭を撫でる私たちの手が時々触れあった。触れる、離れる、また触れる。そして、ナタンの髪の上でしっかりとつながれた。

子供たちがぐっすりと寝こんだのを確認してから、私たちは下に降りて、ソファベッドで愛しあった。すると、朝の四時頃、子供たちが降りてきて、ソファベッドに潜りこみ、私たちに身体をくっつけてきた。私たちは缶詰のイワシのようにぴったりと身を寄せあった。私は目を開けたまま、三人の寝息を聞いていた。サーシャが繰り返しかけていた、ショパンのソナタを聴いているような気分だった。

六時になった時、ジュリアンが起きあがって私の手を取った。私たちはまた二階にあがり、寝室で愛しあった。自分でもびっくりした。ついこの間まで、もし私がまたセックスをすることがあるとしたら、それは行きずりの人とだろうと思っていたからだ。ずいぶん前に奥さんをなくして、墓地に墓参りに来た人とか……。まさか同じ男性と何度もセックスをすることがあるなんて、夢にも思っていなかった……。

それが、昨日の夜から今朝までに起きた出来事だった。

そして、今、私たちは台所で声を潜めて、会話を交わしていた。私の手からはシナモンと煙草の匂いがした。身体からは愛とバラの香料と汗の匂いがした。私の髪は乱れ、唇はひび割れていた。私は怖かった。もうすぐジュリアンが帰ってしまうのが……。どうしたって、ジュリアンは帰っていくのだから……。そしたら、私はまたここでひとりになる。私はここで、いつまでも、ずっとひとりなのだ。

不安をまぎらわすために、私は尋ねた。

「あなたは？　ナタンのほかにお子さんを作らなかったのはなぜ？」

「同じです。母親になる人に出会わなかったんですよ」

「ナタンのママはどうしていらっしゃるの？」

「ほかの男に夢中です。そいつと一緒になるために、ぼくと別れたんですよ」

「辛いですね」

「うん、そうですね。すごくキツかったですよ」

「まだ愛していらっしゃるの？」

「ちがうと思いますよ」

ジュリアンは立ちあがって私にキスをした。私は思わず息を止めた。天気のよい日にキスされるのは、なんて気持ちがよいんだろう――そう思ったのに、動きがぎこちなくなった。自分がひどく不器用な人間になった気がした。こんな時、どうすればいいのか忘れてしまった……。もう一度、生きようと思うことはできても、生きる喜びを感じたり、人に与えることはもうできないのかもしれない。

ジュリアンが悲しそうな顔をした。

「子供たちが起きたらすぐに帰ります」

「……」

「昨日の夜、ぼくたちが来た時のあなたの顔ときたら……。あの時、鏡があったら、ぼくの気持ちがわかったと思いますよ。あれは辛かった。ほんとうに……。もし、ナタンがいなかったら、その場で帰っていましたよ」

「それは、だって私、もうずいぶんとあんなことに慣れていなかったから……」

「ヴィオレット、ぼくはもうここには来ません」

「……」

「あなたを抱くためだけに、月に一回あなたの墓地に来るようなことは、したくないんです」

「……」

「あなたは死者と生きている。小説とろうそくとわずかな量のポルト酒があればいいんだ。あなたの言っていたことは正しかったですよ。生きている男があなたの人生に入りこむなんて、そんな隙間はないんだ。しかも小さな子供がいる男なんて……」

「……」

「それに、目を見ればわかります。あなたは、ぼくたちの物語を信じていない」

「……」

「何か言ってください。頼むから……」

「あなたにもわかっているでしょう？　私たちの関係が長続きするわけないって……」

「確かにそうかもしれません。いや、ぼくにはわからない。あなたがわかっているだけだ。時々、近況を教えてください。時々ですよ。しょっちゅうだと、次を待ち望んでしまうから」

84

今日、私たちは無の縁にいる
どこを探しても、私たちが失った人はいない

——ポール・エリュアール「無の縁」

《イレーヌ・ファヨールの日記》
一九九九年二月十三日
今朝、サン・ピエール墓地でポールを埋葬した。その時にガブリエルの姿を見かけた。どうやってポールの死を知ったのだろう？　ガブリエルは少し離れた場所で、まるで泥棒みたいに、ほかの墓のうしろに隠れていた。
自分の夫が埋葬されているというのに、私はガブリエルしか見ていなかった。ひどい女だ。いったいどうしてしまったんだろう？　これではもう人間ではない。
私は目を閉じ、頭をさげて、ポールに黙禱を捧げた。目を開けたとき、ガブリエルの姿は消えていた。私は絶望的な気持ちで、墓地のあちこちを見まわし、彼を探した。ガブリエルはもうどこにもいなかった。
私は、〈未亡人〉らしく、泣きはじめた。

夫を亡くした妻は〈未亡人〉と呼ばれる。愛人を失った女は、なんて呼ばれるんだろう?

二〇〇〇年十一月八日
バラ園を売った。

二〇〇一年三月三十日
今朝、ガブリエルから電話があった。月に一度くらい電話がかかってくる。私が電話を取ると、毎回必ず、私の声が聞けたことに驚いたような声を出す。あとは他愛もない質問だ。「元気かい? 何をしているの? 今日はどんな服装? 髪はまとめている? 今は何を読んでいるの? 最近映画は見にいった?」まるで、私が実在していることを確認しているみたいだ。それとも、今もまだ生きているのか確認しているのだろうか?

二〇〇一年四月二十七日
ガブリエルが家に昼食に来た。私の新しいマンションが気に入ったようだ。私に似ていると言った。「どの部屋も明るいし、よい匂いがする。君みたいに……。それに通りの名前がいい」

マンションがパラディ通りにあるのが面白いらしい。

「どうしてですか?」

「だって、君はぼくの天国《パラディ》だから……。ぼくの天国《パラディ》がパラディ通りに住んでいるなんて、楽しいじゃないか」

「いつもそばにあるわけじゃなくて、とぎれとぎれに現れる天国ですけどね」

「君、心電図は見たことがある？　心臓の鼓動が作る波の形を？」

「ええ」

「ぼくの心臓の波形、あれが君だ」

「あなたはいつも口がお上手ね」

「当然だ。依頼人はそのために大金を支払うんだから」

私が作った食事を食べて、「君は料理が苦手なんだね」とガブリエルは言った。「肉を煮るより、花を育てるほうが得意なんだ」

それから、バラ園をやめたことで、後悔していないかと訊かれた。

「淋しくない？」

「そうでもありません。でも、バラの栽培は、少しなつかしくなるかしら」

キッチンで煙草を吸ってもよいかとも訊かれた。

「どうぞ。また煙草を吸いはじめたのですか？」

「やめられないんだよ。煙草は君と同じだ。絶対にやめられない」

そのあとは、いつもの会話だった。法廷で扱った事件のこと、あまり連絡のない大きいほうの娘のこと、小さいほうの娘クロエのこと。ガブリエルは、クロエに会えないのが、淋しくてたまらないようだ。だから、クロエと一緒にいるために、クロエの母親とよりを戻そうと思っていると言った。

「娘に会うためには、カリーヌのところに寄らなきゃならないだろう？　でも、寄るだけっていうのは、ぼくの好みじゃないんだ」

ジュリアンはどうしているかとも訊かれた。

帰る前に、ガブリエルは私の唇にキスをした。まるで十代の少年と少女のように……。「愛《アムール》」という言葉は男性名詞だけど、文学では女性名詞にもなる。この愛は男性名詞？　それとも女性名詞？

二〇〇二年十月二十二日

今日は〈ガブリエルの日〉だった。

最近、ガブリエルはマルセイユに来ると、私の家で昼食をとるようになった。いつもマンションの下にある惣菜屋でランチプレートをふたつ買ってやってくる（なぜなら彼いわく、私の料理は「最悪」だからだ。「バターが足りない、クリームが足りない、ソースが足りない。野菜をぜんぶ水で茹でたの？　ぼくは、野菜はワインでゆっくり煮る方が好きなんだ」）。

ガブリエルはテイクアウトのアルミ製容器に入ったランチを手に、私の家の呼び鈴を押す。私の分のランチも、結局、最後は彼がたいらげる。私は普段からあまり食べないほうだけれど、ガブリエルがいる時は、もっと少食になるから……。

ガブリエルはまたカリーヌと一緒に暮らしはじめた。クロエの近くにいるためだ。でも、それは言い訳だ。私は本人にもそう言ってやった。

「どうかしら？　それは、あなたがそう言っているだけでしょう」

「やきもちなんか焼くものじゃないよ。そんな必要ないんだから……」

「私、やきもちなんて焼いていません」

「でも、ちょっとは焼いてるだろう？　ぼくだったら焼くよ。君、誰か会っている男性《ひと》はいるの？」

「誰と会っているって言うんです？」

「さあね。たとえばぼくだろ。愛人、男。複数の男と会っていたって、おかしくないじゃないか。君はきれいだもの。君がどこかに行けば、みんなが見る。君が行くところどこでも、みんな君を欲しがるもの」

「私が会っているのは、あなただけです」

「でも、ぼくたち、もう寝てないだろう？」

「私のランチの残り、召しあがりますか？」

「うん」

二〇〇三年四月五日
今日は〈ガブリエルの日〉になる。昨夜、電話があり、裁判が終わってから、午後の終わりに来ると言っていた。食前酒のスーズを買っておかなくては。ガブリエルはスーズが大好きだから。
私の毎日は、〈ガブリエルの日〉とそれ以外になってしまった。

二〇〇三年十一月二十五日
昨夜、ガブリエルは遅くなってから家にやって来て、スープの残りとヨーグルトとリンゴを食べた。スーズも一杯だけ飲んだが、私を喜ばせるためだとわかった。
「もしぼくが眠りこんでしまったら、明日の朝七時に起こしておくれ」
まるで、いつも私の家に泊まっているかのようにそう言ったけれど、彼がうちに泊まるのは昨日が初めてだった。二十分後、ガブリエルは居間のソファに横になって、うとうとしはじめた。毛布を掛けてあげて、私は自分の寝室に入った。隣の部屋にガブリエルがいると思うと眠れなかった。隣の男──ひと晩中、私は考えていた。「ガブリエルは、私の隣の男だ」と……。そして、トリュフォーの映画『隣の女』のワンシーンを思い出していた。精神病院を出たヒロイン役のファニー・アルダンは、これから殺そうと思っている愛人のことを考えながら、迎えにきてくれた夫に言うのだ。「よかった。私の白いブラウスを持ってきてくれたのね。私、このブラウスが大好きだわ」そして、匂いを嗅ぎながら、こう続ける。「白いから好きなのよ」

今朝、居間に行ってみると、ガブリエルは靴下を脱いで、うつ伏せになって寝ていた。部屋には冷えた煙草の匂いが漂っていた。夜中に目を覚まして煙草を吸ったのだろう。窓のひとつがわずかに開いていた。

彼は夜中に私のベッドにやって来なかった。がっかりした。ガブリエルはシャワーを浴びてから、コーヒーを飲んだ。ひと口飲むたびに、私に「きれいだ、イレーヌ」と言った。いつものように、帰る前に私の唇にキスをした。

私の家に着くと、ガブリエルは私のうなじに顔を埋めて、鼻から大きく息を吸う。帰る時には、私の唇にキスをする。

二〇〇四年七月二十二日

ガブリエルと寝ると決めた。私たちの歳になると覚悟が必要だ。それに、いずれ寝たくてもできない時が来る。ドアを開けた私の顔を見たとたん、ガブリエルは私の気持ちを理解した。私が彼を欲しいと思っていることがわかったのだ。表情や雰囲気から感じとったのだろう。

「いやはや、厄介なことが始まりそうだな」

「初めてではないでしょう?」

「そうだね、初めてでは……」

すべてを言わせず、私は彼の口をふさいだ。

85

私のお墓のそばで泣かないでください
私はその中にはいないのだから……。眠ってはいないのだから……
私は千の風になって、吹いていくので……

——メアリー・エリザベス・フライ「私のお墓のそばで泣かないでください」

八月の休暇で、マルセイユに出発する前、私はノノにお願いすることのリストを書いた。毎年、私の休暇中は、ノノが仕事を代わってくれる。その仕事には、休暇で町を離れる人のために、私が代わりにしている墓の草むしりや、花の水やりも含まれていた。犬や猫たちの世話はエルヴィスがしてくれる。菜園と庭の花の世話はセドリック神父にしてもらう。神父にはサーシャの手書きのカードを託していた。八月のカードだ。サーシャは月ごとに一枚、要点を書いたカードを作ってくれていた。

八月
水やり
水やりは夕方涼しくなってから行うこと。そうすればひと晩中、涼しさを保てる。決して早すぎてはいけない。土がまだ熱いうちに水をやると、まいた水がすぐに蒸発してしまう。早すぎる水やりはただの骨折り損だよ。

水は、日が落ちて夜になってから、じょうろを使ってまくこと。井戸水か貯めておいた雨水を使うといい。じょうろを使うのは、ホースよりも優しく土に水をまけるからだ。ホースで水まきをすると、勢いよく出た水が土壌を圧迫してしまって、土が呼吸できなくなってしまう。作物にとっては、土が呼吸することが肝心なのだよ。だから、時々、作物の根もとを鍬で慎重に掘りかえして、空気の通りをよくしてやるといい。

野菜の収穫
トマトは熟れてから、数日そのままにしておいてもかまわない。

ナスは三日ごとに収穫すること。さもないと、育ちすぎて固くなってしまうからね。

インゲン豆は毎日収獲して、すぐに消費すること。瓶詰めにして保存するか、ヘタを取って冷凍にするか、まわりの人に配るといい。

ほかの野菜も同じことだ。野菜を作っているのは、分けあうためだということを忘れないでおくれ。そうでなければ、作っている意味がないからね。


いつもの年なら、この作業をセドリック神父ひとりですることになるのだが、今年のセドリック神父には強力な助っ人がいる。司祭館にカマルとアニタという十九歳のスーダン人カップルが暮らしているからだ。昨年の秋に〈ジャングル〉と呼ばれていたカレーの難民キャンプが撤去されてから、何組かのスーダン人の家族がシャルドネ城に身を寄せていた。そこに週三日、ボランティアとして手伝いに行っているうちに、神父はふたりと知り合い、アニタが妊娠中だということもあって、司祭館に住まわせることにしたのだ。

セドリック神父はふたりに子供が生まれたあとも、カマルとアニタを支援するつもりでいた。ふたりが学校に戻って勉強を再開し、卒業証書と永住権を得るまでは、できるだけ長く一緒にいたいというのだ。そうすれば、家族を持ちたいという夢も叶うことになる。もちろん、これは一時的な状態で、いつこの状態が変わってしまうかわからない。せっかく家族になったのに、また離ればなれになってしまうのは辛いことだが、あえてその辛さを引き受け、それがたとえ一カ月でも、あるいは十年でも、家族と暮らす喜びを味わいたいのだと……。

「すべて、かりそめなのだからね。ヴィオレット、私たちは旅人でしかないのだ。確固たるものは、神の愛だけなのだよ」

司祭館で暮らしはじめてから、カマルとアニタは毎日、私の家にやってきていた。そして、少しおしゃべりをしては帰っていく、墓掘り人や神父たちなどの、ほかの人たちとちがって、いつまでも家にいた。アニタはエリアーヌに、カマルは私の菜園に夢中になったのだ。カマルは私の畑仕事を手伝ってくれて、何もすることがない時には、何時間でもサーシャの書いたカードと《ウィレム&ジャルダン》の園芸カタログを熟読していた。カマルには庭いじりの才能があった。いわゆる〈緑の手〉を持っていたのだ。そこで、カマルに「あなたは緑の手を持っているのね」と言ったら、カマルはその言い回しを知らなかったらしく、当惑した表情で「でもヴィオレット、ぼくは黒人だよ」と言った。

私はアニタに、レオニーヌが小さい時に使っていた『ボッシャー式学習メソッド——小さな子供たちの日』をあげて、フランス語の学習を手伝った。今でも全部暗記していたので、声に出して本を読んでいるアニタがまちがえたり、単語の読み方でつかえたりすると、ページを見なくてもすぐに教えてあげることができた。

初めて教則本を開いた日、アニタに、この本は私の子供の物だったのかと聞かれたが、私はそれには答えず、「お腹に触ってもいい？」と聞いた。アニタは「うん！　いいよ！」と言ってお腹を突きだした。私はアニタが着ている綿のワンピースの上から、両手を広げてお腹の上に置いた。くすぐったかったのか、アニタが笑いだした。赤ちゃんが足で蹴ったので、「この子も笑ってるよ！」とアニタが言った。私たちは三人で笑った。私とアニタと赤ちゃんで……。

今年はカマルが神父様を手伝ってくれるから、菜園も安心だ。休暇中、もし誰か亡くなって埋葬があったら、ジャック・ルッチーニが私の代わりを務めることになっていた。ガストンにも何か頼まないと淋しそうな顔をするので、郵便物の世話を頼むことにした。郵便受けの手紙を電話の横の棚に置いてもらうのだ。手紙なら割ることはできないので、安心だった。

こうして引き継ぎをすますと、あとは荷物の準備をすればいいだけになった。ソルミウの別荘にいる間は、ほとんど服だって着ないのに、いつも荷物が多くなってしまう。「念のためにこれも」と、スーツケースに入れすぎてしまうのだ。青いスーツケースに……。

スーツケースはサーシャからもらったものだ。一九九八年の六月。その時にはまだわからなかったが、あれは夫が失踪した四日後のことだった。夫はサマースクールでインストラクターをしていたエロイーズ・プティに会いにいくと言って、そのまま帰ってこなかった。「事件の関係者に会うのはこれが最後だ。これが終わったら、人生を変えよう。おれはもう墓はたくさんだ。ふたりで南仏に行って暮らそう」と言って……。

けれども、夫はひとりだけで人生を変えてしまった。あの日、夫はエロイーズ・プティに会いにいく代わりに、ブロンのフランソワーズ・ペルティエの元へ行ったのだ。

そんなことは露ほども知らず、夫が出かけてから四日間、私はひとりで過ごしていた。あの日は、菜園の奥で竹の支柱に絡ませたつる草の葉の手入れをしていたのだが、フィリップ・トゥーサンがいないとわかって、猫たちが庭を走りまわって遊んでいた。そしたら、そのうちの一匹が水のいっぱい入ったたらいをひっくり返して――その音と水が飛びちったのにびっくりしたのだろう――猫たちはみんなで空になったたらいに入ってしまった。それがおかしくて、私はひとりで馬鹿みたいに大笑いしてしまった。すると、「君がひとりで笑っているのを聞くのは嬉しいね」という聞き覚えのある声が、戸口のほうから聞こえてきたのだ。

とっさに、私は幻聴だろうと思った。きっと、木々を揺らす風のいたずらだと思いながら目をあげると、あずまやの下に置かれたスーツケースが見えた。天気のよい日の地中海のような、きれいな青……。そして、その隣にはサーシャが立っていた。私はサーシャに近寄り、顔に触れた。ほんとうに本人なのか、信じられなかったのだ。もう私のことなど忘れてしまったのだと思っていた。

「見捨てられたのだと思っていました」私はサーシャに言った。

「まさか！　そんなことは決してしないよ、ヴィオレット。いいかい？　ぼくは決して君を見捨てたりはしない」

それからサーシャは、引退してからの数ヵ月間のことを話してくれた。シャルトル、ブザンソン、トゥールーズ、イタリアのシチリアなどあちこちを旅し、もちろん、いちばんの親友であるサニーが住んでいる南インドのケーララ州にも行った。宮殿や教会や修道院を見て、街を散策し、ほかの墓地も見にいった。湖や河や海で泳いだりもした。旅先で背中を痛めた人や足首をくじいた人、軽い火傷をしたりした人に会ったら治療も施した。その日、ブランシオンに来る前は、マルセイユにいたということだった。セリアの家に行って、庭で香草の世話をしてきたらしい。このあとは、ヴァランスにある妻のヴェレーナとふたりの子供エミールとニノンの墓参りに行き、それからまたインドのサニーのところに戻るつもりだという。その前に、私に会いたかったというのだ。

「荷物はブレアンさんのゲストハウスに置いてきた。ここに二、三泊して、町長やほかの人たちに会いにいくつもりだ。もちろん、ノノやガストン、エルヴィス、そして猫たちとも旧交を温めないとね」

青いスーツケースは私へのプレゼントだった。中にはたくさんお土産が詰まっていた。お茶、お香、スカーフ、布地、アクセサリー、ハチミツ、オリーブオイル、マルセイユ石鹸、ろうそく、お守り、本、バッハの三十三回転レコード、ひまわりの種——あちこち立ち寄った先で、私のためにお土産を買ったそうだ。

「旅の軌跡を君に持ってきたんだよ」

「スーツケースも私にくれるんですか?」

「もちろんさ。君だって、いつかは旅立つのだからね」

それから、サーシャは庭を見て回り、目に涙を浮かべて言った。「弟子が師匠を超えたね……君ならきっとできると信じていたよ」

私たちは一緒に昼食をとった。遠くにエンジン音が聞こえるたびに、私はフィリップ・トゥーサンが戻って来たのかもしれないと思った。でも、ちがった。

＊　＊　＊

あれから十九年たった今、私は、別の男性が戻ってくるのを待っている。そして、そのことに自分で驚いている。毎朝、墓地の門を開けると、真っ先に駐車場に彼の車がないかと探す。墓地の通路にいる時、背後で足音が聞こえると、私は期待をこめて振りかえるのだ。「彼だ、戻ってきたんだ」と思いながら……。

昨日の夜は、誰かが道路に面したドアを叩いた気がした。もう二階で寝ていたのに、すぐに下に降りてみたが、誰もいなかった。

だけど、彼が戻ってくるはずはないのだ。だって、私はあの朝、彼を引きとめることは何もしなかったのだから……。あの朝、最後にジュリアンは車のドアをバタンと閉めて、「またいつか」と言った——まさに「永遠にさよなら《アデュー》」と言うように……。それに対して私は、彼に微笑みかけ、平然とした態度で「ええ。お元気で」と答えたのだ——まさに「私たちはこれでよかったのよ」と言うように……。だから、ナタンとヴァランタンが車の後部座席から手を振った時、私には、もうこの子供たちとも会うことはないのだとわかっていたのだ。

あれから、ジュリアンからは一度だけ便りがあった。バルセロナからの絵ハガキで、ナタンと一緒に二カ月そちらで夏休みを過ごしていること、ナタンの母親も時々来ることが書いてあった。

イレーヌとガブリエルの出会いは、ジュリアンとナタンの母親を再び結びつけるために役に立つのだろう。私は橋の役割を果たしただけだ。ふたりの間をつないだだけにすぎない。ジュリアンは私を通して、子供の母親を失うわけにはいかないことが理解できた。私はジュリアンのおかげで、まだ自分が誰かとセックスできることがわかった。まだ誰かに求めてもらえるということがわかった。それだけで十分だ。

86

私たちはここに来た。何かを、または誰かを探しに
死よりも強いこの愛を探しに

——ポール・エリュアール「無の縁」

一九九八年一月　フィリップ・トゥーサンの話

マコンのバーでスワン・ルテリエと話している時、フィリップ・トゥーサンは首筋に誰かの視線を感じた。だが、ルテリエと話すことに気持ちがせいていたので、うしろは振りかえらなかった。ルテリエはくぼんだ小さな目をしていた。唇が薄く、頬がでこぼこしていた。ネズミの顔《ツラ》だ。フィリップは思った。法廷で見た時にも、同じ印象を受けていた。

電話で面会を求めると、ルテリエは、「おれの家の近くにバーがあるから、そこで待っていてくれ。昼頃なら静かだから」と、場所を指定してきた。

フィリップはルテリエにも同じ質問をした。氷のように冷たい声で、脅すように相手を見つめて……。（嘘はつくなよ、おれはもう失う物は何もないんだ……）という無言の圧力をかけながら……。

訊きたいことはひとつだ。

「誰が給湯器の口火をつけたんだ？」

だが、ルテリエは不審そうな顔をした。そこで、フィリップはフォンタネルから聞いた話を話して聞かせた。マニャンが城を抜けだしている間に、誰かが給湯器の口火をつけて、それが途中で消えてしまったせいで、子供たちが一酸化炭素中毒で死んでしまったこと。城に戻ったマニャンがそれを発見して、フォンタネルと相談して、厨房に火を放つことにしたこと……。火事が起きたことを誰かに知らせるために、フォンタネルがルテリエの部屋のドアを蹴とばしたこと……。

だが、ルテリエはびっくりして、青ざめた顔になりながらも、その話を信じなかった。フォンタネルはアル中だったから、作り話でもしたのだろうというのだ。

「いや、確かに、あの夜、ドアに何かがぶつかったような鈍い音が聞こえたのは覚えているよ。おれはインストラクターのリュシー・ランドンと一緒にマリファナを吸って寝たので、頭がぼうっとしていたけど、なんとか起きた。そしたら、何かの焼ける臭いがしていたんで、あわてて一階に降りたんだ。でも、一号室はすでに炎に包まれていて、どうすることもできなかった。

だから、おれたちはほかの子たちを避難させることにしたんだ。ほかの子たちは突然、起こされて、寝間着のまま外に出された。素足にスリッパか、靴をつっかけただけでね。消防隊を待つ間、おれは外に出た子供たちの数を何度も何度も数えたよ。一号室の四人は別にして、ほかの子供たちはひとりでも欠けてないかってね。子供たちはまだ眠くてぼんやりしていたが、大人たちはみんな半狂乱だった。おれだけじゃない。誰でもいいから訊いてみな。あの夜からぐっすり眠れたスタッフはひとりもいないから……。まあ、あの女校長はどうだか知らないが……。

いや、あんたが怒る気持ちはよくわかるよ。おれだって、あの出来事については、今でも罪悪感を抱いている。リュシー・ランドンが、あの夜、おれの部屋にマリファナを吸いにこないで一階で通常の監督をしていれば、あんなことは起きなかったんじゃないかってね。ただ、それが警察に知れるとまずいんで、リュシーがジュヌヴィエーブに監督の代わりを頼んだことは口をつぐんでいた。おれもリュシーもね。ああ、部屋にマリファナを吸いにこいよなんて、おれがリュシーをしつこく誘わなけりゃ……。

給湯器が壊れていたってことについては、あんたの言うとおりだ。女校長のケチは度を越していたからな。新しい給湯器なんて、買おうとも思っちゃいない。壁のグラスウールも古すぎて断熱材としての役割を果たしていなかったし、防火対策なんかしていなかったから、火はあっという間に燃えひろがった。燃えたせいで、厨房の棚からは有毒ガスが発生していた。中毒になったのはそのせいじゃないのかい？

まあ、どっちにしろ、サマースクールのスタッフの中に、あの給湯器を使うやつなんていない。女校長の言う〈安全箱〉で覆われていたしな。子供の背には届かないところにあるから、子供たちでもない。サマースクールが始まる前の日に、女校長ははっきり言ったんだ。おれは料理をしながら聞いていたんだが、今でも覚えているよ。『今は真夏なのだから、子供たちが部屋で顔を洗うのは水で十分でしょう。部屋の給湯器は使用する必要はないわ。身体を洗う時は、真新しい共同シャワー室でお湯が使えるのだし……』女校長はそう言ったんだ」

そこまで話すと、ルテリエは黙りこんだ。コーヒーを飲もうとして、カップが空なのに気づくと、手をあげてウェイトレスを呼び、エスプレッソのお替わりを注文する。それから、話を続けた。

「給湯器のせいで、子供たちが一酸化炭素中毒になったって？　それで、そのことをごまかすために、フォンタネルが厨房に火をつけた？　そんな突拍子もない話、おれにはやっぱり信じられないよ。まあ、あの夜から、確かにジュヌヴィエーブ・マニャンの様子はおかしかったけどな。いや、スタッフは全員まいっていたが、特にマニャンはひどかった。それこそ、別人のように変わってしまったんだ。

だから、マニャンが自殺したって聞いても、驚かなかったよ。おれが最後にジュヌヴィエーブと話したのは、奥さんがおれに会いにきたあとだ。奥さんはおれが働いてたレストランの前で、おれが出てくるのを待ち伏せしていたんだ。で、おれはパニックを起こして、ジュヌヴィエーブに電話したんだ。それで……」

フィリップはルテリエの言葉をさえぎった。

「誰の奥さんだ?」

「おたくのですよ」

「誰かとまちがえてるんだろう」

「そんなはずないですよ。おれに『私はレオニーヌ・トゥーサンの母親です』って言ったんだから……」

「どんな女だった?」

「夜だったし、もうよく覚えてないな。店の前で待ってたんだよ。知らなかったのか?」

「いつのことだ?」

「二年くらい前かな」

フィリップは、もうそれ以上聞くことはないと判断した。自分が言いたいことはすべて言ったし、そこにいたのは質問をするためであって、質問されるためではない。フィリップはさよならとつぶやきながら立ちあがった。呆気にとられているルテリエをあとに残して……。

バーの扉のほうを向いた時、フィリップはガラス窓ごしにヴィオレットの姿を見たような気がした。おれは頭がおかしくなったのかもしれない――そう思いながら、フィリップはバイクにまたがって、ブランシオンへと走らせた。

墓地に戻ると、家には誰もいなかった。そんなことは初めてだった。フィリップはヴィオレットを探して、墓地の通路を歩きまわった。それも初めてのことだった。

フィリップは自問した。おれはヴィオレットのことをほんとうに理解していたんだろうか？　おれが一日中出かけていた時、あいつは何をしていたんだろう？　誰に会っていたんだろう？　何を探していたんだろう？

ヴィオレットは二時間後に帰ってきた。顔色が真っ青で、そのまま黙って、こちらを見つめていた。まるで、台所に知らない人間がいるので驚いているかのようだった。しばらくして、ヴィオレットが紙の切れ端を差しだしながら言った。「中毒の原因は、給湯器が壊れていたせいだったの？」と……。差しだされた紙切れには見覚えがあった。ランチョンマットの端に書いた関係者のリストだ。

ヴィオレットに質問されて、フィリップはどう答えていいか、わからなくなった。まるで浮気の真っ最中に、現場を押さえられたかのようにどぎまぎして、しどろもどろになった。

「いや、それは……。いろいろ聞いてまわったら、そんな話が出てきて……。ほんとうなのかどうかもわからない。おれだって、自分が知りたいのかどうかも……。いや、どうしたらいいのか……」

すると、ヴィオレットがびっくりするようなことをした。すぐそばまで近づいてくると、彼の顔を両手で優しく挟み、頰を撫でたのだ。そして、そのまま二階の寝室にあがってしまった。夕飯の支度もしなかった。フィリップが寝室に行くと、ヴィオレットはベッドに横になっていた。そばに寝ると、ヴィレオットは手を取りながら、もう一度、尋ねてきた。

「中毒の原因は、給湯器が壊れていたせいだったの？」

黙っていると、何度も同じ質問を繰り返してきた。

そこで、フィリップはヴィオレットにすべてを打ち明けた。すべてを——ただし、ジュヌヴィエーブ・マニャンと関係を持っていたことだけは除いて……。そのほかのすべてをだ。フォンタネルと勤務先の病院で初めて会った時の会話、その時にフォンタネルを殴ったこと。ジュヌヴィエーブ・マニャンが自殺したあとで、フォンタネルから聞いた話。それからフォンタネルの言葉の裏を取りに、ほかの関係者に会いにいったこと。リュシー・ランドンとは勤め先のクリニックの待合室で、元校長のエディット・クロックヴィエイユとはエピナルのスーパーマーケットの地下駐車場で、スワン・ルテリエとは今日、マコンのビストロで会って、話をしてきたと……。

ヴィオレットは黙って聞いていた。まるでこちらにしがみつくように、その手で腕をつかんで……。寝室の暗闇の中で、フィリップは何時間も話しつづけた。ヴィオレットの表情は見えなかったが、注意深く自分の言葉に耳を傾けていることはよくわかった。ヴィオレットは身じろぎもしなかった。質問もしなかった。

話しおわると、フィリップはヴィオレットに質問した。

「ルテリエに会いにいったっていうのはほんとうか?」

「ええ、ずっと前に……。私も知りたかったから」

「今は?」

「今は、私には菜園があるから、もういいの」

「ほかの人には会った?」

「ジュヌヴィエーブ・マニャンに。一度だけ。でも、それはもう知ってるでしょ?」

「ほかには?」

「誰にも会ってない。会ったのはジュヌヴィエーブ・マニャンとスワン・ルテリエだけ」

「ほんとうだな？」

「ええ」

87

悔恨も後悔も一切ない。人生を十分に生き抜いた

（墓地に使われる言葉）

毎年、夏の休暇を過ごしにマルセイユに行くたびに、私はマルセル・パニョルの映画三部作『ファニー』『マリウス』『セザール』を思い出す。マルセイユを舞台にしたこの映画を、私は何度見たかわからない。筋書きもセリフもすべて覚えているくらいだ。それでも、テレビで再放送を見ると、最初のセリフを聞いた瞬間から涙ぐんでしまうのだ。それは子供の頃に里親の家で初めてこの三部作を見て、登場人物たちに憧れていたことを思い出してしまうからだ。もちろん、俳優の演技も好きだ。セザール役のレーミュ、その息子マリウス役のピエール・フレネイ、そしてマリウスの幼なじみファニー役のオラーヌ・ドマジス……。私は白黒フィルムで撮影された俳優の顔や、仕草や視線の演技が大好きだった。

映画で語られるのは、父と息子と若い娘、そして愛の話だ。息子マリウスを見つめるセザールを見て、こんなふうに私を見てくれるパパが欲しいと思ったし、若いファニーとマリウスのような恋に憧れていた。

三部作の一作目『マリウス』を初めて見たのは、十歳の頃だったと思う。私は里親の家にひとりで

いた。確か、家の子供たちは旅行か親戚の家に遊びにいっていたのだ。季節は夏で、翌日は学校が休みだった。里親は友人を呼んで庭でバーベキューをしていた。その場を離れていいと許可が出たので、家に入って食堂に行くと、つけっぱなしだった大きなテレビで映画が流れていた。色のない映画を見たのは、その時が初めてだった。始まってから三十分くらいたっていたと思う。格子柄のテーブルクロスがかかった台所のテーブルにつっぷして、ファニーが泣いていた。彼女の目の前でパンを切っていた母親が言ったのが、私が初めて聞いた映画のセリフだった。「馬鹿な子だね。ほら、さっさとスープを飲んじまいな。中に涙をこぼすんじゃないよ。もう十分しょっぱいんだから」

私はすぐに、俳優たちの表情と会話に魅了された。ユーモアがあって優しくて、目を離すことができなくなった。そのまま三部作を全部見たので、その晩は寝るのがとても遅くなった。

今でも私は、あの映画で描かれている、普遍的で単純な世界と、それとは対照的な登場人物の複雑な感情が好きだ。彼らの言葉が好きだ——とても気が利いていて、そしてズバリと核心をついている。その声はまるで音楽のようだった。

たぶん、あの映画を見ていたので、私はセリアと出会って初めてマルセイユに行く前から、マルセイユとマルセイユの人たちのことが大好きだったのだと思う。あの映画は私にとって、予言とか、予知夢みたいなものだったのだろう。毎年休暇を過ごしにソルミウに行き、青く広がる海に私を誘っている、あの険しい小道を降りていくたびに、いつも映画を見た時と同じような、あるがままの美しさを感じる。映画の脚本を書いたマルセル・パニョルの気持ちが理解できて、三部作の登場人物は確かにここから生まれたのだと腑に落ちるのだ。太陽に照らされて白く輝く切り立った岩に、焼けるような熱さ。透明なターコイズブルーの海に、澄み切った大空。陽射しを避けるために、松の木が作ってくれる木陰……。気取りがなく、シンプルだけれど厳かな景観だ。まちがいなく、船乗りマリウスが愛した海だ。風は優しい。《子供たちが乗る船を運ぶ風は優しい》と、セザールが言ったように……。

別荘に着いて、セリアと一緒に赤い鎧戸を開けると、いつもの家具が私を迎えてくれる。キッチンの古い食器棚、木地のテーブルに黄色い椅子、流しの上の水切り台、ラベンダーのドライフラワーの小さな束、色とりどりのタイル張りの床、青空の色をした壁や天井の上張り。そういった家具や調度のひとつひとつを見ていると、いつも思い出すセリフがある。パニスと結婚して人妻になっていたファニーにマリウスがキスをしようとした時、ふたりを止めて、セザールが言うセリフだ。「よしなさい、子供たち。パニスはいいやつだ。あいつの先祖が残した家具の前で、パニスを笑い者にするようなことをするんじゃないよ」

この別荘は、セリアの母方のおじいさんが一九一九年に建てたそうだ。おじいさんは亡くなる前に、「あれは世界中のどんな宮殿にも匹敵するものだ。決して手放すんじゃないよ」と、セリアに約束させたのだという。

私が初めてこの別荘に来てから、もう二十五年になる。毎夏、セリアは私が来る前日にベッドに清潔なシーツをかけて、冷蔵庫をいっぱいにしてくれる。コーヒー豆とフィルター、レモン、トマト、桃、山羊のチーズ、カシスのワイン、そして洗濯洗剤も買っておいてくれる。私は何度もセリアに、買い物は自分でできるし、せめて代金を受け取ってくれと懇願したが、セリアは頑として聞かなかった。いつも、「あなたは私が困っていた時に、見ず知らずの私を自分の家でもてなしてくれたのよ」と繰り返すだけだった。帰る前にお金を入れた封筒を黙って引き出しに入れてきたこともあったが、一週間後に郵便で送り返されてきた。

鎧戸を開けて、荷物の整理が終わると、すっかり顔なじみになった地元の漁師たちに会いにいく。地元で生まれて、一年中入り江に住んでいる人たちだ。だんだんと魚の収獲量が減っているそうだ。

「若い奴らのアクセントがなくなっていくのと同じさ」と言って、私にウニやミニ甲イカや、奥さんやお母さんが作ったという甘いデザートをくれる。

今年はセリアも一緒に漁師たちのところに行った。セリアはマルセイユの駅に迎えにきて、別荘まで車で送ってくれたのだが、例年ならそのまま帰るところを、今年は一緒に夕食を食べていくと言ったのだ。

戦利品を持って、戻ってくると、私たちはコーヒーを淹れて飲んだ。そう言えば、さっき駅で抱擁を交わした時、セリアはコーヒーの香りがした。たぶん、列車が一時間遅れで到着したので、カフェで時間をつぶしていたのだろう。会うのは一年ぶりだった。

コーヒーを口に運ぶと、セリアが言った。

「さあ、私のヴィオレット。何か新しいことはあった?」

私はすぐに答えた。

「フィリップ・トゥーサンが死んだの。それで、フランソワーズ・ペルティィエが私に会いにきたの」

「誰よ、それ?」

88

今いるところで、私は微笑んでいます。なぜなら
私は美しい人生を過ごし、何より自分の人生を愛したからです

（墓碑に使われる言葉）

一九九八年の六月、フィリップ・トゥーサンはエロイーズ・プティに会いにいったきり、帰ってこなかった。サーシャはブレアンさんの家に泊まっていた。

サーシャが戻ってきて、お土産がいっぱい詰まった青いスーツケースを開けたあの日、あのことをまだ知らなかった私は、サーシャに言ったのだ。私が人生をともにしてきた男は（ほんとうの意味で人生を共有したことは一度もなかったけれど）、まわりに思わせていたよりも、ずっといい人だったのだと……。

あのことをまだ知らなかった私は、サーシャに言った。フィリップ・トゥーサンは私を見捨てて、深い海の底にいるような孤独に陥れた男だ。だから、私も、もうあの人の言葉には耳を傾けず、あの人のことを見ることもしなくなっていた。でも、マコンのビストロでスワン・ルテリエと会っていたのを見た時から、ただのエゴイストでしかないと思っていた男は、別の姿を現したのだと……。

あのことをまだ知らなかった私は、サーシャに言った。あの夜、マコンから戻ったフィリップ・ト

ゥーサンは、火事の真相を探っていたことを私に打ち明けたのだと……。夫は城の関係者にひとりずつ会いにいって尋問していたのだ。時にはしつこく責め立てもしたらしい。裁判の時に聞いた彼らの証言を信じられなかったからだ。そうやって、ひとりひとりから話を聞いて、最後に残っているのはエロイーズ・プティだけだと言っていた。

そう、あの夜、「中毒の原因は、給湯器が壊れていたせいだったの？」と繰り返し聞く私に、フィリップ・トゥーサンは、アラン・フォンタネルや、そのほかの人たちの話を聞かせてくれた。その間、私はずっと夫の腕にしがみついていた。手を離したら奈落の底に落ちてしまいそうな恐怖を感じていたからだ。私は、生きていた娘の最後の姿を見た人たちの顔を思い浮かべていた。前に写真で見た顔を……。娘の世話をしなかった人たち、娘の笑顔を守らなかった人たち、自分の責任をおろそかにした人たちの顔を……。

インストラクターと料理人が二階でマリファナを吸ってセックスしている間、子供たちは放っておかれたのだ。ジュヌヴィエーブ・マニャンは代わりの見張りもおかずに城を抜けだした。女校長は親から金を引きだすことにしか興味がなく、子供たちの安全など二の次だった。

給湯器が壊れていたという話は、普通の状態では聞けなかった。私はわきあがってくる感情につぶされないように、前日洗ったばかりのシーツの香りに集中していた。それを洗濯するのに使った《貿易風の香り》という名の洗剤の容器に描かれていた、ピンクと白のティアレの花を何度も思い浮かべていた。そうしていないと叫びだしてしまいそうだった。レオニーヌはティアレの花柄のワンピースを着ていた。だから、容器のティアレの花の絵に惹かれて、その洗剤を買ったのだが、その絵と洗剤の香りが私を理性の側に引きとめていた。何もかもが重く、辛くなった時、私はティアレの花を頭に思い浮かべることで、そこから逃れることができたからだ。

夫が私に〈話〉をすること自体、ほとんど初めてのことだったと言っていい。あのこと、、を知らなかった私は、もう一度、夫の顔を愛撫した。そして、私たちは昔のように愛しあったのだ。夫の両親が突然家に押しかけてくる前の、若かったあの日のように……。あのことを知らなかったからだ。私たちがマルグランジュ＝シュル＝ナンシーに住んでいた時に、夫がジュヌヴィエーブ・マニャンと寝ていたことなど、知らなかったからだ。だからあの夜、私は夫のことを、初めてといっていいくらいに、信じたのだ。

＊　＊　＊

フィリップ・トゥーサンは二度と帰ってこなかった。そして、サーシャはブレアンさんの家に、長いこと泊まりつづけることになった。

一九九八年、夫が出ていって二カ月がたってから、私は憲兵隊に失踪届を出しに行った。町長さんにそうするように助言されたからだ。もし言われなかったら、きっと行かなかっただろう。対応してくれた伍長は、夫が出ていった日にちを聞いて、おかしな顔をして尋ねた。

「どうしてこんなに長いこと届けなかったのです？」

「夫はそれまでも、しょっちゅう出かけていたからです」

調書を取るために、私は受付の隣にある部屋に連れていかれた。コーヒーを勧められたのでいただくことにした。

私が夫の人相や特徴を伝えると、伍長はあとで写真も持ってきてくれと言った。そう言えば、墓地に来てからは写真など撮っていないことに私は気づいた。マルグランジュ＝シュル＝ナンシーで踏切遮断機の自動化が決まった時に、記事を書いた新聞記者に撮られたのが最後だった。夫が私の腰に手を回して、作り笑いを浮かべていた写真だ。

　夫のバイクのメーカーと、最後に見た時の服装も聞かれた。

「ジーンズ、黒い革のライディングシューズ、黒のボンバージャケット、赤いタートルネックのセーター」

「何か身体的な特徴はありますか？　タトゥーとか、生まれつきの痣とか、目立つほくろなんかは？」

「ありません」

「何か本人が持っていった物や大事な書類はありますか？　不在が長くなることを思わせるような物です」

「いいえ、ビデオゲームと娘の写真は家に置いたままです」

「いなくなる前の数週間、旦那さんの行動や習慣に変化はありましたか？」

「ありません」

　最後にフィリップ・トゥーサンを見た日、夫はエロイーズ・プティに会うためにヴァランスに向かっていたはずだということを、私は伍長には言わなかった。

　あの日の午後二時に、夫は勤務先の映画館でエロイーズ・プティに会うことになっていた。その一週間前にプティがそこで案内係として働いていることを突きとめ、家から電話をかけて翌週の木曜日に会う約束を取りつけていたのだ。

　午後遅くになって、エロイーズ・プティから家に電話がかかってきた。きっとフィリップ・トゥーサンが家から電話をかけた時に、番号が履歴に残っていたのだろう。

その電話が鳴った時、私は町役場からだろうと思った。ちょうど、訃報公告課から定期的に電話がかかってくる時間だったからだ。これから行われる葬儀の知らせだったり、逆に、終わった埋葬の情報を訊かれたりして、私は訃報公告課の人と、故人の名前や生年月日などの情報を共有していた。個人の墓か家の墓か、亡くなった人に家の墓があるかないか、あるのだったらどの場所にあるかなど、共有すべき情報はたくさんあった。

電話を取ると、エロイーズ・プティが震える声で自分の名前を告げた。すぐには誰だかわからなかった。彼女が何者で、その電話が何を意味しているのかを理解した時、私の両手は汗ばみ、喉がカラカラになった。

「何か問題でも?」私は声を絞りだした。

「問題って……。トゥーサンさんが来ないんです。待ち合わせは午後二時だったのに……。もう二時間も映画館の前で待っているんですけど……」

そう言われたら、きっと誰でも、事故にでもあったのではないかと考えただろう。心配になって、マコンとヴァランスの間にある病院に、片っ端から電話をかけたかもしれない。もしくはエロイーズ・プティに、「一号室が焼け落ちたあの夜、あなたはどこにいたの? すぐ近くにいたのに、のんきにぐっすり寝ていたの?」と訊くこともできただろう。でも、私はただこう答えただけだった。どういうことなのか私にはわからない。フィリップ・トゥーサンの行動はいつも予測不可能だから。今までもこれからも、と……。

長い沈黙が流れたあとで、エロイーズ・プティは電話を切った。

憲兵隊で伍長に言わなかったことは、ほかにもあった。フィリップ・トゥーサンがエロイーズ・プティとの待ち合わせに姿を見せず、消えてしまってから一週間後に、若い女性が子供たちの墓参りに来たことだ。レオニーヌとほかの三人の子供たちの墓参りに……。女性は花を買って墓まで行く道を尋ねると、その帰りにすっかり悄然とした様子で、また私の家に立ち寄った。子供たちの死をあらためて受けとめるのが辛かったのだろう、ほかの人たちがそうするように、何か温かいものを飲んで、気持ちを落ち着かせるためだ。最初に女性がドアを開けた時、墓までの道を尋ねる前に、私にはすぐにそれが誰だかわかった。インストラクターのリュシー・ランドンだった。といっても、その風貌はすっかり変わっていたが……。私が持っていた写真に写っていた彼女は、もっと若く、健康的な顔色で笑顔を浮かべていた。でも、ドアを開けた時の彼女は顔色が悪く、寒そうに両肩を抱いていた。帰りに寄った時には、目の下に大きな隈ができていた。

私は彼女のためにお茶を入れて、中にウィスキーをたっぷり加えた。ほんとうは殺鼠剤でも入れてやりたいくらいなのに、《命の水《ウィスキー》》を入れるなんて矛盾していると思いながら……。お茶だけではなく、小さなグラスに注いだウィスキーも飲ませた。アルコールが入ったら、何か訊きだせるかもしれないという下心もあった。すると、二杯、三杯と飲ませるうちに、リュシー・ランドンが心の内を打ち明けはじめた。

「ノートルダム・デ・プレ城で痛ましい事故があったことはご存じですか？　私はあの時のスタッフだったんです。ええ、五年前にサマースクールで火事が起きた時の……。あの時、火事の炎に包まれて、四人の子供が犠牲になりました。その子たちはここに埋葬されて……。それで、お参りに来たんです。あの出来事があってから、私は眠れなくなってしまいました。目の前に炎がチラつくんです。あの悲劇から、私、いつも寒くて寒くて、たまらないんです」

リュシー・ランドンは泣きながらしゃべりつづけた。私は右手だけを使って、ウィスキーのお替わりを注ぎつづけた。左手はテーブルの下で、拳を握りしめていたからだ。爪が肉に食いこんでいたが、心が痛すぎて身体の痛みは感じなかった。左の手の平には、今でもその時についた爪の跡が残っている。あの時のことは決して忘れないだろう。

だが、そのしばらくあとで、もっとひどいことが起こったのだ。私は墓石で頭を殴られたようにショックを受けた。リュシー・ランドンがあのことを口にしたのだ。たぶん、酔ったせいで……。フィリップ・トゥーサンがジュヌヴィエーブ・マニャンと関係を持っていたことを……。

「ジュヌヴィエーブは、子供の父親と関係を持っていたんです。レオニーヌ・トゥーサンの父親と……」

「関係？」

口の中に鉄の味がした。血の味だった。大きな鉄の塊でも飲みこんだような気がしたが、なんとかもう一度、言葉を絞りだした。

「関係って？」

「不倫関係です。あの出来事の二、三年前のことだったみたい。ジュヌヴィエーブが幼稚園で働いていた時に……。確か、ナンシーのほうだったと思うけど……」

私は何も言葉を発することができなかった。リュシー・ランドンは、「では、私はそろそろ」と言って、立ちあがった。泣いたせいで、洟《はな》をすすりながら……。その音があまりに大きいので、私はひっぱたいてやりたくなった。

リュシー・ランドンが帰ったあと、私は思った。ということは、マニャンが子供たちを殺したのか？　おそらくは夫に捨てられたことに恨みを抱いて……。その復讐で……。ジュヌヴィエーブ・マニャンはフィリップ・トゥーサンに仕返しするために、壊れた給湯器を使い、娘を中毒死させた。そして、それをごまかすために、夫のフォンタネルと相談して、火事を起こした。フィリップ・トゥーサンは、マニャンと関係があったので、この事故は自分に対する復讐ではないのかと、真っ先に考えたのだろう。レオニーヌの死は自分が原因だと……。それを知るために、スタッフのひとりひとりに話を聞いていたのだ。あるいは、それによって別の犯人がいるとわかれば、レオニーヌの死が自分のせいではないと証明できると考えたのかもしれない。いずれにせよ、夫が関係者の間を回って真相を突きとめようとしていたのは、レオニーヌのためではなかった。全部自分のためだったのだ。

夫の失踪届を出した時、私はそのことを憲兵隊の伍長には話さなかった。夫がサマースクールのスタッフの間を回っていたこと、それは夫がマニャンと関係を持っていたことが原因であることを……。ただ、伍長から、「旦那さんに、愛人がいた可能性はありますか？」と訊かれた時に、こう答えただけだ。

「ええ、たくさん」

「たくさん？　どういう意味です？」

「夫には、いつもたくさんの愛人がいました」

伍長はしばらくためらったあと、《愛人多数》と失踪届に記入した。それから、少し顔を赤らめながら、私にコーヒーのお替わりを注いでくれた。そして、「何か判明したら、お知らせします」と言った。

でも、そのあと、長い間、伍長から連絡はなかった。次に伍長に会ったのは、それから九年後で、伍長の母親ジョゼット・ルデュック、旧姓ベルトミエ（一九三五―二〇〇七）の埋葬の日だった。私を見ると、伍長は悲しそうな笑みを浮かべた。

＊　＊　＊

リュシー・ランドンが訪ねてきた日から、私はまたレオニーヌを失ったあとの無気力な状態に戻ってしまった。それも当然だ。だって、フィリップ・トゥーサンがジュヌヴィエーブ・マニャンと不倫関係にあったと知ったことで、私はもう一度、レオニーヌを失ったのだから……。それまで、私は、フィリップ・トゥーサンの両親が勝手にサマースクールの参加を決めてくるから、娘が事故で奪われたのだと思っていた。でも、真相はもっとひどいものだった。夫が女とだらしなく浮気をするから、その女に恨まれて、娘が殺されたのだ。その原因は夫にある。つまり、レオニーヌは夫に殺されたのだ。

私はできるかぎり、マニャンのことを思い出そうとした。レオニーヌが幼稚園生だった時の美しい思い出を穢《けが》すことになるが、そうせずにはいられなかった。娘を幼稚園に送り迎えした時、私はあの女とどんな言葉を交わしたのだろう？　笑いながら、「こんにちは」とか「さようなら」とか挨拶をしたのだろうか？　夫とはそんな送り迎えの時に知り合ったのだろうか？　それとも、幼稚園のイベントがあった時だろうか？　ふたりはいつ会っていたのだろう？　それにしても、娘を殺すほど恨むなんて、夫はあの女にどんなひどいことをしたのだろう？　なんにもしないでベッドに横たわりながら、私は考えつづけた。でも、いくら考えても、答えは見つからなかった。

翌日か翌々日、私の様子が変だと聞いて、サーシャがやってきた時、私はすぐさまサーシャの腕にすがりついて泣いた。「夫が娘を殺したの！　浮気相手が夫の仕打ちを恨んで、復讐のために娘を殺したの！　だから、夫が殺したの！」と言いながら……。

サーシャは出発を延ばして、私の代わりに墓地の仕事を引き受けてくれた。もし、サーシャが旅の途中で私に会いに戻ってきてくれていなかったら、きっと私の人生は終わっていただろう。私はフィリップ・トゥーサンに息の根を止められていたのだから……。でも、またサーシャが救ってくれた。前に私が苦しんでいた時、サーシャは、やがて来る春のために、種をまくことを教えてくれた。そして、今度は襲ってきた冬に耐える術《すべ》を教えてくれたのだ。「いいかい、今はじっとしているんだ。土の中で力を蓄えるんだ」そう言って、私の背中と足をマッサージし、温かいお茶を入れてくれた。レモン水やスープ、パスタを作り、ワインを飲ませてくれた。本を朗読し、私が放りだした菜園の世話も続けてくれた。私の代わりに花を売り、墓の花に水をやり、悲しみに暮れる遺族に寄りそってくれた。ブレアンさんには、「出発はいつになるかわからないので、滞在の予定は無期限にしておいてくれ」と言ったそうだ。

最初のうち、サーシャは毎朝、二階にあがってくると、私をベッドからひきずりだした。それから無理やりシャワーを浴びさせ、着替えさせた。ただ、そのあとで私がまだベッドに横になっても、そのままにさせておいてくれた。「まったく、引退した年寄りにこんなことをさせるなんてなあ」とブツブツ文句を言いながら、食事を載せた盆をベッドまで運び、私が食べ物を口に入れるまで、そばを離れなかった。部屋を出る時は、ドアを開けたままにして、台所でかける音楽が二階の私にも聞こえるようにしてくれた。

サーシャにつられて、墓地の猫たちも寝室までやってくるようになった。そのうちに、太陽の光がカーテンの隙間から差しこみ、シーツを照らしているのに気がつくようになった。それまでは、昼までも暗闇にいるような気がしていたのだ。私は自分で起きて、寝室のカーテンを開け、窓を開いた。台所に降りて、湯を沸かしてお茶を淹れた。一階の窓も開けて、換気をした。畑仕事を再開し、花の水を換えることができた。墓地を訪れる遺族を受け入れ、温かい飲み物や強いお酒を振るまうことができるようになった。

でも、サーシャを見ると、つい心にひっかかっていたことを口に出した。私は何度も同じ言葉を繰り返した。

「サーシャ、どうして、マニャンはレオを殺したの？　そんなに恨まれるなんて、夫はマニャンにどんなひどいことをしたの？　マニャンは大切な私の娘を奪ったの。でも、自殺しちゃったから、文句を言ってやることもできないのよ」

すると、サーシャはいつも私に言い聞かせた。

「もうそんなことを考えるのはやめなさい。さもないと、今度は自分を失ってしまうよ。いいかい、ふたりがそんな関係だったからと言って、マニャンが子供に手をかけたとは言えないよ。あれはやはり事故だったんだよ。あの時、あの場所にマニャンがいたのは、ただの偶然だ。あれはほんとうに事故だったんだよ」

そう言って、サーシャは私の気持ちを落ち着かせてくれた。フィリップ・トゥーサンが悪の種をまく人なら、サーシャは善の種をまく人だった。

「ヴィオレット。木づたは絡まると、樹の成長を止めてしまうから、忘れずに剪定しなくてはいけないよ。決して忘れてはいけないことだ。考えも同じだよ。悪いほうに向いたら、君をがんじがらめにしてしまう前に、ちゃんと剪定してやるんだ」

私はサーシャの言葉を受けとめた。冷静に考えると、夫に対する復讐のために、マニャンが子供たちを殺すというのには無理があった。私はずっとそのことを考えつづけ、最後にはあれは事故だったのだと確信を持つようになった。娘の死に夫が関わっていないと思えたせいで、私の気持ちは少し楽になった。

その間、サーシャは私にこれから自分がする最後の旅について話してくれた。

「そう、私は南インドのケーララ州で、死ぬまで暮らすんだ。アムリタプリにいるサニーの近くでね。私の古くからの夢なんだよ。まあ、私の歳になれば、どんな夢だって年季が入っているけどね。どれも、〈瓶に詰めて寝かせておいた〉っていう夢だから……」

死んだらガンジス川の上にしつらえられた火葬台で、焼いてほしいとも言った。ヴェレーナとふたりの子供たちのそばに埋葬されることは望まないと……。

「インドでは野菜を育てたり、痛みの治療をするつもりだ。私は七十歳だが、まだあと何年かは生きられるだろう。その間に、わずかばかりの知識だが、自分の知っていることを伝えようと思う」

「インドの人たちに、あなたの〈緑の手〉を貸すんですね？」

「ほかの誰にでも……。必要だと言ってくれる人にね」

そんなある晩、私たちは夕食をとりながら、ジョン・アーヴィングの『サイダーハウス・ルール』について話した。私が、「あなたは私にとってラーチ医師であり、私の〈代父〉です」と打ち明けると、サーシャがそろそろ私から手を放すつもりだと言った。「娘の死は事故だと思えるようになりました」と、サーシャに話した数日後のことだ。

「君はどうやら娘さんの二度目の死を乗りこえたようだ。あれが事故だと、そう思えるようになったら、君は前を向いて歩けるよ。もう大丈夫だ。もしそうなら、私は君から離れなければならない。〈代父〉だろうが、親はいつか子供の手を放さなければならないんだ。だから、ある朝、私が新聞と焼きたてのパンを持って、玄関に現れなくても驚かないでほしい」

「まさか、さようならも言わないでいなくなるなんてこと、しませんよね？」

「ヴィオレット、君にさようならを言ったら、私は旅立てなくなってしまうよ。駅のホームで抱きあって、別れを惜しむなんて、そんなことはできない。悲しいことは、お互い、もう十分、味わってきたじゃないか。私の居場所はもうここじゃない。君はまだ若いし、空にはお日様がある。君には自分の人生をやりなおしてほしいんだ」

「でも、やっぱり急にいなくなるなんて……」

「そうだな。じゃあ、こうしよう。私は毎日、帰る時にはさようならを言うことにするよ」

サーシャはその約束を守った。翌日から、毎晩ブレアンさんのゲストハウスに帰る時には、私を抱きしめて、まるで最後の挨拶を交わすように「さようなら、ヴィオレット。身体を大事にするんだよ」と言った。そして、翌朝になると家にやってきて、いつものように焼きたてのバゲットと新聞を、お茶の缶と園芸雑誌が置かれた台所のテーブルに載せた。ルッチーニ兄弟やノノたちと会話を交わし、エルヴィスと一緒に猫の様子を見にいき、墓を探して迷っている人たちに道を教え、草むしりをしているガストンの手伝いをした。そして夕食を一緒にとり、ブレアンさんのゲストハウスに帰る時が来ると、また私を抱きしめて言った。「さようなら、ヴィオレット。身体を大事にするんだよ」と……。

サーシャの「さようなら」は冬の間ずっと続いた。そして、一九九九年の三月十九日の朝、サーシャは現れなかった。フィリップ・トゥーサンが失踪してから、九カ月後のことだ。私がブレアンさんの家に行ってみた時には、もう出発したあとだった。何日も前から荷物はまとめてあり、いつでも旅立てる準備が整っていたそうだ。きっと春が来て、私が花の世話に忙しくなるのを待っていたのだろう。そうすれば、サーシャのいない淋しさを紛らわせるだろうと思って……。そして、とうとう決めたのだ。古くからの夢を叶えるために――〈瓶に詰めて寝かせておいた〉夢を叶えるために旅立つことを……。

89

私たちはともに幸せを味わった。そして今、ともに安らかに眠る

（墓碑に使われる言葉）

《イレーヌ・ファヨールの日記》

二〇〇九年二月十三日

昔の従業員から電話がかかってきた。「ファヨールさん、今テレビで、あなたのお友だちの弁護士さんの話をしていました。今朝、法廷で心臓発作を起こしたって……。その場で、亡くなったそうです」

その場で……。

ガブリエルは死んだ。その知らせを聞いて、私も死んだ。私はよくガブリエルに、私のほうが先に死ぬだろうと言っていた。まさか同時に死ぬとは考えもしなかった。

二〇〇九年二月十四日

今日はバレンタインデーだ。ガブリエルはバレンタインデーが大嫌いだった。

ガブリエル、ガブリエル、ガブリエル。この日記に彼の名前を書くと、ガブリエルが私の近くにい

るような気がする。たぶん、まだ埋葬されていないからだろう。埋葬されるまでは、死者は私たちの近くにいるのだ。私たちと天国の間にある距離は、まだ存在していない。

最後にガブリエルに会った時、私たちは喧嘩をした。私はガブリエルに、すぐにマンションから出ていってと言った。ガブリエルは激怒して、階段を降りていった。振りかえりもしなかった。私は彼の足音がまた聞こえてくるのを待った。彼が戻ってくるのを待っていた。でも、彼は戻ってこなかった。いつもなら、毎晩電話がかかってくるのに、あの喧嘩以来、私の電話が鳴ることはなかった。

今となっては、出来事の流れを変えることはできない。

二〇〇九年二月十五日

ガブリエルが私に残してくれたもの、それは自由。今、私が毎日、自由を満喫していられるのはガブリエルのおかげだ。それに、引き出しの奥に大事にしまってあるカップ・ダンティーブで買った洋服、飲みかけのスーズ酒の瓶、列車の往復切符、三冊の小説。ジョン・アーヴィングの『サイダーハウス・ルール』とジャック・ロンドンの『マーティン・イーデン』。アンヌ・デルベの『カミーユ・クローデル』（これはとても稀少な版らしい）。ガブリエルはカミーユ・クローデルの虜だった。

何年か前に、パリで仕事をしていたガブリエルに呼ばれて、三日間一緒に過ごしたことがある。パリに着いたとたん、ガブリエルは私をロダン美術館に連れていった。私と一緒にカミーユ・クローデルの作品が見たかったのだという。庭に置いてあったロダンの作品『カレーの市民』の前で、ガブリエルは私に口づけをして言った。

「あの像の手と足はカミーユ・クローデルが彫ったんだ。ご覧よ、あの美しさを……」

「あなたの手だって、とてもきれいです。エクス＝アン＝プロヴァンスの法廷で弁護していたあなたを初めて見た時、私、あなたの手だけを見ていました」

ガブリエルは強く、たくましい人だった。女性に支払いをさせたり、ワインを自分でつがせたりすることが我慢ならない、男らしさの化身みたいな人だった。だから、彫刻家としては、カミーユ・クローデルよりもロダンのほうがずっと好きで、ロダン美術館に行くなら、何よりもロダンの『バルザック像』や『考える人』の前に行くだろうと思っていた。ところが、ガブリエルが足を運んで、長い間、見つめていたのはカミーユ・クローデルの『ワルツ』だった。ガブリエルはいつもこちらの予想を裏切るのだ。そういう人だった。

美術館にいる間、ガブリエルはまるで子供のように、ずっと私の手を握ったまま離さなかった。ロダンが彫った素晴らしい作品の数々には興味はないようだった。

カミーユ・クローデルの小品『おしゃべりな女たち』を見ている間、ガブリエルは私の指をことさら強く握りしめた。一世紀以上前に彫られた小さな四人の女性たちを前にして、彼は目をきらきらさせていた。のぞきこむようにして顔を近づけ、時が止まったかのように、長いことじっくり眺めていた。まるで、彼女たちの匂いでも嗅いでいるみたいだった。「髪が乱れてる……」とつぶやいたのが聞こえた。

美術館を出ると、ガブリエルは煙草に火をつけて、私に白状した。

「君が一緒に来てくれる日まで、この美術館に来るのを我慢していたんだ。この像の前に来る前から、君の手を握っていなければ、きっと自分はあの『おしゃべりな女たち』を盗んでしまうだろうと、そう思っていたからね。学生の時にあの作品の写真を見て、ひと目で恋に落ちたんだよ。そして、どうしても手に入れたいという気持ちが年月を増すほどに強くなった。だから、本物を初めて見る時には、誰か自分を止めてくれる人が必要だといつも思っていたんだ。ぼくは弁護士だけど、だからと言って、泥棒にならないという保証はひとつもないからね。あのくらい小さな像なら、コートの下に隠して逃げるなんて、わけないじゃないか。自分の家にあの作品があったら、どんなに素晴らしいか想像してみてごらんよ。朝でも晩でも、いつでも眺められるんだから……」

「でも、あなたはほとんどホテル暮らしでしょう？　手もとに置いても、あまり見る機会はないんじゃないかしら？」

それを聞くと、ガブリエルが大声で笑った。

「いずれにしろ、君の手が犯罪を未然に防いでくれたのはまちがいない。ぼくが弁護している窃盗犯に君の手を貸してやりたかったくらいだよ」

その夜は、エッフェル塔の上にある高級レストラン《ジュール・ヴェルヌ》で、向かいあわせで食事をとった。ガブリエルは「この三日間は、いわゆる〈定番〉の行動をしようじゃないか。世の中に定番ほど確かな物はないからね」と言いながら、私の手首にダイヤモンドのブレスレットをはめた。ぐるりとはめこまれた石が、私の明るい肌の上で太陽のようにきらきら輝いた。その輝きがあまりにまばゆかったので、偽物じゃないかと思ったくらいだ。よくアメリカのメロドラマで女優がつけているような品物だった。

翌日はサクレ・クール寺院に行った。金色の聖母の足もとにあるろうそくに火を灯していたら、ガブリエルが今度は私の首にダイヤモンドのネックレスをつけて、首筋にキスをした。それから、私の肩に手を回して自分のほうに抱きよせながら、耳もとでこう囁いた。「愛しい人《モナムール》、君はまるでクリスマスツリーみたいだよ」と……。

最終日は、リヨンの駅で別れた。私が自分の列車に乗る直前、ガブリエルは私の手を取って、中指にダイヤモンドの指輪をはめた。

「ぼくの意図を勘ちがいしないでくれよ。君がアクセサリーを嫌いなのは知っている。だから、身につけてほしくて贈ったわけじゃないんだ。その悪趣味な宝石を売って、自分の好きなことに使ってほしいんだよ。旅行をしてもいいし、家を買ってもいい。だけど、お礼は決して言わないでくれよ。ありがとうなんて言われたら、ぼくは死んじゃうからね。君に感謝してほしくてプレゼントするわけじゃないんだから……。これは、もしぼくに何かあった時に、君を守るためだ。さあ、列車に乗って。マルセイユに着いたら電話しておくれ。来週、会いにいくよ。ああ、もう淋しくなってきたな。別れが辛すぎる。だけど、君がいなくて淋しいと思うのは、ぼくは好きなんだよ。愛してる」

私はネックレスを売ったお金で、今のマンションを買った。ブレスレットと指輪は銀行の金庫に預けてある。息子に残すつもりだ。息子は私の大恋愛を受け継ぐのだ。それが正しいやり方だ。ガブリエルは、いつも正しいことを望んでいた。

ガブリエルはいつも自分の信念にしたがっていた。信念にしたがって行動し、信念にもとづいて発言していた。それに反対する者は決して許さなかった。私だって例外ではない。そして、それが私たちが永遠に別れることになる喧嘩の原因だった。

あの夜、私たちは愛しあったあと、キッチンでくつろいでいた。でも、たまたま話題がDV夫を殺した妻のことになって、その妻の弁護を引き受けた女性弁護士のことに及んだ。その女性弁護士に対して、ガブリエルはやり方がよくないと言って批判的な立場をとっていたのだが、その夜、私はそんなガブリエルを非難したのだ。「かわいそうな女性を弁護している同業者を批判することなんてないのに……。ちょっとくらい、やり方が悪かったとしても、そんなことどうでもいいことでしょう？もっと大局的な立場に立てばいいのに……」と……。

それを聞くと、ガブリエルの顔色が変わった。ガブリエルは声を荒らげて、私に怒鳴った。

「何も知らないくせに余計なことに口を出すんじゃない。あの事件は、見た目よりずっと複雑なんだ。同じ弁護をするにしても、それをきちんと押さえていかないといけない。そんなこともわからないのに、何を言いだすんだ。君にできるのは、バラの花を作ることだけじゃないか。しかも、せっかく育てても、最後には切りとってしまう。かわいそうな花だ。君は結局、なんでも最後に台無しにしてしまうんだよ。そうだ。最後には台無しにしてしまう。君がひとつ決断すればいいところで、決断をしないで……。君は今まで、大事なことを一度も決断できなかったじゃないか！」

それ以上、ガブリエルの言葉を聞きたくなくて、私は手で耳をふさぎ、すぐに家から出ていってくれと言った。でも、怒った顔で服を着ている彼を見て、もう後悔していた。あんなことは言うんじゃなかった。言ってはいけないとわかっていたのに、と……。でも、遅すぎた。ふたりとも自分から謝るにはプライドが高すぎたのだ。そのせいで、私たちは喧嘩別れという代償を支払うことになった。私たちにふさわしい代償を……。

もう一度、やりなおすことができたなら……。

私は窓を開けて、道行く人々に叫びたい。「大事な人と喧嘩をしているんだったら、すぐに仲直りなさい！　自分から謝って、許してもらうのよ！　愛している人と仲直りをして！　手遅れになる前に！」

二〇〇九年二月十六日

公証人から電話があった。ガブリエルは、彼が生まれたブランシオン＝アン＝シャロンという村の墓地に埋葬されるそうだが、私が同じ墓に入るために必要な手続きをすませてあるという。ガブリエルが私宛に残した手紙を預かっているから、事務所に取りにきてほしいと言われた。私は公証人のところに行き、手紙を受け取った。これがその手紙の内容だ。

《ぼくの愛しい人。甘く、優しく、素晴らしいぼくの恋人よ。夜明けから一日が終わるまで、ぼくはなお君を愛している。わかっているね、君を愛している。

知っているね。ジャック・ブレルの「長年の愛人たちの歌」だ。ぼくはこれまでずっといろいろな人を弁護してきた。先行きの読めない展開に合わせて、即興で言葉を繰りだして……。でも、君にほんとうの気持ちを伝えるためには、ブレルのこの言葉を借りてくるのがいちばんだと思った。

君がこの手紙を読んでいるということは、ぼくはもうこの世にはいない。初めて、君に先行したってことだな。だけど、ブレルの言葉以外に、君に書くことはないのだよ。君が知らないことはないからね――ひとつだけ、ぼくは君の名前が大嫌いだったってこと以外は……。イレーヌなんて、やぼったい名前だ。ほかの名前なら、なんでも君にぴったりだっただろう。でも、イレーヌはだめだ。濃い緑色の瓶とか辛子の色みたいで、誰にも合わない名前だよ。

自分の車で君を待っていたあの日、ぼくには君が戻ってこないことがわかっていた。待っていたって時間の無駄だ、何も起こらないとわかっていた。だから、すぐにエンジンをかけて車を出すこともできたのに、ぼくにはできなかった。ぼくはずっと頭の中で考えていた。

待っていても何も起こらない。ぼくにはもう何も残らない。彼女は戻ってこない。ぼくには何も残らない、と……。

君がいなくなって、淋しくてたまらなかった。だが、あれは始まりにすぎなかった。

あれからずっと、いつも君が恋しくてたまらなかったのだから……。

ホテル、午後の情事、シーツにくるまった君の姿……。君は、ぼくの愛のすべてだ。永遠の恋人だ。

ぼくの初めての恋。二度目の、十度目の、そして最後の恋だ。君はぼくの最も美しい思い出だ。ぼくの大いなる希望だ。

どんな小さな田舎町でも、君と歩けば、そこはおしゃれな都会に変わった。君の手をぼくのポケットに入れて、一緒に歩けば……。忘れないよ。あの手のぬくもり、君の香水、君の肌、それにスカーフ。君こそがぼくの故郷だ。

ぼくの愛しい人。

ぼくは嘘をつかなかっただろう？　ぼくの隣に、永遠にふたりで一緒にいられる場所を用意しておいたよ。だけどあの世に行ってからも、君はぼくに敬語で話しつづけるのかな？

急がなくていいよ。時間はたっぷりあるからね。もう少し、地上から空を見あげる時間を楽しみなさい。そう、特に雪が降る時には……。あと何回か、地上で見る雪を楽しんでおくれ。

じゃあ、また、すぐあとで……。

ガブリエル》

二〇〇九年三月十九日
初めてガブリエルの墓に行った。すぐにでも掘りおこして、身体を揺さぶりながら、「嘘だと言ってください。死んでなどいないと言ってください」と責めてやりたかった。ひとしきり泣いたあとで、彼を覆っている黒い大理石の上に新しいスノードームを置いて、時々、このドームの中に雪を降らせにきますと、ガブリエルに約束した。そして、いつか自分のものにもなる墓を眺めた。
それから、声に出して、ガブリエルからの手紙に答えた。
「愛しいあなた。私にとっても、あなたはいちばん美しい思い出です。今までも、これからも……。

私はあなたほど異性関係はなかったけれど——つきあった男性はほんとうに少しだったので——あなたが異性に、つまり女性にもてたというのはよくわかります。あなたは、ほんのわずかな仕草で女性を魅了することができましたものね。いいえ、ほんのわずかな仕草どころか、何もしなくてもよかった。ただそこにいるだけで、女性を虜にしていました。私にとっても、あなたは初めての恋です。二度目の、十度目の、最後の恋です。私の人生はすべて、あなたのものです。私も約束を守ります。その時がきたら、永遠にあなたのもとに行きます。私の場所、温めておいてくださいね。いつも、あなたが先にホテルに着いた時には、あとから来る私のためにベッドを温めておいてくれたように……。あの大きなベッドはつかの間の借り物だったけれど、今度はずっと一緒ですね。永遠に……。そのうち、あなたがいる永遠の住所を送ってください。あなたの呼び出しはいつも突然だったけれど、この旅は準備することができそうです。今度あなたに会いにいく時には、電車か飛行機、それとも船に乗るのかしら。それはあとでわかるでしょう。愛しています」

私はそのまま長いことガブリエルのそばにいた。セロファン紙で覆われたまま枯れていた花を捨てて、新しい花を供え、置かれていたメモリアルプレート（確かそういう名前だったと思う）を読んだ。ガブリエルが埋葬された墓地の管理をしているのは女性だった。ガブリエルは喜んでいるでしょう。あの人は、女性が大好きだったから……。近くを通った時に挨拶されて、私たちは少し言葉を交わした。そんな仕事があるなんて、つまり、お墓の世話をするためにお金をもらっている人たちがいるなんて、知らなかった。管理人さんは入口の門の近くの家で花も売っていた。

私はこの日記を書きつづけようと思う。それがガブリエルを生かしておくことになるから……。だけどこれからの人生は、きっと、とてつもなく長く感じられることだろう。

90

想い出を摘みながら散歩する人生の十一月
この道はどこにも行かない　美しく振り返るだけだ

一九九八年六月　フィリップ・トゥーサンの話

マコンからヴァランスまでの道のりは果てしなく遠く思えた。高速でたかだか二百キロメートルの距離で、普段、あてもなく気ままにバイクを走らせている時には、どんな道だろうが長いと感じることはないのに……。しかたがない。フィリップは思った。昔から、決められたところに行くのが嫌いなのだ。

ヴァランスでは、サマースクールのインストラクターのエロイーズ・プティに会うことになっている。それもなんだか気が進まなかった。事件の真相を探っているとヴィオレットに知られてから、急にやる気がなくなってしまったのだ。自分がひそかに娘の死の真相を調べていると知ったら、ヴィオレットは喜ぶのではないかと思っていた。少しはヴィオレットの苦しみを軽くでき、自分の負い目も少なくなるのではないかと……。でも、そうではなかった。ヴィオレットはもう過去に背を向けているのだ。それがわかると、すべてを打ち明けて、罪悪感から解放されるどころか、ただひたすら虚しくなった。

いずれにしろ、事件の調査はこれで終わりだ。最後に残ったインストラクター、エロイーズ・プティに会うためにヴァランスに向かいながら、フィリップは思った。そのことは出かける前に、ヴィオレットにも言っていた。「事件の関係者に会うのはこれが最後だ。これが終わったら、人生を変えよう。おれはもう墓はたくさんだ。ふたりで南仏に行って暮らそう」と……。

エロイーズ・プティは、約束どおり勤務先の映画館の前でフィリップを待っていた。『イングリッシュ・ペイシェント』の巨大な看板の下にある、上映時間が書かれたボードの下だ。切符売り場の前には行列ができていて、入口付近は人で混みあっていたが、フィリップはすぐにエロイーズを見つけた。お互い、二年前の裁判で見かけただけだったが、相手もすぐにこちらがわかったようだった。同僚に見られるのが嫌だったのか、エロイーズは「ここから二本向こうの道に《ルレ H《アッシュ》》があるので、そこで話しましょう」と言った。ふたりは黙ったまま肩を並べて歩いた。その間もずっとフィリップは、心に大きな穴がぽっかりと空いているような気がした。おれはいったいここで何をしているんだろう？　エロイーズ・プティに聞きたいことなんか、もうないじゃないか。この娘と給湯器になんの関係があるっていうんだ？　こんな娘が、給湯器のことなんて知るはずないのに……。

《ルレ H《アッシュ》》に入ると、エロイーズはクロックムッシュとミネラルウォーターを注文した。フィリップはやはりクロックムッシュとコカコーラを頼んだ。これまで会ってきた関係者とはちがって、エロイーズは身がまえた様子は見せなかった。雰囲気は柔らかく、口を開く前からすでに、誠実な人柄が見てとれた。この娘は嘘をつこうとしていない——フィリップは思った。この娘の言葉なら信用できると……。

「あの日、一九九三年の七月十三日、子供たちが城に着くと、私はリュシー・ランドンとふたりで部屋割りをしました。ここに来る前から知り合いだった子たちは一緒にしました。あとは子供たちの年や共通点なんかを考えて……。結構、みんなが満足するような部屋割りができたと思います。それがすむと、子供たちはそれぞれの部屋に分かれて、荷物の整理をしました。小さな子たちの荷物の整理は、私とリュシーが手伝ってあげました。

それからおやつを食べて、城の敷地内にある公園をみんなで散歩しました。そこにはポニーが放牧してあったので、子供たちは大喜びでした。暑い日だったので、ホースでポニーに水をかける手伝いをしたり、そのホースでお互いに水をかけあったり……。大人たちの助けを借りながら、ポニーにブラシをかけたり、厩舎の馬房に連れていって餌をやったりもしました。それこそ、夢中になっていました。

だから、夕食のテーブルについた時には、誰もが上機嫌で、楽しそうにおしゃべりをしていました。そんな女の子たちが二十四人もいるんですからね。食堂はにぎやかでしたよ。食事がすむと、子供たちは共同シャワー室で汗を流して、九時過ぎにはそれぞれの部屋に戻りました……」

そこまで聞いたところで、フィリップは話をさえぎった。

「部屋にも浴室はあっただろう？　どうしてそっちで身体を洗わなかったんだ？」

その質問に、エロイーズは驚いた様子だった。

「どうしてだったかな……。シャワー室は改修したばかりできれいでした。私もそこでシャワーを浴びたのを覚えていますけど……」

そう言って、エロイーズはなおも唇を噛みながら考えつづけていたが、はっと顔をあげた。

「ああ、思い出しました。部屋ではお湯が出なかったんです」

「どうして？」

エロイーズは風船をふくらます時のように頬をふくらませたが、申しわけなさそうに答えた。

「知りません……。配管が古かったからじゃないですか？　正直、あのお城は設備が古くて、いろいろなものが故障していました。それにメンテナンス係の人もあまり一生懸命じゃなくて……。フォンタネルさんに何か頼むと、たとえば電球一個替えるだけでも、かなり待たされたんです」

フィリップがうなずくと、エロイーズは話に戻った。

「バスや車に揺られて遠くから来たうえ、午後の終わりにはしゃいだせいで、子供たちは疲れきっていました。だから、シャワーを浴びたあとは、おとなしく部屋に戻りました。ああ、でも、レオニーヌちゃんは……」

そこで、エロイーズは口をつぐんだ。娘の話をするのをためらったのだ。

「レオニーヌは……。娘がどうかしたんですか？」

「ドゥドゥが見つからないって……。ぬいぐるみのウサギちゃんがいないって言ってきたんで、一緒に探しました。でも、どうしても見つからなかったので、倉庫にあった忘れ物のクマのぬいぐるみを渡して、明日、また探そうねって約束しました……」

フィリップは思い出した。そうだ、確かにレオニーヌは、いつもそのぬいぐるみを抱えて寝ていた。

エロイーズが話を続けた。

「それで、娘さんも部屋に戻り、私とリュシーは九時四十五分くらいから、部屋の見まわりを始めました。その時は、どの部屋もなんの問題もありませんでした。部屋の数は全部で六つ。四人一部屋で、一階に三つと二階に三つです。幼い子供たちはみんなもうベッドに入っていました。少し年上の子供たちは、本を読んだり、おしゃべりしたり、お互いの写真や漫画本を交換したりしていました。子供たちは洋服の話や両親の話、飼っている猫の話、学校の先生やクラスメートの話をしていましたが、いちばんの話題はポニーのことでした。次の日に、ポニーに乗れるというので、そのことで頭がいっぱいだったんです。私たちは二階から順番に見まわりをして、最後に……」

そう言うと、エロイーズはまた口をつぐんだ。それから、声を落として、話を続けた。

「最後に行ったのが一号室だったのですが、リュシーと部屋に入っていくと、子供たちはもうベッドの中にいました。でも、まだ起きているようだったので、何か問題はないかと訊いて、ひとりひとりに小さな懐中電灯を渡しながら言いました。『隣の部屋で大人の人が寝ているから、もし夢を見て怖くなったり、お腹が痛くなったりしたら起こしにきてね。その時は、この懐中電灯を使うのよ』って……。あ、でも、懐中電灯は非常時のためのもので、廊下の常夜灯はひと晩中ついていました。それから、私たちは二階にあがり、私は自分の部屋に、リュシーはルテリエさんの部屋に行きました。

ええ、ジュヌヴィエーブさんがリュシーの代わりをすることは知っていました。二階にあがる前に、厨房でリュシーとジュヌヴィエーブさんが話すのを聞いていましたので……。ジュヌヴィエーブさんは厨房の椅子に座って、銅の鍋を磨いていました。私たちに『おやすみ』と声をかけてきたのですが、なんだか心配ごとがあるようでした。疲れていたのかもしれませんが、どっちだったんでしょう？　私にはわかりませんでした。ベッドに横になると、私はすぐに眠くなって、うとうとしはじめましたが、しばらくして、窓がばたばたする音で目が覚めました。きちんと閉まっていなかったので、風で揺れていたのです。そこで、私は起きあがって、窓のところまで行ったのですが……」

そこまで言うと、エロイーズは話をやめた。少し顔をあげて、何かを思い出そうとするような、遠い目をしている。窓の外で何かがあったにちがいない。

「何があったんだ？」

「……」

「何かを見たんだろう？　窓を閉めにいった時に……」

「はい」

「何を？」

「おふたりをです」

「誰だ？」

「おふたりです。あなたがよくご存じの……」

「ジュヌヴィエーブ・マニャンとアラン・フォンタネルか？」

エロイーズ・プティは肩をすくめた。その仕草の意味はすぐにはわからなかった——だが、次にエロイーズが言った言葉ではっきりした。

「ジュヌヴィエーブさんと不倫していたっていうのは、ほんとうですか？」

不意を突かれて、フィリップは息を呑んだ。が、すぐに言った。

「誰が言ったんだ？」

「リュシーです。ジュヌヴィエーブさんはあなたを愛していたんだって……」

身を切られるような思いで、フィリップは口にした。

「おれはここに、娘の話をしにきたんです」

「何を知りたいんですか？」

フィリップは思わず大声を出した。

「給湯器のことだ。一号室の浴室にあった給湯器……。おれは誰があの給湯器の口火をつけたのか知りたいんだ。給湯器が壊れていたから、その口火が途中で消えてしまって、だから子供たちは一酸化炭素中毒で窒息したんだよ！　だが、あの時、城にいた連中に訊くと、どいつもこいつも言うんだ。あの給湯器には誰も触っちゃいないと……。壊れていたのは、みんな知ってたからって……」

その声に、座席で新聞を読んだり、レジに並んでいたりしたほかの客たちが、いっせいにふたりのほうを見た。

エロイーズの顔が赤くなった。まるで痴話喧嘩をしているようにまわりから見られたのが、恥ずかしかったのだろう。ただ、突然、こちらが怒鳴りだしたのに恐れをなしたのか、なだめるような口調で言った。

「ごめんなさい。何をおっしゃっているのか、わからないんですけど……」

「だから、さっきも言っただろう。誰かが浴室の給湯器を使ったんだよ」

「どの浴室のことですか？」

「一号室だ。そう言ったじゃないか。燃えちまった部屋の浴室だ」

「誰かが使った？」

エロイーズは、ほんとうになんのことやらまったく見当がつかないでいるようだった。それを見て、フィリップは自分の仮説に疑いを感じた。というより、フォンタネルの言ったことに……。確かに、あの給湯器の話には無理がある。やっぱり、ジュヌヴィエーブ・マニャンが厨房に火をつけたんだ。レオニーヌを殺して、おれに復讐をするために……。そう思うと、暗い気分になった。

「それが火災の原因だったんですか？　古い給湯器が？」エロイーズが尋ねた。

フィリップは我に返った。

「いや。厨房に火をつけたのはフォンタネルだ。事故に見せかけるために……。マニャンをかばったんだよ」

「でも、どうして？」

「マニャンがあの夜、城を抜けだしていたからだよ。リュシー・ランドンの代わりに、子供たちの監督をするはずだったのに……。自分の息子の具合が心配で、城を離れたんだ。そして戻ってきた時には、子供たちは……。手遅れだったそうだ……。子供たちは窒息して、死んでたんだ……」

エロイーズは両手で口もとを覆った。大きな青い目が恐怖に怯えるのがわかった。昔、フランソワーズが海でおぼれかけた時みたいだ。フィリップは思った。

しばらく沈黙が続いた。エロイーズはクロックムッシュに手をつけなかった。フィリップも同じだった。十分ほどして、フィリップはエスプレッソを注文し、エロイーズにも声をかけた。

「あんたは？　何か頼むか？」

エロイーズは首を横に振って、ぽつりと言った。

「あのおふたりかもしれません。給湯器に火をつけたのは……」

「フォンタネルとマニャンか……。やっぱり、そうだったんだ」

「ちがいます。おふたりです」

「誰のことだ？」

「おわかりでしょう？　あなたのよくご存じの方々ですよ。窓を閉めた時に、庭から出ていくのが見えました」

「誰なんだ？　おれの知ってる人たちっていうのは……」

「火事の翌日、あなたと一緒にお城にいらしていたではありませんか。あなたのご両親じゃないかと思うんですけど……」

「どういうことだ？　おれにはさっぱりわからないが……」

「でも、火事の前日、ご両親がサマースクールのお城にいらしたことはご存じですよね？」

「おれの両親が？」

フィリップはぞっとした。高層ビルの最上階から落ちていくような気がした。

「事故の翌日の七月十四日に、あなたはご両親と一緒にお城にいらしたでしょう？　だから、事故の当日もご両親がお城にいらしたことをご存じなのだと思っていました。サマースクールの間、ご家族が子供たちに会いにくることは、よくあるんです。楽しく遊んでいる様子を見ようと……。でも、いつも昼間で、夜に来ることなんて一度もありませんでした。だから私、ちょっとびっくりして、覚えていたんです」

「いや、それはあんたの勘違いだ。おれの両親はシャルルヴィル＝メジエールに住んでるんだ。火事のあった晩に、ブルゴーニュにいられるわけがない」

「でも、いたんです。私、見たんですもの。誓ってほんとうです。窓を閉めた時に、ご両親がお城から出ていくのを、確かに見ました」

「誰かとまちがえているんでしょう……」

「いいえ。あなたのお母さんの、あのシニヨンと、あの格好……。まちがえるわけありません。マコンの裁判の最後の日にもいらしていましたよね？　判決が出たあと、法廷の前であなたのこと待っていらっしゃいました」

突然、フィリップはあることを思い出した。事故の翌日、知らせを聞いて、両親の車で城に向かった時のことだ。その時、フィリップは車の助手席に座っていたのだが、城の近くまで来た時、小さな違和感を覚えた。状況が状況だっただけに、その時はそれ以上、深く考えなかったが、今になって、その違和感の正体がわかった。高速を降りて、城に向かう途中、父親が一度も道をまちがえなかったのだ。初めての場所に行く時には、必ず標識を見落として、道に迷うのが普通なのに……。いや、高速を降りてからは、ラ・クレイエット町の方向を示す標識はあったが、ノートルダム・デ・プレ城の方向を示すものは、標識はおろか、看板すらなかった。それなのに、あの方向音痴の父親がまったく迷わずに城に行った。身体に衝撃が走った。ということは、父親はその前にも、あの城に行っていたのだ。おそらく、事故の前日に……。

顔をあげると、フィリップはエロイーズに言った。

「このことは誰にも言わないと、約束してくれないか？」

エロイーズはうなずいた。

「今日、おれたちは会わなかった。話もしなかった。そういうことにしてくれ。いいな？」

「はい」

「約束すると言ってくれ」

「約束します」

フィリップはブランシオンの家の電話番号を紙に書いて、エロイーズに渡した。

「二時間後に、この番号に電話をかけてくれ。妻が出るはずだから、自分の名前を言って、おれが約束の場所に来ないと言ってほしい。午後中ずっと待たされていると……」

「でも……」

「頼む」

エロイーズはうなずいた。何か事情があるのだろうと察して、同情したような顔をしている。

「奥さんに何か訊かれたら、どうしたらいいですか？」

「何も訊かれないよ。おれは今までさんざん妻を失望させてきたから……」

そう言うと、フィリップは立ちあがって、勘定を支払った。ふたりは映画館まで、歩いて戻った。とめておいたバイクの前でエロイーズに短く挨拶をすると、フィリップはヘルメットをかぶり、バイクにまたがった。

映画館に出入りする人々を一瞥しながら、フィリップは母親の言葉を思い出していた。「誰のことも信用するんじゃないのよ。いいかい？　誰もだよ」

エンジンをかけると、フィリップはシャルルヴィル＝メジエールに向かった。ヴァランスからは七百キロメートル近くある。着く頃には夜になっているだろう。

＊　＊　＊

実家の居間に面した窓の外から、フィリップはしばらくの間、両親の様子を眺めていた。ふたりは古いソファに並んで腰かけていた。ソファの花柄のプリントはすっかり色あせていた。枯れたまま墓に残されている花束のように……。墓地で枯れた花束を見つけると、ヴィオレットは見るに堪えないと言って、花束を回収していた。

父親は居眠りをしていた。母親はテレビの連続ドラマに見入っていた。再放送のドラマだ。そう言えば、このドラマはヴィオレットが前に見ていたことがあった。オーストラリアとかそんな遠い国を舞台にした、神父と若い娘の恋の話だ。テレビを見ながら、ヴィオレットは泣いていた。服の袖でそっと涙をぬぐっていたのを覚えている。だが、今、同じドラマを見ているのに、母親は唇をぎゅっと結んで、テレビを凝視していた。まるで、登場人物がみんな過ちを犯しているので、今すぐにでも説教してやりたいと思っているみたいに……。だったら、なんでわざわざそんなメロドラマを見たりするんだ？　こんな事態でなければ笑いとばしていただろうが、今は妙に腹立たしかった。

家は作り物のセットのように見えた。アメリカのドラマに出てくるような白い板塀、塗りなおされた漆喰の壁、玄関の両側にはライオンの像が置かれている。まわりの家と比べると、この家だけ撮影に使うために急いで建てたみたいで、ライオンたちもうんざりしているようだった。でも、両親にとっては、自分たちはまわりの人たちとはちがう――お役所の管理職だということを示すために、白い板塀やライオンが必要だったのだろう。引退するまで、両親はふたりともフランス郵政省に勤めていた。父親は郵便配達人から始め、母親もただの公務員だったが、次第に階級があがり小さな部門の管理職になったのだ。給料があがって生活に余裕ができると、両親はせっせと金をためこみはじめた。

フィリップはいつもすべての鍵を持ち歩いていた。子供の頃から使っている小さなラグビーボールのキーホルダーは、もう色も形もわからないほどだ。両親は一度も家の鍵を換えたことはなかった。確かに、そんな必要はなかっただろう。うっかり泥棒に入って、お祈りの文句をぶつぶつ唱えている男か、恨みごとを口にしている女に出くわすくらいなら、入らないほうがずっといい。瓶詰めにされた二本のまぬけ《ピクルス》が瓶の中でお祈りを唱えたり、恨みごとを言っているのに出くわすくらいなら……。

もうこの家には何年も足を踏みいれていなかった。ヴィオレットと出会ってからは一度も帰ってきていない。ヴィオレット……フィリップはヴィオレットのことを考えた。両親は決して彼女をこの家に招待しなかった。いつも見くだしていた。

玄関の鍵を開けると、フィリップは中に入って、居間に向かった。

突然、居間の入口に現れた息子を見て、母親が叫び声をあげた。その声に驚いて、父親も目を覚ました。

フィリップは両親に声をかけようとした。と、その時、ふと壁に何枚もレオニーヌの写真が掛けられているのに気づいた。そんなにたくさんの娘の写真を見るのはひさしぶりだった。家に飾ってあった写真のほとんどは、ヴィオレットがはずして、ベッドの脇にある引き出しに大切にしまいこんでいたからだ。残った写真も小さなものは財布の中に入れ、少し大きなものは、いつも読んでいる分厚い本に挟んでいたから、あまり目にすることはなかった。フィリップは思わず、壁の写真に見入った。そのうちの二枚は幼稚園で撮られたものだった。とっさに、園児たちが廊下におもらししたおしっこの臭いが鼻腔によみがえり、その廊下で下品に笑っていたジュヌヴィエーブ・マニャンの顔が頭に浮かんだ。急にめまいがして、フィリップは近くにあった食器棚につかまった。

「坊や、大丈夫かい？」そう言いながら、母親が近づいてきた。

フィリップは無言で、両手を前に出し、それ以上近づくなという仕草をした。父親と母親は顔を見合わせた。

「どうしたんだい？　顔色が真っ青だよ」母親が言った。

だが、それには答えず、フィリップは尋ねた。

「あの事故があった日、あそこで何をしていたんだ？　事故が起こる前に……。あんたたちが、あの日、あそこにいたのはわかっているんだ。サマースクールの城にいたのは……」

父親が母親をちらりと見た。何と答えればいいのかと、指示を待っている顔だ。だが、いつものように、口を開いたのは母親だった。人に何かを指摘された時に、被害にあったのはむしろこっちだと、正当性を主張するように……。

「アナイスのご両親と会っていたのよ。ラ・クレイエットの町のカフェで……。カトリーヌをお城に送ってもらう前にね。別に何も悪いことはしていないでしょう？　アナイスのご両親と会っただけなんだから……」

母親はレオニーヌのことをカトリーヌと言った。いつものことだが、今日は癇《かん》に障った。

「でも、どうして、わざわざそんなところで会ったんだ？」

「あの日は南仏で結婚式があったのよ。ほら、おまえの従姉妹《いとこ》のローランスよ。それで、ちょうどよい機会だと思って、シャルルヴィルに戻る途中に、ブルゴーニュを旅行しようと思ったの」

「嘘だ！　あんたたちは初めからなんかの目的があって、あそこに行ったんだ。教えてくれ。おれはほんとうのことを知りたい……」

「しかたなかったんだよ。おまえだって、聞けばわかるよ。カトリーヌのことを思ったら、そうしないわけにはいかなかったんだよ」母親が涙声で言った。

「泣きまねはやめてくれ」フィリップはぴしゃりと言った。

「なんだい、おまえ、さっきから、そんな口の利き方をして……。私たちのことを『あんたたち』だなんて……。言い方も乱暴だし……。昔は素直でいい子だったじゃないか。『はい、ママ』『わかりました、ママ』って、礼儀正しくお返事をして……。あのいい子だったおまえはどこに行ってしまったんだい？　いえ、わかってるよ。あの女のせいだね。カトリーヌの母親の、あの女の……。そうだよ、おまえはあの女にいいようにされて、言いなりになってるんだ。あの女が何を血迷ったか、カトリーヌのいる墓地の管理人になった時だって、おまえは反対してくれるどころか、墓地であの女とばったり出会ったりしてほしくないから、もう二度と墓地には来ないでほしいって言うし……。私たちはあの女のせいで、孫娘の墓参りに行けないって言うのかい？」

確かに、あの出来事が起きるまで、自分は母親に従順な子だった。逆らったのは、リュックとフランソワーズと一緒に休暇を過ごしたいと言った時だけだ。

「そうだよ。あの日、私たちがコーシンさんと会うことにしたのも、あの女のせいだよ」いつものように、誰かをきつく非難する調子で、母親が言った。「城に行く前に、お会いしたいって、私がコーシンさんに電話をかけておいたんだ。カトリーヌの荷物にサプライズで入れたいものがあるからって……。もちろん、口実だよ。だって、大事な孫娘がサマースクールでお泊まりするっていうのに、あの女が荷物の中に何を入れたか、わからないんだからね。スーツケースの中身を確かめなくちゃいけないだろう？　きっと安物の服とか、着古した下着なんかを入れたに決まってるんだ。だったら、お友だちの前で、あの子が、カトリーヌが恥をかくことになるじゃないか。ほんとうに、あの女ときたら、ろくにカトリーヌの世話もできなかったんだから……。爪は長いし、耳は汚れているし、洗濯で縮んだ洋服はシミだらけだった……。私はいつも、カトリーヌが不憫でならなかったよ」

「いい加減なことを言うな！　ヴィオレットはちゃんとおれたちの娘の世話をしていたよ！　それに、あの子の名前はレオニーヌだ！　いいか？　レオニーヌだ！」

母親は一瞬、ひるんだような顔をして、ぎこちない仕草で、ナイトガウンの襟もとを合わせた。だが、すぐにまた攻撃的な口調で続けた。

「いい加減なことなもんか。みんなでカフェでおやつを食べて、コーヒーやジュースを飲んでいる間に、私はアナイスのお母さんに頼んで、車のトランクを開けてもらい、カト……あの子のスーツケースの中身を調べたんだよ。案の定、足りない物がいっぱいだった。服だって、安物とか、擦りきれたものばかりで……。それで、必要な物を補充し、用意してきた服を入れてやったんだ。新しくて、きれいな服にね。高級品の……」

母親の様子が目に浮かんだ。昔から母親はそうだった。自分はどんなことにも口を出す権利があると思っているんだ。他人がすることを見くだして……。フィリップはそれが大嫌いだった。おれが他人を見くだすようになったのも、この女のせいだ、フィリップは憎しみのこもった目で母親をにらんだ。

その目にたじろいだのか、母親は目を伏せた。それから、言い訳するように言った。

「でも、私たちがあそこに行ってよかったんだよ。そのおかげで、あの子は大切なドゥドゥと一緒に寝られたんだからね。私が荷物を詰めかえたあと、コーシンさん夫婦は子供たちを城に送りにいった。私たちはシャルルヴィルに戻ることにしたんだけど、その前に軽く食事をしていこうと、カフェに残ったのよ。それで、トイレに行ったら、あの子がドゥドゥを洗面台のところに置き忘れているじゃないの。きっと、手を洗った時に忘れたんだろうね」

そう言うと、母親は顔をしかめてみせた。

「擂りきれたぬいぐるみで、ほんとうに汚らしかったわ。でも、あの子があのドゥドゥなしで眠れないことは知っていたからね。あの暑さならすぐに乾くと思ったから、石鹼で洗って外で乾かしてから、お城に届けることにしたんだよ」

母親はソファに座りこんだ。それにならって、父親もソファに座った。まるで忠実な犬のようだ。母親が言葉を継いだ。

「ぬいぐるみが乾いた頃には、もう日は落ちていた。夜の十時過ぎだったか……でも、城には簡単に入れたよ。どこもかしこも開けっぱなしで、警備員もいなかった。それで、ちょうど最初にドアを開けた部屋にあの子がいてね。もうベッドに入っていたけど、私たちを見て驚いてたわ。私のハンドバッグからはみ出してたドゥドゥを見て、にっこり笑ってねえ……。ほかの女の子たちに見られないように、こっそり受け取ってベッドの中に隠していたよ。ほんとうに嬉しそうだった。あの様子じゃあ、たぶん、からかわれるのが怖くて、誰にも言えずにお城の中を探したんでしょうねえ。ああ、でも、かわいそうに……。あのまま、目が覚めなくなってしまっただなんて……。大切なぬいぐるみと一緒だったのが、せめてもだったよ……」

そう大仰に言って、母親はすすり泣きを始めた。父親がその肩に手を回したが、母親はゆっくりとその手を払いのけた。父親はいつものことだというふうに、手を引っこめた。涙を拭きながら、母親が続けた。

「私は子供たちに、お話を読んで欲しいかと聞いたの。みんな聞きたいって言うから、そこにあったグリム童話の『親指トム』を読んでやったのよ。すぐにみんな眠りについたわ。部屋を出る前に、最後に、私はあの子にキスをしたのよ……」

「給湯器は？」フィリップは叫んだ。『親指トム』の話なんて、どうでもいい。給湯器はどうしたんだ？」

その声の調子に、両親はびくっとした。

「……給湯器？　何を言っているの？」すすり泣きの合間に、母親がやっとつぶやいた。

「浴室の給湯器だ！　部屋には、浴室がついていただろう！　浴室には、あの忌々しい給湯器があったはずだ！　あんたたちはあれに触ったのか？」

すると、初めて父親が口を開いた。

「ああ、あれか……」その口調はちょっと誇らしげだった。「あれは私がつけてやったんだよ。お母さんがレオニーヌに、寝る前にちゃんと歯を磨いたのかと訊いたんだ。レオニーヌは磨いたと言ったけどね、女の子のひとりが、水しか出ないから歯にしみて冷たいと言ったんだよ。お湯が出ないというんだ。それでお母さんが私に、浴室を見てやってくれと頼んだんだ。そしたら、やっぱり給湯器の口火が消えているじゃないか。それだったら、お湯が出るはずがない。そこで、私が……」

フィリップは両親の前でくずおれた。それから、ソファに座っていた父親のナイトガウンの襟をつかみ、すさまじい声で怒鳴りはじめた。

「黙れ、黙れ、黙れ、黙れ、黙れ、黙れ、黙れ、黙れ、黙れ、黙れ！」

両親は身を縮めていた。フィリップは声にならない言葉をつぶやいてから、現れた時と同じように、静かに家を出た。

再びバイクにまたがった時、フィリップには、もうブランシオンの家には二度と戻れないことがわかっていた。もう自分に帰る家はないのだ。今夜も、明日も……。これからずっと……。それはエロイーズ・プティにヴィオレットに電話をしてくれと頼んだ時からわかっていた。自分が待ち合わせの場所に来ないと言ってくれと頼んだ時から……。別にどうということはない。ヴィオレットはもうずいぶん前から、自分のことは待っていなかったのだから……。今朝、「これが終わったら、ふたりで南仏に行って暮らそう」と言って、家を出た時だって、ヴィオレットはその言葉を信じていなかったにちがいない。あいつの目を見ながら話したから、それはよくわかった。でも、あの時はまだ、がんばれば、なんとかなるかもしれないと思っていた。今はもうだめだ。今はヴィオレットの目を見ることさえできない。真相を知って、どうしてヴィオレットと目が合わせられると言うのだろう？

と、その時、ナイトガウン姿のまま、母親が家から飛びだしてきた。

「ねえ、坊や。出発するのは明日になさい。そんな状態でオートバイに乗るなんて、危険じゃないの。おまえは疲れてるの。だから、休みなさい。おまえの部屋はそのままにしてある。ポスター一枚だってはがしちゃいないのよ。すぐにシーツをかけるから、ベッドで休みなさい。おまえの大好きなビーフ・ストロガノフとキャラメルクリームを作ってあげるから……。ちょっと、頭が混乱しているようだけど、ひと晩休めば、明日にはきっと治るから……。だから……」

母親の言葉をさえぎり、フィリップは冷たく言った。

「おれを産んだ時に、あんたは死んでくれればよかったんだ。そしたら、きっと、おれは幸せになれていたのに……」

母親はおろおろした。

「まあ、坊や、ママになんてひどいことを……」

「それなら。教えてやる。あの給湯器は壊れていたんだ。すぐに口火が消えて、ガスが洩れるようになっていたんだ。だから、あのあと部屋にガスが充満して……。レオニーヌは……」

フィリップはバイクのエンジンをかけた。行き先はブロンになるとわかっていた。バックミラーには、歩道に倒れた母親の姿が映っていた。今の言葉は母親にとって、死刑判決にも等しかっただろう。もうじき、父親にも同じ判決が下されるはずだ。

リュックとフランソワーズのところに行って、話を聞いてもらいたい——自分の望みはそれだけだった。あのふたりなら、どうしたらいいか知っているはずだ。こんな自分にかける言葉を見つけてくれて、これ以上自分が誰かを傷つけなくてすむように、近くにおいて守ってくれるはずだ。自分はリュックの息子になって、新しい人生を始めるのだ。ずっとなりたかったリュックの息子になって……。新しい人生を……。これまでの人生はもう終わってしまったのだから……。

91

ぼくの墓の盛り土を枕に
水の精ウンディーネが生まれたままの姿で
かわいらしくまどろみに来た時に
イエス様には先にお詫びしておきましょう
もし、ぼくの十字架が彼女の上に小さな陰を作ったとしても
それは死後のささやかな幸せとお許しください

——ジョルジュ・ブラッサンス「セートの浜辺への埋葬嘆願書」

《イレーヌ・ファヨールの日記》

二〇一三年

今日、墓地の女性の家に入っていくと、私を見て、彼女は不審そうな顔をした。見覚えはあるけれど、誰だったかしらという顔だ。彼女はひとりで台所のテーブルの前に座り、園芸雑誌のページをめくっていた。

「春に植える球根を選んでいたところだったんです。スイセンとクロッカスだったら、どちらがお好きですか？　私は、この黄色いチューリップが大好きなんですけど……」

そう言った彼女の指は、黄色いチューリップがたくさん写っている写真の上に置かれていた。種類がちがうので、チューリップはさまざまな形をしていた。

「そうね、スイセンかしら。私はスイセンのほうが好きですね。私も花は大好きです。前にお話ししたでしょう？　以前はバラ園を経営していたんですよ」

「どちらでですか？」

「マルセイユです」

「あら……私、マルセイユには毎年行くんですよ。ソルミウの入り江に」

「息子のジュリアンが小さかった頃には私も行きました。もうずいぶんと昔のことですけれど……」

墓地の女性が微笑んだ。まるで、ふたりだけの秘密ができましたね、とでも言うように……。

「何かお飲みになりますか？」と訊かれたので、「緑茶をいただけますか」と頼んだ。

立ちあがってお茶の準備をしている彼女を見て、ジュリアンと同じくらいの歳かしらと思った。つまり、私の娘に生まれていても、おかしくなかったということだ。女の子が欲しいと思ったことはなかったし、たぶん、女の子を産んでいても、困惑しただけだろう。娘に対して何を話せばいいのか、娘が悩んでいる時にどんなアドバイスをして、どんな方向に導いてあげればいいのか、私にはまったくわからなかっただろうから……。その点、男の子は楽だ。野花とか西洋サンザシみたいに、食べ物と飲み物、それに着る物を与えてあげれば、ひとりで勝手に大きくなってくれる。あとは、かっこいいわね、強いのねと声をかけてやればいい。そもそも父親がいれば、男の子はちゃんと育つ。女の子はもっと複雑だ。

墓地の女性はとてもきれいだ。今日は黒いタイトスカートとグレーの薄手のセーターを身につけていた。とてもエレガントで、洗練されている。彼女を見ていたら、娘がいてもよかったかもしれないと、ほとんど後悔したくらいだ。茶葉をティーポットに入れて、茶こしを使って丁寧にお茶を入れて、テーブルにはハチミツも置いてくれた。家の中はとても居心地がよかった。よい匂いがした。彼女はバラが好きだと言った。香りが好きなのだという。

「ここに、おひとりで暮らしていらっしゃるの？」

「はい」

「私は、この墓地に眠っているガブリエル・プリュダンに会いにくるんです」

「〈ヒマラヤスギ区〉の、十九番通路に埋葬されている方ですね？」

「ええ。故人のお墓の場所を全部ご存じなの？」

「だいたいは……。それに、その方は有名な弁護士さんでしたでしょう。埋葬にはたくさんの方がいらっしゃいましたから。あれは何年だったかしら？」

「二〇〇九年です」

墓地の女性は立ちあがり、二〇〇九年の記録簿を取ってきてページをめくりはじめた。彼女が埋葬の記録を取っているという話は、ほんとうだったのだ。ガブリエルの名前を探して、記録を読みあげてくれた。

「二〇〇九年二月十八日。ガブリエル・プリュダンの埋葬。豪雨。参列者は元妻、ふたりの娘（マルタ・デュブルイユとクロエ・プリュダン）。ほか百二十五名。故人の遺志により、献花も花輪もなし。

遺族が刻んだメモリアルプレートの言葉は次のとおり。

《勇気ある弁護士、ガブリエル・プリュダンに捧げる。

弁護士にとって最も重要なのは、勇気である。勇気なくして、ほかのことは何も意味をなさない。もちろん、弁護士には才能や教養も必要であるし、法律の知識もなくてはならない。だが、いくら才能や教養や法律の知識があっても、勇気がなければ、最後の最後で、それはただの言葉にすぎなくなる。ただの言葉は口にされた瞬間だけは輝きを放つが、すぐに消えてしまうだろう。（ロベール・バダンテール）》

やはり、故人の遺志により、司祭による聖書の朗読も、十字架を立てることもない。激しく雨が降っていたこともあり、埋葬に要した時間はわずか三十分。葬儀店の職員二名が棺を墓穴におろすと、すぐに全員が立ち去った」

読みおわると、墓地の女性はテーブルに記録簿を置いて、お茶のお替わりを入れてくれた。私はガブリエルの埋葬の記録をもう一度、読んでくれないかと頼んだ。墓地の女性は嫌な顔ひとつせずに、記録を読みあげてくれた。

彼女の言葉に耳を傾けながら、私は、ガブリエルの棺を囲んでいた人たちのことを想像した。喪服の上に厚いコートを着て、首にはマフラーを巻いて、豪雨の中、傘を持って、涙を流している人たちのことを……。

私は墓地の女性に打ち明けた。

「ガブリエルは、誰かに勇気があると言われると、いつも怒っていました。自分のしていることは、重罪裁判の裁判長に大馬鹿野郎と言うだけだ。しかも、遠回しに……。そんなことに勇気など必要ないと言ってね。ほんとうに勇気がある人というのは、毎日、自分の仕事が終わってから教会の戸口に立って困っている人たちに食事を配るような人のことを言うんだ。それで不満だと言うなら、一九四二年にユダヤ人を自宅で匿《かくま》ったりした人たちのことだと言ってもいい。彼は私に、自分には勇気などまったくない、自分はなんのリスクも冒さないと、繰り返し言っていました」

「ガブリエルさんとは、たくさん、お話をされたんですね？」

「ええ。あ、でも、今の話は私たちだけの秘密にしてくださいね。ガフリエルが『勇気がある』と言われるのを嫌がっていたということは……。それがわかったら、せっかく彼のために、あのメモリアルプレートの言葉を刻んでくれた人たちに気まずい思いをさせることになりますから……」

墓地の女性は微笑んで言った。

「安心してください。この部屋の中で話したことは、決して外には洩れませんから」

彼女のそばにいるとすっかり安心して口が軽くなった。まるで、お茶には、心の中にあるものを話したくさせる薬でも入っているかのようだった。

「私は年に二、三回、ガブリエルのお墓参りに来ています。あの人の名前の近くにスノードームを置いたので、その中に雪を降らせるために来ているんです。あとは、ガブリエルが興味を持ちそうな裁判記録を読んであげるために……。そのために、私、普段から裁判に関する新聞の記事を切り抜いているんですよ。いろいろなニュースの記事も……。といっても、やはりあの人の興味を持ちそうな犯罪に関するニュースですけど……。

夫のポールのお墓はマルセイユのサン・ピエール墓地にあるのだけれど、そちらにはもっと頻繁に行っています。私は夫の墓には入らないから、生きている間に、できるだけ行くことにしているのです。私が死んだら、遺灰はガブリエルのそばに置かれることになっているから……。ガブリエルも私も、公証人のところで必要な手続きはすませました。私たちは結婚していませんでしたけど、誰も反対することはできません……。あのね、私が今日、この家に寄ろうと思ったのは、息子のジュリアンがそのことを知った時——私がここのお墓に入ることになった時に、あなたに会いにくることをお伝えしておきたかったからなの」

「どうして私に？」

「あの子は、私の最後の願いが、自分の父親ではなくガブリエルのそばで眠ることだと知ったら、その理由を知りたがるはずです。ガブリエル・プリュダンとは誰なのかを知りたがるでしょう。その時、最初にあの子が話を聞きにくるのは、あなたのところだから……。あなたは、この墓地の門をくぐって最初に会う人なのですから……。私と同じようにね。私が初めてこの墓地に来た時に最初に会ったのも、あなたでした」

「何か息子さんに伝えてほしいことがあるのですか？」

「いいえ……いいえ、ありません。あなたなら、きっとあの子に伝えるべき言葉を見つけてくれるでしょうから……。そうじゃなかったら、ジュリアンが自分の言うべきことを見つけるかもしれません。そんなことはめったにないんですけど、あなたに話すためなら、そうなるんじゃないかって……。あなたが息子を助けてくださるって、私には確信があるのです。あなたはきっとあの子に寄りそってくださるでしょう」

そう言うと、私はうしろ髪を引かれる思いで墓地の女性の家をあとにした。ブランシオン＝アン＝シャロンの墓地にくるのは、これが最後になると知っていたからだ。墓地を出て車に乗り、マルセイユに戻った。

二〇一六年
この日記を書くのもこれが最後だ。もうすぐ、ガブリエルのところに行くのだとわかる。だって、もう彼の煙草の匂いがしているもの。早く会いたい。最後に会った時、私たちは喧嘩別れをした。そろそろ仲直りをする時だ。

そこまで読むと、私は日記のページを開いたまま、イレーヌの日記を膝の上に置いた。私はイレーヌの香水の匂いを覚えている。だけど、顔はもう思い出せない。思い出せるのは、彼女の白髪、肌、華奢な手、レインコート。そして、何よりも、やはり香水だ。ゲランの《青い時《ルール・ブルー》》……。あの日、私たちはとても優しい時間を過ごした。ガブリエルについて彼女が話した言葉も、声も覚えている。いつか自分の息子が私に会いにくるだろうと言ったイレーヌの声が、頭の中でこだましていた。

といっても、ジュリアンが初めて私の墓地に来て、母親の遺灰の話をした時、私はイレーヌの言葉をほとんど思い出さなかった。ひと目でジュリアンに夢中になってしまったからだ。ただ、母親にはあまり似ていないと思った。イレーヌは自然な金髪で、そういった髪を持つ人に特有の透明感のある、なめらかで繊細な肌をしていた。息子のほうは何もかも茶色で、髪はぼさぼさだし、肌はこれでもかと言うくらい太陽を浴びて、小麦色をしていた。

そう、ジュリアンは、今私がいるマルセイユで、真夏の太陽を浴びて、育ったのだ。私は煙草の匂いがする彼の手が好きだった。その手が私の身体に置かれるのが……。私は嬉しくて、それと同時に怖かった。幸せすぎて、怖かったのだ。

マルセイユに来る前に、私は何度もジュリアンの家に電話をかけた。でも、いつも呼び出し音が鳴るだけだった。勤務先の警察署にまで電話をしたのだが、ジュリアンはもうそこにはいなかった。「手紙なら転送されるから、連絡を取りたければ手紙を書いたらどうですか?」と言われた。だけど、いったい何を書いたらいいのだろう?

ジュリアン

あなたは私を信じてくれたのに、私はすべてを壊してしまいました。私は頭のおかしな、どうしようもない女です。ひとりで生きるしかないです。
ジュリアン
あなたの車に乗っていた時、私はほんとうに幸せでした。
ジュリアン
ソファであなたと一緒にいた時、私はほんとうに幸せでした。
ジュリアン
私のベッドの中であなたと一緒にいた時、私はほんとうに幸せでした。
ジュリアン
あなたは私よりずっと若い。でも、そんなの私たちには関係ないと思います。
ジュリアン
あなたはちょっと探求心が強すぎます。警察官の習性でしょうが、私は嫌です。
ジュリアン
あなたの息子のナタン、私は喜んで義理の息子にしたいと思っています。
ジュリアン
あなたはほんとうに私の好みのタイプです。たぶん……。よくわからないけれど、あなたはほんとうに私の好みのタイプではないかと思ったりしています。
ジュリアン
会えなくて淋しいです。
ジュリアン

戻ってきてくれなければ、私は死んでしまうでしょう。
ジュリアン
あなたを待っています。戻ってきてくれることを期待しています。私は自分の習慣を変えます。だから、あなたも変えてください。
ジュリアン
わかりました。そうします。
ジュリアン
よかった。最高でした。
ジュリアン
はい。
ジュリアン
いいえ。

どうやら、人生は私の根っこを引き抜いてしまったようだ。私の春は死んだ。

私は悲しい気持ちでイレーヌの日記を閉じた。夢中になって読んでいた小説が終わってしまった時のような気分だ。離れがたい友人のような小説。いつでもそばに、手の届くところに置いておきたいと思うような小説。正直、ジュリアンが母親の日記を私に残してくれたのが嬉しかった。家に帰ったら、大切な本が置いてある寝室の棚に一緒に並べておこう。そう思いながら、日記をビーチバッグにしまった。

時刻は十時になっていた。私はビーチの白い砂の上に、岩に寄りかかって座っていた。アレッポ松が木陰をつくっている場所だ。松は岩の割れ目から生えていた。セミが鳴きはじめていた。太陽はもうカンカンに照りつけている。足の親指に突きさすような日差しを感じた。マルセイユの太陽はほんの数分で肌を焦がす。

リュックサックを背負った避暑客たちが、崖の坂道に姿を現しはじめた。昼になると、浜辺はバスタオルやクーラーボックスやパラソルで埋めつくされる。ここには子供の姿はそれほどない。バカンスシーズンになると、このソルミウの入り江に続く道には、地元の人以外、車が入れなくなる。駐車場から歩くと、たっぷり一時間はかかるので、子供連れの家族はなかなか来られないのだ。いるとしたら、父親の肩にかついできてもらった子供か、このあたりに別荘を持っている家の子供だ。

昨日、セリアは私と一緒に夕食を食べるつもりで、シーフードのパエリアを用意してきた。セリアが大きなフライパンでパエリアを温めなおしている間、私は青いスーツケースに残っていたワンピースをハンガーに吊した。それから、私たちは小さな庭用の錬鉄製テーブルを外に出して、テーブルクロスを掛けた。水とロゼワインをそれぞれ赤いカラフェに注ぎ、たくさんの氷を入れた黄色いバケツの中に入れ、パン・ド・カンパーニュと不ぞろいの皿をテーブルに並べた。別荘では何もかもが不ぞろいで、初めからセットでここに持ちこまれた物はないようだった。

セリアと私は再会を心から楽しんだ。馬鹿な話に笑い興じ、黄金色のパエリアに舌鼓を打ち、よく冷えたロゼワインを味わった。

話が盛りあがってすっかり遅くなってしまったので、セリアはそのまま泊まることになった。列車のストライキでマルグランジュ＝シュル＝ナンシーで出会った時のように、私たちは一緒のベッドに寝た。セリアが私と一緒に別荘に泊まるのは初めてだった。

私たちはベッドに寝そべったままで、ロゼワインを飲みつづけた。セリアが二本のろうそくに火を灯すと、お祖父さんの家具が炎の中で揺らめいた。外気が入るように窓を二枚開けておいたので、風が心地よかった。家の中にはまだパエリアの匂いが漂っていた。壁が匂いを吸いこんでしまったのだろう。食欲が刺激されて、私はもう少しだけパエリアを食べることにした。セリアはいらないと言ったので、自分の分だけ温めなおした。食べおわった皿を床に置いて、セリアの顔を見た。きれいな青い瞳が、夜空の星のようにろうそくの明かりにきらめいている。私はろうそくの火を吹き消した。

「ねえ、セリア、聞いてほしいことがあるんだけど……」

「何かしら?」

「昼間、フランソワーズ・ペルティエの話をしたでしょう? フィリップ・トゥーサンの叔父さんの奥さんで、彼が子供の頃から好きだった人。フィリップ・トゥーサンは、失踪してから、ずっとフランソワーズのところで暮らしていたんだけど、失踪の理由がわかったの」

「そうなの」

「ええ。彼は娘の事故の原因を調べていたんだけど、それがとうとうわかって……。子供たちが中毒死したのは火事によるものではなくて、壊れた給湯器を使ったから一酸化炭素ガスが発生したせいなの。それを使ったのが、フィリップ・トゥーサンの父親で……」

「なんですって?」そう言いながら、セリアが私の腕をつかんだ。

「すぐに口火が消えて、ガスが洩れる状態になるから、絶対に使っちゃいけなかったんですって。それなのに、子供たちがお湯を使えるようにしてやろうと思って、フィリップ・トゥーサンの父親が口火をつけて……。もちろん、壊れているとは知らずにね」

「それ、誰に聞いたの?」

「フランソワーズ・ペルティエよ。フィリップ・トゥーサンが彼女にすべてを打ち明けたんですって……。娘の死が自分の父親のせいだと知って、フィリップ・トゥーサンは家に帰ってこられなくなった。もう私の顔が見られなくなったのよ。あの人ならそうでしょうね。私はあの人の気持ちがとってもよくわかった。それに、フランソワーズ・ペルティエからその話を聞いて、私のほうもほっとしたの」

「どうして?」

「ミシェル・ジョナスのあの歌、知ってる? 《言ってくれ、たとえ彼女がおれのもとを去ったのは、ほかの男を愛したからだとしても、それはおれのせいではないということを。そう言ってくれ、そう言ってくれ》ってやつ……」

「ええ」

「それと同じ気持ち……。それまで、私、フィリップ・トゥーサンがいなくなったのは、ずっと私のせいだと思っていたの。でも、そうじゃなかった。フィリップ・トゥーサンがいなくなったのは、両親のせいなんだってわかって……」

私の腕をつかんでいたセリアの指に力が入った。

「フィリップ・トゥーサンの両親についてはどう思うの?」

「さあ……。ふたりが死んでから、もうずいぶんたつし……。二〇〇〇年だったかな。どちらが先だったか知らないけれど、ふたりとも亡くなったところで、シャルルヴィル＝メジエールの公証人が電話してきたの。遺産相続の件で息子さんにご連絡したいって……」

窓から朝の光が差しこんできて、部屋の空気がさらに柔らかくなった。セリアが目を覚まして言った。

「おいしいコーヒーを淹れましょうか？」

「ええ」

コーヒーを飲みながら、私はセリアに言った。

「セリア、私、出会いがあったの」

「あら、やっと？　遅いくらいだわね」

「でも、もう終わってしまったの」

「どうして？」

「だって、私には自分の人生があるし、習慣だって変えられないし……。もうずっと長いことひとりだったんだもの。それに、その人、私より若いのよ。それに、ブルゴーニュに住んでいる人じゃないの。それに、七歳の子供もいるのよ」

「またずいぶんとたくさんの『それに』がつくのね。でも、人生と習慣は変えられるでしょ」

「そう思う？」

「もちろん」

「セリアだったらどうする？　自分の習慣を変えられる？」

「試す価値はあるんじゃない？」

92

人生とは、愛するものをすべて失いつづけることでしかない

――ヴィクトル・ユゴー『笑う男』

二〇一七年五月　フィリップ・トゥーサンの話

一九九八年から十九年間、フィリップはフランソワーズのもとで暮らしてきた。シャルルヴィル＝メジエールからブロンに向けてバイクを走らせ、朝方、ぼろぼろになって叔父のリュックが経営する自動車修理工場に姿を現した時から……。あれから十九年がたった。あの日、フィリップは生まれかわる決心をした。両親から聞いた給湯器の話は、両親ごと消し去ることにした。捨てたかった過去の思い出とともに……。ヴィオレットと過ごした年月は、思い出さないように、そっと蓋をすることにした。

これからは叔父のリュック・ペルティエの息子となり、〈フィリップ・ペルティエ〉と名乗ろう。〈フィリップ・トゥーサン＝ペルティエ〉でもいい。そう思って、修理工場の事務所に飛びこんだのだが、フランソワーズからリュックが一九九六年の十月に亡くなったと聞かされて、ショックを受けた。でも、墓参りに行こうとは思わなかった。どこであれ、墓地には二度と足を踏み入れたくなかった。

身分を隠すのは、難しくなかった。ほんとうの身分を証明する書類は引き出しにしまったし、母親に動向を探られないように銀行口座も空にして、引き出した金はすべて無記名債権に換えた。選挙には行かない。社会保障カードも使わない――それだけで事はすんだ。

フランソワーズはその一年前に家を売り、修理工場から二百メートルのところに住んでいた。リュックが死んでからひどい病気をしたらしく、めっきり痩せていた。老けこんでもいた。それでもフィリップは、思い出の中の彼女よりも、さらに魅力的だと思った。だが、その想いを口にすることはなかった。これまで自分はまわりの人を不幸にしてきた。もうこれ以上、誰かを不幸にしたくなかったからだ。

フランソワーズの家に身を寄せたフィリップは、ゲスト用の寝室を使うことにした。もともとは、リュックとフランソワーズがいずれ生まれてくる子供のために用意した子供部屋だ。結局、その子供は生まれてくることがなかったが……。

フィリップは修理工場で働きはじめ、フランソワーズが現金で渡してくれた最初の給料で、新しい服を買った。ブロンで暮らしはじめて数カ月が過ぎた頃、近くにワンルームの部屋でも借りて、引っ越そうかと思い、フランソワーズにそう告げたところ、彼女は聞こえないふりをした。それで、フィリップはそのままフランソワーズの家に住みつづけることにした。浴室も台所も居間も食事も一緒で、寝室だけが別々の、おかしな同棲生活だった。

フィリップはフランソワーズにすべてを話して聞かせた。レオニーヌのこと、そのレオニーヌがサマースクールに行って、事故にあったこと。ところが、その事故が起きた原因を調べているうちに、原因は父親だとわかり、それをシャルルヴィルの実家に行って確かめてきたこと……。最初は踏切番をしていて、その頃はあちこちで遊びあるいていたこと、〈秘密の場所〉に行って、不特定多数の女とセックスしたり、ジュヌヴィエーブ・マニャンという幼稚園の保育補助をしていた女と関係を持って、ひどいことをしたりしたということ。娘が死んでからは娘の埋葬された墓地で、管理人として働くことになったこと……。でも、ヴィオレットについては何も言わなかった。自分ひとりのものとして、胸にしまっておきたかったのだ。フランソワーズに訊かれても、「あいつのことはいいんだ」としか言わなかった。

フランソワーズと一緒に暮らしはじめて、フィリップは元気を取り戻した。修理工場の社員になることで、働く喜びも知った。汚れたエンジンオイルや潤滑油にまみれ、故障した車やスクラップに囲まれた日々を愛することを覚えた。エンジンを修理しながら、フィリップは〈生きる意欲〉がわいてくるのを感じた。

ブロンに来てから一年半が過ぎた一九九九年の十二月に、フランソワーズがひどく体調を崩した。高すぎるほどの熱に、タチの悪い咳。心配したフィリップは病院の当直医に往診を依頼した。フランソワーズのベッドのそばで処方箋を書きながら、医者がフィリップに「奥さんですか？」と訊いた。フィリップは何も考えず、ただ自然に「そうです」と答えた。それを聞いて、フランソワーズは、何も言わずにフィリップに微笑みかけた。疲れたような青ざめた微笑み――それは運命にあらがうのを諦めたような微笑みに見えた。

医者のアドバイスに従って、フィリップは浴槽に三十七度の湯を張り、フランソワーズを浴室まで連れていった。服を脱がせ、浴槽に入るのを手伝った。その間、フランソワーズはずっとフィリップにしがみついていた。彼女の裸を見たのは、それが初めてだった。透明な湯の中で、フランソワーズの裸体が震えていた。フィリップはバスグローブを手にはめて、優しく彼女の全身をぬぐった。腹から背中、顔、うなじ。額にも湯をかけた。フランソワーズが「気をつけて。病気がうつるかもしれないから……」と言ったので、フィリップは「もう、うつってるよ。二十七年前から……。君という〈病〉に……」と答えた。

その年の大晦日、一九九九年十二月三十一日から二〇〇〇年一月一日の夜、ふたりは初めて結ばれた。同じベッドの中で、新しい世紀を迎えたのだ。

そうして時が過ぎ、修理工場を本格的に任せられるようになると、工場の名前は《トゥーサン&ペルティエ自動車修理工場》にした。両親も死んでいたし、そうしても問題がないように思えたのだ。ただ、自分が前の人生でフィリップ・トゥーサンとして生きていたこと自体はほとんど忘れていた。

そして、ブロンで暮らしはじめてから、ほぼ十九年がたった二〇一七年の五月のこと……。その朝、フィリップはフランソワーズと相談して、修理工場を売却する話をしていた。それまでにも、たびたび話題にはあがっていたが、今度はふたりとも真剣だった。どうせ行くなら、太陽をたっぷり浴びることのできる土地がいい、南仏のサン＝トロペあたりはどうだろう？　気楽に暮らしていくための金は十分にできたし、フランソワーズはもうすぐ六十六歳になる。フィリップも夏には五十九歳だ。そろそろ自分の時間を大事にしてもいい頃だと考えたのだ。

青い作業衣を着て、昼までびっちり働くと、フィリップは一度、修理工場から家に戻った。下着を一枚よけいにつけていたので、作業衣の下が汗でびっしょりなってしまったのだ。フランソワーズは工場売却の相談で不動産業者に行っていたため、フィリップはシャワーを浴びると、ひとりで昼食をすませることにした。卵二個を目玉焼きにして、前日の残りのパンにチーズスプレッドを塗っただけの簡単な昼食だ。

すると、コーヒーを淹れている時に、ガチャンと郵便受けが閉まる音がした。《車とバイク《オート・モート》》誌かもしれないと思い（この雑誌はフランソワーズが購読予約してくれたものだ）、フィリップは郵便物を取りにいった。そして、雑誌はなかったので、封書をテーブルの上に置いた時、宛名が自分の名前になっているのに気づいた。

《ムッシュー・フィリップ・トゥーサン、マダム・フランソワーズ・ペルティエ気付、フランクリン・ルーズベルト通り十三番地、六九五〇〇、ブロン》

普段、手紙の処理はすべてフランソワーズに任せていたが、この手紙だけはそうもいかない。フィリップは震える手で、手紙の封を切って、中身を読んだ。

それはマコンの弁護士事務所からの手紙で、ヴィオレットが離婚を求めているというものだった。慰謝料はいらないので、トゥーサンではなくトレネという旧姓に戻りたい。それがヴィオレットの望みだった。そして、手紙の最後には、円満かつ迅速な離婚手続きをしたいので、この手紙をお読みになったら、すぐに弁護士事務所にご連絡くださいと書かれていた。

恐怖で全身が凍りついた。捨て去ったはずの過去がよみがえってくる恐怖。フィリップはブロンにやってくるまでにあったことを次々と思い出した。高圧的だった母親のこと、自堕落な生活をして、人に迷惑をかけたり、ひどい行為をしたこと……。「子供を傷つけるようなこと、あたしには絶対できません」と必死な形相で言っていたジュヌヴィエーブ・マニャンのことが頭に浮かんだ。あのあと、マニャンはみずから首を吊ったのだ。幼い息子たちを残して……。

だめだ。すぐにこの流れを止めなければ……。過去に戻る流れをこのままにしてはいけない。フィリップはすぐに黒革のジャンパーを着て、封筒と手紙を内ポケットにねじこむと、家を飛びだした。ヘルメットをかぶって、あご紐を留め、バイクにまたがった。そして、ブランシオンの墓地に向かった。もう二度と足を踏み入れないと誓った場所に……。

バイクを走らせながら、頭の中は疑問でいっぱいだった。いったいヴィオレットはどうやっておれの居場所を見つけたんだろう？　修理工場には〈トゥーサン＆ペルティエ〉の名前があるが、その名前とおれをヴィオレットが結びつけるはずがない。しかも、手紙は自宅に来ている。どうしてヴィオレットがフランソワーズのことを知ったんだ？　両親から聞いたはずがない。あいつらはもうずっと前に死んだんだ。公証人が遺族を探して、フランソワーズのところまで来たから、死んだのはまちがいない。それに死ぬ前だって、おれがブロンで暮らしているとは想像もしていなかっただろう。

ちくしょう！　それにしても、ヴィオレットはどうしておれのことを放っておいてくれないんだ。わざわざおれの生活をかき乱すようなことをするんだ！　嫌だ！　おれは弁護士事務所になんか行かないぞ。フランソワーズと一緒にブロンを離れるんだ。サン＝トロペに行くんだ。太陽が輝く南仏の町に……。死者たちが埋葬され、キクの花が供えられ、猫たちが墓の番をする、あんな陰気な場所ではなく……。

ブランシオンにはあっという間に着いた。距離にして百キロメートルちょっとだ。自分とヴィオレットはこれほど近い場所で暮らしていたのだ。フィリップはそのことに初めて気づいた。バイクは通りに面した玄関の近くにとめた。昔、あの年老いた管理人が住んでいた家。あの頃から、この家が大嫌いだった。そのあと、一年近く暮らしたとはいえ、この家にはまったくなじめなかった。今はもう完全なよそ者だ。ここに引っ越してきた時に、ヴィオレットが植えた木々が大きく育ち、墓地の門も深緑色に塗りかえられていた。フィリップはノックもせずに家の中に入った。十九年間、足を踏み入れていなかった家だ。

あいつは今でもここに住んでいるのだろうか？　フィリップは考えた。誰かと人生をやりなおしたのだろうか？　もちろん、そうに決まっている。だから、離婚したいなんて言いだしたんだろう。きっと再婚するためなのだ。

まるで喉にピストルの銃口を突っこまれたみたいに、口の中に嫌な味がした。憎しみがわきあがってきて、再婚相手を殴りつけてやりたくなった。こんな気持ちはひさしぶりだ。この苦い気持ちは……。フィリップはあらためて、この十九年間の生活がいかに穏やかなものだったのか理解した。この十九年間で、自分は少しはマシになったと思っていた。でも、また元に戻ってしまった。自分はまた昔の嫌な男になっていた。自分を愛せない男に……。

フィリップは自分に言い聞かせた——今朝の自分に戻らなければいけない。今度こそ、おれは下劣な過去から解放されて自由になるんだ。もう身分証明書だって破りすてた。過去とは決別したんだ。だから、心を動かされるな！　いや、だめた。今朝の自分には戻れそうにない。弁護士のところになんか、行くものか！

台所のテーブルには園芸雑誌が置いてあった。その上には、空になったコーヒーカップがいくつか載っている。入口のコート掛けには、スカーフが三枚と白い上着が掛けてある。スカーフからは、なつかしい匂いがした。バラの香水だ。あいつは今でもここに住んでいるんだ。たぶん、男と……。

そう思うと、また怒りがこみあげてきて、フィリップは二階に駆けあがった。腹立ちまぎれに、階段に並んでいる醜い人形をプラスチックの箱ごと蹴とばしながら……。そうせずにはいられなかったのだ。もし拳で壁に穴を開けることができたなら、喜んでそうしていただろう。

寝室の壁は明るく塗りかえられていた。青空の色の絨毯に、薄ピンクのベッドカバー。窓にはアーモンドグリーンのカーテンとレースのカーテンが掛かっている。自分がいた時の痕跡はまったく残っていない。フィリップはまた嫌な気持ちになった。胸のあたりが重苦しい。ベッド脇の白いサイドテーブルの上には、ハンドクリームと本が数冊、それに使いかけのろうそくが載っていた。タンスのいちばん上の引き出しを開けてみると、壁と同じピンク色の下着が入っていた。フィリップはベッドの上に横になって、ヴィオレットがそこで寝ていることを想像しながら考えた――あいつは、まだおれのことを思い出すことはあるんだろうか？　ここでおれを待っていたんだろうか？　おれのことを探したんだろうか？

生まれ変わると決めた時、フィリップはヴィオレットと過ごした年月に蓋をした。だが、ずいぶんと長い間、彼女の夢を見たものだ。いつも同じ夢だった――フィリップの名前を呼ぶヴィオレットの声が聞こえる。フィリップはその声に応えるどころか、見つからないように暗がりにじっと身を潜める。懇願する声を聞かなくてもすむように、最後は枕で自分の耳をふさいだ。ヴィオレットに対する罪悪感のせいで、目覚めた時はいつも寝汗をかいていた。シーツまでびしょ濡れだった。そんなことが、長い間、続いた。

浴室に行ってみると、香水や石鹸、クリーム、バスソルトがあった。ろうそくもある。それに小説も……。ランドリーバスケットの中に入っていたのは、女性物の下着に白い絹のベビードールと、黒のワンピースにグレーのカーディガンだけだった。

どういうことだ？　フィリップは困惑した。この家には、どこにも男の影がない。誰かと暮らしている痕跡も皆無だ。ならば、どうして離婚なんて言いだしたんだ？　男と暮らすのでなければ……。金が欲しいのか？　いやちがう。弁護士の手紙には、慰謝料はいらないので、トゥーサンではなくレネという旧姓に戻りたいとだけ書かれていた。つまり、そんなにトゥーサンの姓が嫌だということか。「誰のことも信用するんじゃないのよ。いいかい？　誰もだよ」頭の中に母親の声が聞こえた。

フィリップは一階に降りた。途中、まだ倒れていなかった人形のケースがあったので、すべて蹴とばした。ふと、墓地に行ってレオニーヌの墓を見たいと思ったが、すぐに考えを変えた。

台所に入った時、背後で物音がしたので、フィリップは驚いて飛びあがった。よぼよぼの犬が鼻をくんくんさせながら、こちらの様子をうかがっていた。こいつも蹴とばしてやる。そう思って犬のほうに行くと、犬は暖かそうな籠の中に入って身体を丸めてしまった。フィリップは台所の片隅の床の上に、餌の皿がいくつも置いてあることに気づいてぞっとした。この家にはどれだけの犬や猫がいるんだ。あのままこの家にいたら、犬猫の毛を服につけながら暮らしていたのかもしれない。そう思ったら吐き気がして、裏口のドアから庭に出た。

最初に目に飛びこんできたのは、立派に成長した庭の姿だった。ここでも植物が大きく育っていた。レオニーヌの持っていた童話のイラストみたいだ。二種類のつたで覆われた壁、若葉の生い茂る木々、赤やピンクや黄色の花が咲く花壇……。まるで、寝室と同じように、庭も塗りかえたかのようだった。と、菜園の隅にヴィオレットがうずくまっているのが見えた。あれから十九年――今はいくつになるんだろうか?

だめだ！　心を動かされるな！

ヴィオレットはこちらに背を向けていた。白い水玉模様のついた黒いワンピースを着て、古い庭用エプロンの紐を腰のうしろで結んでいる。足もとはゴムの長靴。肩までの長さの髪をうしろでひとつにまとめて、黒いゴムで束ねている。おくれ毛が何本か襟足にかかっていた。汗で髪がへばりついたのか、厚手の庭用手袋をはめた右の手首で、額のあたりをぬぐうような仕草をした。

いくつもの感情が一気に押しよせてきた。あの首を絞めたい。抱きしめたい。愛したい。絞め殺したい。黙らせたい。存在を消したい。目の前から消えてほしい。

おまえがいたら、おれはおまえを苦しめ、また自分を責めることになる。

ヴィオレットが立ちあがって、こちらを振りむいた。

だが、その目に浮かんでいるのは、ただ恐怖だけだった。驚きでも怒りでも、恨みでも後悔でもない。ましてや愛情でもない。恐怖だった。

だめだ！　心を動かされるな！

ヴィオレットは変わっていなかった。フィリップは、《ティブラン》のバーカウンター越しに初めて彼女を見た時のことを思い出した。いくらでもただでおかわりを注いでくれた、小さなか細いシルエットと笑顔を……。今、目の前にある顔には、しわとほつれた髪の毛が入り交じっている。年月がほうれい線を深くしていたが、目鼻立ちはまだすっきりしているし、唇の輪郭もはっきりしていた。瞳はいつものように、大きな優しさにあふれていた。

距離を保て！

名前を口にするな！

心を動かされるな！

ヴィオレットはいつだってフランソワーズよりもずっと美しかった。でも、フィリップはフランソワーズの顔のほうが好きだった。《審美眼には誰も口だしできない》。母親がよく言っていた。

ヴィオレットの足もとには猫が座っていた。思わず、鳥肌が立った。フィリップはどうして自分がここに戻ってきたのか、思い出した。この陰気な場所に……。過去と決別するためだ。二度と思い出さないようにするためだ。ヴィオレットのことも、レオニーヌのことも、過去に関わったすべての人のことも……。今の自分にはフランソワーズしかいないのだ。未来の自分にも……。そうでなければいけないのだ。

フィリップは乱暴にヴィオレットの腕をつかみ、強く締めあげた。そのまま砕いてしまいそうなほどの、強すぎる力で……。あえて鈍感になって、冷酷にふるまおうとするように……。自分の心に無理やり憎しみをかきたてて……。花柄のソファに座っていた母親の姿を思い出して、給湯器の口火をつけている父親の姿を想像して……。そうしたものを思い浮かべながら、フィリップはヴィオレットの腕を締めつづけた。目は見ずに、額の、眉と眉の間にある、かすかなくぼみだけを、じっと見つめて……。

ヴィオレットはいい匂いがした。だめだ！　心を動かされるな。

「弁護士の手紙を受け取った。ここに持ってきた……。いいか、よく聞け。よく聞けよ。二度と……二度とだ、この住所に手紙を送ってくるな！　わかったか？　約束しろ！　おまえも、おまえの弁護士もだ。絶対に送ってくるな！　おれはもう二度とおまえの名前は見たくない。もし約束を破ったら、おれはおまえを、おまえを……」

フィリップはつかんだ時と同じように乱暴に腕を放した。ヴィオレットの身体はマリオネットのようによろめいて、うしろにさがった。エプロンのポケットに封筒と手紙をねじこむ。と、その拍子に、指先が服の上からヴィオレットの腹に触れた。レオニーヌのことが頭に浮かんできた。ヴィオレットに背を向けると、フィリップは家の中に戻り、台所を横切って、通りに面した玄関に向かった。

その途中で、テーブルの脇を通った時、手の先が触れて、分厚い本が床に落ちた。表紙の赤いリンゴには見覚えがあった。『サイダーハウス・ルール』――ヴィオレットがナンシーにいた頃から持っていて、繰り返し読んでいた本だ。ページの間に挟まれていたレオニーヌの写真が床に散らばった。フィリップは少しためらったが、身をかがめて写真を拾った。写真は七枚あった。生まれたときのレオニーヌ、一歳のレオニーヌ、二歳のレオニーヌ、三歳のレオニーヌ、四歳のレオニーヌ、五歳のレオニーヌ、六歳のレオニーヌ。ほんとうだ、おれに似ている……そう思いながら、フィリップは写真を本の間に挟んで、テーブルに戻した。

その瞬間、十九年間、過去を封印していた蓋がはずれて、横っ面をひっぱたいた。閉じこめておいたヴィオレットとの年月があふれだしてきた。レオニーヌの思い出が……、最初は断片的に、それから大きな波になって押し寄せてきた。特にレオニーヌのことが……。

初めて産院で目にした時のこと。ヴィオレットと自分の間に挟まれて眠っていた姿……。レオニーヌは暖かな毛布にくるまれて、幸せそうな顔をしていた。庭で遊んでいたレオニーヌ、ビニールプールではしゃいでいたレオニーヌ。ドアの前に立っていたレオニーヌ、部屋を横切るレオニーヌ。お絵かきをしていた姿も、粘土遊びをしていた姿も、お風呂に入っていた姿も、食事をしていた姿も、幼稚園の廊下を歩いている姿も、全部思い出された。冬のコートを着たレオニーヌ、夏のタンクトップを着たレオニーヌ。赤いワンピースを着たレオニーヌ。レオニーヌの小さな手……。その手で一生懸命、手品をしていた。娘のそばにいたわけではない。でも、少し遠くから眺めていた。息子が欲しかったので、娘の人生にはあまり関わらないようにしていた。なかなか家に帰らなかったし、父親というより、お客さんのように見えたかもしれない。お話を読んでやったこともないし、旅行に連れていってやったこともなかった。

再びバイクにまたがった時、フィリップは涙が鼻から流れているのを感じた。叔父のリュックが、涙腺が崩壊すると鼻からあふれてくるのだと言っていたことを思い出した。「エンジンオイルと同じことだよ」

叔父さん、ごめんなさい。おれはろくでもない甥っ子だ。大事な奥さんまで盗んだんだから……。少し先でバイクをとめて、深呼吸をして気持ちを落ち着けようと思いながら、フィリップはものすごい勢いでバイクを出した。墓地の格子越しに十字架が見えた。おれは一度も神を信じたことがなかった、とフィリップは思った。きっと父親のせいだ。あの情けない父親がいつもお祈りを唱えていたせいだ。だから、神様なんて信じられなくなってしまったんだ。

フィリップは初聖体拝領式の日のことを思い出した。こっそり飲んだミサのワインと、リュックと腕を組んでいたフランソワーズのことを……。

フィリップは、あの日、悪友たちとふざけて唱えた主の祈りを思い出した。

天にまします我らが父よ——天辺の禿げます我らが父よ
願わくは、御名《みな》の尊《たっと》ばれんことを——かっとばされんことを
御国《みくに》の来たらんことを——つまらんことを
御旨《みむね》の天に行わるるが如く、地にも行われんことを——痔にも行われんことを
我らが日用の糧を、今日我らに与え給え——我らが自慰用の糧を、今日われらに与え給え
我らが人を赦す如く、我らの罪を赦し給え——我らが何をなしても、我らの罪を赦し給え
我らを試みに引き給わざれ——我らを誘惑に引きこみ給え
我らを悪より救い給え。アーメン——我らをあくまでイカセ給え。ザーメン

墓地の壁すれすれに走らせていたバイクのスピードが、どんどん速くなっていった。壁沿いに三百五十メートルの距離を走っている間、フィリップの頭には三つの考えが浮かんで、激しい衝突を繰り返していた。

墓地に引き返して、ヴィオレットに謝る——謝る。謝る。謝る。

早くフランソワーズの家に帰って、南仏に旅立つ——旅立つ。旅立つ。旅立つ。

レオニーヌに会いにいく——会いにいく。会いにいく。会いにいく。

ヴィオレット。フランソワーズ。レオニーヌ。

そして、ひとつを選んだ。

おれは娘に会いたい。あの子を感じたい。声を聞いて、触って、匂いを嗅ぎたい。初めて、フィリップはレオニーヌを欲した。最初に子供が欲しいと思ったのは、ヴィオレットを自分のそばに置いておくためだった。でも、今はちがう。今、初めて、自分は父親として、レオニーヌを求めたのだ。その気持ちは、フランソワーズよりも、ヴィオレットよりも、はるかに強いものだった。娘に会いたい。もう娘に会いに行くことしか考えられなくなった。レオニーヌはどこかでおれを待っているはずだ。そうだ、あの子はいつもおれを待っていた。だが、おれは何もわかっちゃいなかった。ひどい父親だったからだ。だけど、これから初めて、おれはよいパパになるんだ。あの子がおれを待っている場所で……。

バイクをとめると、フィリップはヘルメットのあご紐をはずし、ナンバープレートをひきはがして、道路の下に広がる国有林に放りなげた。バイクに積んであった工具でシリアルナンバーも消す。それから、またバイクにまたがると、前方に見えるカーブに向かって、全速力で突っこんでいった。あのカーブを曲がらなければ、娘のところに行ける……。

アクセルをふかす前に、今までの人生が走馬灯のように脳裏に浮かぶことはなかった。そんなもの、見たくもなかった。ただ、道路から虚空に飛びだす直前に、道ばたに若い女性が立っているのが見えた。あの娘はどこかで見たことがある。そうだ、絵はがきだ。それが最後に思ったことだった。フィリップは、光の中に入っていった。

93

今は夏の終わり、まだ暑さの残る宵の口
誰もがアパートに帰り、人生は続く

——ヴァンサン・ドレルム「今」

私はまだ海の中に入っていなかった。毎年八月、初めての海水浴の前には必ず不安になる。私にとってマルセイユの海は、年に一度、娘との再会を約束した場所だ。だから、海に入る前にはいつも怖くなるのだ。もし、レオニーヌがいなかったら、どうしよう？　海に入っても、あの子の存在を感じなかったら、どうしよう？　と……。

あの子には、もう私が呼ぶ声が聞こえなくなっているかもしれない。そもそも私の声が、届いていないかもしれない。もしレオニーヌが現れなかったら、私のせいだ。あの子がやってくるためには、私の愛情を十分に感じている必要がある。それなのに、現れないとしたら、その愛情が十分ではないということだ。つまり、私はもうあの子を愛していないことになる——それが不安の正体だった。レオニーヌへの愛が薄れて、そのままあの子を失ってしまうのではないかという恐怖だ。まったくの杞憂なのだと、自分でもわかってはいるのだが……。だって、死が私と娘を引き離すことなど、決してできないのだから……。

そう心に言い聞かすと、私は帽子を脱いで、タオルの上に放り投げた。そのまま、海に向かって歩いていく。海はエメラルド色に輝いていた。水面が真珠のようにきらきらと反射している。朝の光は強烈でまぶしい。今日もよい天気になりそうだ。マルセイユはいつでも素晴らしい一日を約束してくれる、そして約束を破らない。

と、その時、ひとひらの雲が影をつくり、一瞬、水が黒く見えた。打ち寄せる波は、いつものようにひんやりしていた。私はゆっくりと海の中に入り、頭から水の中に潜った。目を閉じたまま、深い方へと泳いでいく。大丈夫か？　不安が心をよぎる。いや、大丈夫だ。レオニーヌは、すでにそこにいた。もちろん、いつだってそこにいるのだ。どこかに行くことなどない。だって、私の中にいるのだもの。軽やかにまとわりついてくるレオニーヌの存在を感じる。昔、浜辺のパラソルの下で昼寝をしていた時、バスタオルに寝そべった私の背中に乗っていたあの子の熱い肌を、私は海の中でも感じていた。あの時のように、小さな両手が私の背中を這っている。大きな海の中で、私たちは二体の小さな操り人形のように揺れていた。

レオニーヌ……。私の愛しい娘。

水面に浮かびあがって目を開けると、雲は消え、空いっぱいの青さが飛びこんできた。レオニーヌが私の中にいる、これからもずっといると思う瞬間だ。レオニーヌはずっと私の中にいる。それこそが永遠というものだ。

私はそのまま長いこと泳いでいた。今はもう、海から出たくなかった。それも、毎年のことだった。海の中から、岸の方を眺めた。長年の風で幹が斜めに伸びた松、浜辺にいるたくさんの人々、それだけの数の人生。私は人生のすぐ近くにいた。人生は私のすぐ近くにあった。私は少しずつ岸に戻った。足が砂に触れたところで、今度は浜に背を向けて、水平線を眺めた。沖に停泊しているたくさんの船が見える。まるで空中に浮かぶ白い小石みたいだ。目に入るもの、すべてが美しい。世界中どこを探しても、これほど私たちの心を救ってくれる場所はないだろう。ここには生きている人間を癒やしてくれるものがそろっている。

太陽が熱かった。塩で顔がひりひりする。唇はもっと痛かった。少し深いところまでいって、また頭まで水の中に潜った。目をつぶったまま、泳ぐ。こうしていると、海の姿を感じ、海の囁きを聞くことができる。私はそれが大好きだ。

その時、私は誰かの存在を感じた。娘とはちがう、誰か別の存在。誰かの手が私の身体に軽く触れたのだ。まず左手が腰に置かれ、右手がお腹に置かれた。そして、今度は身体が私の背中に覆いかぶさってきた。私たちは下を向いた姿勢で重なり、水中でゆらゆら揺れた。まるでワルツを踊るように……。私は背中にその人の鼓動を感じた。私はそのまま身を任せた。何が起きているのか、わかったから……。彼だ。私の背中に身体を合わせることで、彼は私の中に、新しい愛を注入してくれていた。新しい心を……。それまでの愛や心とは別の新しい愛と心を……。と、うなじに彼の唇を感じた。頬には髪を感じる。そして、身体中に彼の手を感じた。彼の手は、軽く繊細なタッチでずっと私の全身を愛撫していた。私が心の底から望んでいたことが起きていた。ほんとうにそんなことが起きるなんて、彼が戻ってくるなんて、信じられなかった。

私たちは一緒に水面に浮かびあがった。私にぴったりと身体を重ねたまま、彼が目をぱちぱちしたので、まつげが蝶々の羽のように私の頬をくすぐった。と、私のうなじに顔を埋めて、彼が大きく息を吸った。私はまた水に浮かんだ。今度は顔を上に向けて……。そして、彼に身体を支えてもらいながら、ゆらゆらと漂った。私は自由だった。太もものの裏やふくらはぎに、水面の波が当たるのがわかった。私は海に身を任せた。彼に身を任せた。彼は私を見つけたのだ。私は彼を見つけたのだ。

私たちはお互いを見つけた。

笑い声が聞こえた。

そう、あとひとり、子供がいれば、
三人になる。

もう一本の手が私の腕を取り、絡みついてきた。レオニーヌのように、小さくて、元気で、温かい手……。

私は自分が夢を見ているのではないことを願った。死んで、天国に行ってしまったのではないことを願った。子供が私の腕の中に飛びこんできた。濡れた唇で私の額と髪にキスをして、それからうしろ向きに水の中に倒れながら、嬉しそうな笑い声をあげた。

「ナタン！」

私は起きあがって叫んだ。まるで助けを求めるように……。ナタンの具合が悪くなったのかと心配になったのだ。

けれども、ナタンは手足をばたばた動かして、水上に姿を現した。自分でもちょっとあわてたのか、泳ぎを覚えたばかりの子供のように、目を見開いている。でも、すぐに大きな口を開けて笑った。その口には歯が二本欠けていた。レオニーヌと同じだ。ナタンは水中眼鏡を目のところまでおろし、シュノーケルを口にくわえると、頭を水の中につけた。そして、さっきよりは落ち着いた様子で、私のまわりを何度もぐるぐる回った。

それから、また水の上に顔を出すと、シュノーケルをはずして、水を吐いた。水中眼鏡を頭のほうにずらすと、目のまわりに跡がついていた。南仏の太陽の下で、茶色い瞳がきらきらと輝いていた。

ナタンは私の肩越しに、うしろにいるジュリアンを見た。ジュリアンが私の耳もとで囁いた。

「さあ、行こう」

94

私たちがあなたを思わない日は、一日たりともない

（墓碑に使われる言葉）

二〇一七年九月七日、土曜日。今朝はきれいな青空が広がっている。気温は二十三度。午前十時三十分から、墓地ではフェルナン・オッコ（一九三五―二〇一七）の埋葬が行われていた。棺はオーク。墓碑は黒い大理石。一家の墓にはすでに四人の名前が刻まれている。《オッコの妻ジャンヌ・ティレ（一九三七―二〇〇九）》、フェルナンの両親《ピエール・オッコ（一九一三―二〇〇一）》と《オッコの妻　シモーヌ・ルイ（一九一七―一九九九）》それに《レオン・オッコ（一九三三）》。

花輪は二つ。白いバラの花輪には《心からのお悔やみを》と書かれたリボンが、ハート型の白いユリの花輪には《私たちの父、そして祖父へ》と書かれたリボンが掛かっている。棺の上に置いてある赤と白のバラの花束のリボンには、《古い戦友より》と書かれていた。

メモリアルプレートは三枚。《私たちの父、私たちの祖父へ。私たちが愛し、私たちを愛してくれたあなたの、人生の思い出とともに》《友へ、君を忘れない。君の思い出はいつも私たちの記憶の中に――釣り仲間より》《君は遠くに行ったわけじゃない。この道の反対側にいるだけだ》

フェルナンの三人の娘、カトリーヌ、イザベル、ナタリーに、七人の孫。そのほか全部で五十人ほどが参列していた。

私はエルヴィス、ガストン、ピエール・ルッチーニと一緒に、墓の脇に立っていた。ノノは来ていない。自分の結婚式の準備をしているからだ。今日の午後三時、ノノはブランシオン＝アン＝シャロンの町役場で、ダリュー伯爵夫人と結婚式をあげることになっていた。

セドリック神父が祈りを唱えた。それがフェルナン・オッコのためだけではないことを、私は知っている。神様に話しかける時、今の神父の頭には、いつでもスーダン人のカップル、カマルとアニタの存在があるからだ。

「聖ヨハネの第一の手紙から言葉を引用しましょう。《私の愛する者たちよ。私たちは兄弟を愛しているので、自分たちが死から命へと移ってきたことを知っています。愛さない者は、死のうちにとどまっているのです。……愛を知るために、私たちは兄弟のために命を捨てるべきです。世の富を持ちながら、兄弟が困っているのを見ても、憐れみの心を閉ざすような者に、どうして神の愛がとどまっているでしょう。子どもたちよ、私たちは愛さなくてはいけません。口先だけではなく、行いと真実を持って愛しましょう》」

遺族はピエール・ルッチーニに、棺を墓穴におろす時、フェルナンの大好きだった曲をかけてほしいと頼んでいた。セルジュ・レジアニの「おれの自由」だ。

とても美しい歌詞なのに、私は曲に集中することができなかった。いろいろなことを考えていたからだ――レオニーヌとあの子の父親のこと、インドを旅しているサーシャのこと、朝から姿の見えないエリアーヌのこと……。エリアーヌはきっと、ご主人様のマリアンヌ・フェリー（一九五三―二〇〇七）の墓の近くにいるのだろう。それから、イレーヌのこと。イレーヌは、天国では敬語を使わずにガブリエルと話せているだろうか？　そして、ジュリアンとナタンのこと。ふたりはもうあと一時間もしないで着くだろう。ふたりの腕の感触を、匂いや身体の温かさを、私は思い出していた。ノノのことも考えた。今ごろ、ノノは若い花婿のような衣装を着こんで、ダリュー伯爵夫人にネクタイを締めてもらっているにちがいない。ガストンはきっとまたいつものようにころぶだろうが、私たちはこれからも、何回でも助けおこすだろう。エルヴィスの耳には、この先も一生、エルヴィス・プレスリーの歌だけが聞こえるはずだ。

けれども、この数カ月、私の耳にもエルヴィスのように、いつも同じ歌が聞こえてきていた。曲をかけていなくてもいつの間にか聞こえてきて、ほかのことや、つまらない考えを忘れさせてしまう歌——ヴァンサン・ドレルムの「これからの人生」という歌が……。

謝辞

私の最も大切なテス、ヴァロンタン、そしてクロードに感謝。あなたたちは永遠に私のインスピレーションの源です。

大好きな弟ヤニックへ、ありがとう。

マエル・ギヨー、ありがとう。あなたは、かけがえのない存在です。アルバン・ミシェル出版社の皆さんにも感謝。

アメリー、アルレット、オードレイ、エルサ、エンマ、カトリーヌ、シャルロット、ジル、カティア、マノン、メルジーヌ、ミシェル、ミシェール、サラ、サロメ、シルビー、そしてウィリアムへ、献身的なサポートをありがとう。みんながすぐ近くにいてくれる私は、なんて幸せ者なのでしょう。

ノルベール・ジョリヴェに感謝。グーニョンの町で墓掘人をして三十年になる、実在の人物です。この小説に描いたままの人なので、名前はまったく変えませんでした。喜びをもたらす親切の塊のような男性です。この小説をきっかけに、私たちは友人になりました。これからもずっと一緒に、コーヒーとカクテルのキールを飲むことができますように。

ラファエル・ファトゥに感謝。トゥルヴィル・シュル・メールの町の葬儀屋≪ル・トゥールヌール

・デュ・ヴァル》の扉を開けて、私を招き入れてくれた人です。人情味あふれる不思議なその店で、ラファエルは私を信用して、いかに自分の職業、そして死者と今を愛しているかを熱く語ってくれました。

パパ、ありがとう。パパの素敵な庭と、熱心にいろいろと教えてくれたことに感謝します。

ステファーヌ・ボーダンへ、賢明なアドバイスをありがとう。

セドリックとカロルへ、写真と友情に感謝。

ジュリアン・スール、名前を使わせてくれてありがとう。

ドニ・ファヨール氏、ロベール・バダンテー氏、そしてエリック・デュポン＝モレッティ氏に感謝します。

マルセイユ、そしてマルセイユ東部の入り江にあるカシス村の、すべての友人に感謝。あなたたちこそが、私の別荘です。

ウージェニーとシモン・ルルーシュ、ありがとう。この物語を思いついたのは、あなたたちのおかげです。

偉大なるアーティストたちに感謝――ジョニー・アリディ、エルヴィス・プレスリー、シャルル・トレネ、ジャック・ブレル、ジョルジュ・ブラッサンス、ジャック・プレヴェール、バルバラ、ラファエル・アローシュ、ヴァンサン・ドレルム、クロード・ヌガロ、ジャン＝ジャック・ゴールドマン、バンジャマン・ビオレ、セルジュ・レジアニ、ピエール・バルー、フランソワーズ・アルディ、アラン・バシャン、チェット・ベイカー、ダミアン・セーズ、ダニエル・ギシャール、ジルベール・ベコー、フランシス・カブレル、ミシェル・ジョナス、セルジュ・ラマ、エレーヌ・ボイ、そしてアニエス・ショミエ。

最後に、私のデビュー作『*Les Oubliés du dimanche*（日曜日の忘れられた人たち）』を購入してくれたすべての人に、心からの感謝を。私がこの二冊目の小説を書けたのは、あなたたち読者のおかげです。

訳者あとがき

三本松　里佳

リーディングという作業があります。海外の原書を読んであらすじと感想をまとめることで、編集者はそれをもとに日本での出版を検討します。リーディング依頼でこの本を読んだときから、私は夢中になりました。すごくいい本！　絶対、訳したい！　興奮冷めやらぬまま感想文を書いたことを覚えています。

主人公のヴィオレットはもうすぐ五十歳。フランス・ブルゴーニュ地方の小さな町で、ひとりで墓地の管理人をしています。控えめで口数の少ない、きれいな女性です。毎日、墓地の門を開閉し、花を育てて売り、質素だけど居心地のいい管理人小屋で人を迎え、話に耳を傾け悲しみに寄り添います。管理人になってすぐに夫が失踪し十九年が経ちますが、神父や墓掘人など優しい仲間に囲まれ、穏やかに暮らしていました。そんなある日、ジュリアンという男性が訪ねてきます。亡くなった母親のイレーヌが夫、つまり彼の父の墓ではなく、ヴィオレットの墓地に埋葬されているガブリエルという知らない男の墓に、遺灰を納めてほしいと遺言を残したからです。ジュリアンとの出会いから物語は大きく動き始めます。

私は軽い気持ちで読み始めました。まずはヴィオレットの生い立ちや、墓地での日常が淡々と綴られます。なんとも穏やかな流れに癒やされつつも、だんだんと疑問が……。これ、結局はヴィオレットとジュリアンの恋愛小説？　それで原書で五五〇ページって、ちょっと長すぎるよね。どうなるんだろ？　と、突然、ある場面で心をわしづかみにされました！　そこからは、まるでジェットコースターに乗っているような気分。ストーリーは急展開、続きが気になって最後まで一気読みです。ヴィオレットと歳の近い私は、いつしか彼女の親友にでもなった気分で、物語の中に入り込んでいました。笑ったり、怒ったり、ほっこりしたり、共感したり、思わずツッコミを入れたり。それに、何度泣いたことか。悲しい涙はもちろん、「よかったねヴィオレット！」という嬉しい涙も。

本書『あなたを想う花』（*Changer l'eau des fleurs*）はフランスで二〇一八年に出版されベストセラーとなり、権威ある文学賞メゾン・ド・ラ・プレス賞を受賞していますが、審査員も「涙あり笑いありの心揺さぶる小説」と評しています。フランスの書評誌《パージュ》でも「ヒロインはたまたま墓地の管理人になったわけではなく、そこには特別な想いがあった。秘密がわかると、そこから小説はまったく違う展開を見せる。少しずつすべてが明かされていくが、著者のヴァレリー・ペランは作家として素晴らしい手腕を発揮し、何度も私たち読者を驚愕させ、最後まで気をそらさせない。詩的で人間味に溢れ、核心を突いた小説。生とシンプルな幸せの叙情詩だ。感動で胸がいっぱいになる」と絶賛されています。

フランスを代表する週刊誌《レクスプレス》は「繊細かつ力強い文章で一作目を超える成功を収めた。驚きとサスペンス、愛と感動に溢れているが、わざとらしさや気取りはない。かなり目の肥えた読者の期待にも応える本」と評していますし、隣国ベルギーの新聞《ラヴニール》はこの本を好きになる理由として「ヒロインはもとより、すべての登場人物が細部まで練り上げられていて魅力的だ。墓掘人たち、神父、傷心のヒロインを導くサーシャ、美男だがろくでなしの夫フィリップ。ラブロマンスあり、悲劇あり、現在と過去を行ったり来たりしながら、混ざり合いほどけていく物語は本当に面白い。陰鬱で怖いイメージの墓地が、幻想的で心に響き、明るくユーモラスな舞台に変わった」と賞讃しています。実際、いくつもの話が並行して展開しますが、短い章で構成されているのでテンポよく読めます。また、各章のエピグラフには、章の内容に添った墓碑の文言や歌詞が使われていて、とても美しくて印象的です。

そうした墓碑の文言は、著者が実際に墓地やネットで探したとのこと。フランスの墓地は緑豊かで墓石も個性的で、墓碑には故人を偲ぶメッセージや詩が刻まれているので、それを見ながら散歩するのが好きなのだそうです（フランスではよくあることです。決して、日本の墓地を想像してはいけません笑）。著者いわく、舞台に墓地を選んだのは、墓地とは決してただ悲劇的な暗い場所ではなく、美しい言葉が溢れた詩的な場所でもあるから。そしてまた、残された人々に、いなくなった人のことを話す機会を与えてくれる場所だからだそうです。エピグラフには曲の歌詞も使われており、小説の中でもふんだんに音楽が引用されています。フランスのテレビ番組の書評コーナーで「テーマは喪と花。ときに悲しいが、悲壮感や嫌悪感はなく、むしろすてきな音楽に包まれた明るさを感じる」と話していたコメンテーターもいました。

また、ベルギーのテレビ雑誌《シネ・テレ・レビュー》で「フラッシュバック、もつれる物語、詩的な映像、ミステリーといっていい筋書きもあり、映画にするのにぴったりの小説」と紹介されているとおり、読んでいて映像がすんなり浮かんできて、上手な画面転換を見ているような印象を受けます。緩やかな導入からの鮮やかなストーリー展開、すべての伏線を見事に回収したラストと、構成も巧みです。実際、日本の編集者の方も、「読後は素晴らしい一本の映画を見たような気分になった」と言っていましたが、それもそのはず。著者は元々、映画の脚本家なのです。

ヴァレリー・ペランは一九六七年生まれの五十六歳。ブルゴーニュ地方のグーニョンで育ち、十九歳でパリに出ます（ちなみに小説の舞台にブルゴーニュを選んだのは、自分がよく知っている、インスピレーションをたくさん与えてくれる美しい土地だからだそう）。パートナーはフランス映画の巨匠クロード・ルルーシュ。恋愛映画の名作『男と女』の監督です。

このふたりの出会いも映画のようです。二〇〇六年、『男と女』の舞台となった港町ドーヴィルに〈クロード・ルルーシュ広場〉が設けられることになり、監督の映画作品の大ファンだったヴァレリーは、友人の新聞記者に頼まれて雑誌にオープンレターを書きました。記者はその手紙を監督本人に渡すのですが、監督は上着のポケットに入れたまま忘れてしまいます。読んだのは二カ月もたってからでしたが、作品への愛が綴られたその手紙に、自尊心をくすぐられると同時に衝撃を受けます。自分だけが知っていると思っていた映画の見方をする観客がいたとは。しかも、なんと美しい文章に文体！　「こんなに素晴らしい手紙を書くなんて、この女性は一体誰だ?!」ところが手紙にはヴァレリーという署名しかありません。なんとか探し出して、直接電話をかけて会ってみると、相手は「幸運なことに」なんとも美しい女性。監督はたちまち恋に落ちました。この時、ヴァレリー三十九歳、クロード六十九歳。当時、彼には妻もいたのですが、二〇〇八年に交際を開始（二〇〇九年に離婚が成立）。それから十五年たった今でも、監督は彼女に夢中だそうです。五人もの女性と七人の子供をもうけた恋愛マスターのクロード・ルルーシュは、ついに最愛の女性を見つけたのです。「ずっと恋愛のマラソンをしていたが、やっと運命の人に出会った。この歳になって見つけることができるなんて、思ってもいなかったよ！」このエピソードを知って、小説に描かれているイレーヌとガブリエルのモデルは、彼らではないかと思ったものです。

ふたりは仕事上でもパートナーです。ヴァレリーはクロードと出会って映画の道に入りました。まずはスチールカメラマンとして、それから監督から請われて共同で脚本を手がけるようになり、二〇一〇年以降、七本の映画を一緒に作っています（『男と女』の五十三年後を描いた、二〇一九年の『男と女　人生最良の日々』もそのひとつ）。そして、クロードに背中を押されて、最初の小説を執筆し出版社に持ち込んだそうです。クロードは「ヴァレリーは映画を作るように小説を書く。まさに私が映画を撮るようにだ」といい、ヴァレリーは「昔から書くことは好きだったけれど、クロードが私を成長させてくれました。映画の脚本を共同執筆することで、ドラマはいかに構成すべきかを教えてくれたのです」と話しています。

その最初の小説『*Les Oubliés du dimanche*（日曜日の忘れられた人たち）』は二〇一五年に出版されました。十三の文学賞を受賞し、十数カ国で翻訳出版されています。一作目の読者たちからの熱烈なラブコールに応えた二作目が本書です。前述のメゾン・ド・ラ・プレス賞以外にも数々の文学賞に輝き、ヴァレリー・ペランは〈二〇一九年に最も売れた小説家トップテン〉に入りました。四十カ国以上で版権が売れ、特にイタリアでは人気が高く、テレビドラマ化が決定したそうです。二〇二一年にはパリの小劇場で舞台化され、演出にはクロードの娘サロメ・ルルーシュも参加。好評を博して再演を果たしています。さらに二〇二二年には、〈フランス国民が選ぶ本二十五選〉にも選出されました。

この小説について、ヴァレリー本人はこう語っています。「すべての女性に似た、ひとりの女性の物語です。多くの女性を観察してインスピレーションを得ました。ユーモアがあり、逆境にめげない強さをもっている人。十回死んでもおかしくないような人生を送ってきたのに、今でもまだしっかりと自分の足で立って生きている。だからこそ、語ることが多くあるのです。ヴィオレットには悲哀だけではなく、たくさんの笑いや希望、生きる喜びがあります。誰にでも光と影の部分がある——。そこに私は興味を引かれます。ひとりの人間とは、ひとつの小説にほかなりません」
小説の中で「生まれた時は死産児で全身が紫色だったので、産婆がヴィオレット（紫色）という名前を付けた」と書かれていますが、ヴィオレットはスミレの花のことでもあります。著者は言っています。スミレはちょっとした隙間があればどこでも生えてきて、踏んづけてもまた咲く力強い花で、ヒロインそのもの。だからこの名前を与えたのだと。それに小さなスミレの花は、慎み深さと隠した愛のシンボルでもあるのです。

本書の原題 ***Changer l'eau des fleurs*** の直訳は『花の水を替える』。小説の舞台であるブルゴーニュの地方紙《ランデパンダン》は「ヴァレリー・ペランは、魅力的な新しい女性像を描いた。虐待され続けた辛い人生を送ってきた、ひとりの女性の再生の物語だ。ほったらかしにされてしおれた花が、花瓶の水を新鮮なものに替えてまた頭をもたげるように、ヒロインは辛い過去に痛みという鎧を着せられても、堂々と美しく生きている」と書いていますが、ヒロインだけではなく、登場人物たちも自分の生き方を見直したり、変えたりします。人は何度でもやり直せるというメッセージなのでしょう。もちろん、原題には墓に供える花の水を替えるという意味もあります。小説の中で何度も語られるように、故人を偲び忘れないことが、その人を生かしておく最良の方法なのですから。それが日本語版のタイトル『あなたを想う花』となり、著者の了解も得ました。墓や死者や喪を扱ってはいても、決して悲しい物語ではありません。逆に暖かい気持ちになれます。雑誌《エル》でも「ヴィオレットは陰鬱になってもおかしくない日常を、心に響く色鮮やかな舞台に替える。死を扱ってはいても、幸せに浸ることができる小説」と紹介されています。素敵な恋愛小説であると共に、大切な人を失った人たちに優しく寄り添ってくれる本です。

私にも寄り添ってくれました。個人的なことで恐縮ですが、私も昨年、最愛の母を突然亡くしました。数年前に父が逝ったときと同じように、後悔ばかりして泣いていましたが、この本のおかげで気持ちが軽くなり前向きになれたことが、本当にたくさんありました。最後、母に「ありがとう。大好き！」と言うことができたのも、この本を訳していたからです。どうぞ皆さんも、大切な人には相手が生きている間に、大好きだと伝えてあげてください。

さて、イレーヌの日記を読み終えたヴィオレットは、夢中になった小説が終わってしまったときのような寂寥感を覚えました。翻訳を終えたときの私もまさに同じ気持ちで、もう訳せないのが淋しいなんて、初めての経験でした。機会を与えて頂いたことに感謝いたします。

なお、本作品の翻訳にあたっては、三本松が全訳し、そこに高野が手を入れました。その過程で、原文の小さな矛盾を補正したり、日本の読者に伝わりやすいように訳文を調整したりすることも行われております。したがって、原文と訳文を比べると、必ずしも対応しない部分があることをお断りしておきます（文責は高野にあります）。また、翻訳にあたっては、早川書房の窪木竜也氏、および茅野らら氏にお世話になりました。心よりお礼申し上げます。

二〇二三年三月

監訳者略歴　高野 優　早稲田大学政治経済学部卒　フランス文学翻訳家　訳書『死者の国』グランジェ（監訳），『三銃士の息子』カミ（以上早川書房刊）他多数
訳者略歴　三本松里佳　カナダ・ケベック大卒　フランス語・英語翻訳家　訳書『病院は劇場だ』ボーリュー（早川書房刊），『美しい焼き菓子の教科書』デュピュイ他多数

あなたを想《おも》う花《はな》
〔下〕

2023年4月20日　初版印刷
2023年4月25日　初版発行

著者　ヴァレリー・ペラン
監訳者　高野《たかの》　優《ゆう》
訳者　三本松《さんぼんまつ》　里佳《りか》

発行者　早川　浩
発行所　株式会社早川書房
東京都千代田区神田多町2－2
電話　03－3252－3111
振替　00160－3－47799
https://www.hayakawa-online.co.jp

印刷所　株式会社亨有堂印刷所
製本所　株式会社フォーネット社
Printed and bound in Japan
ISBN978-4-15-210232-4 C0097
JASRAC 出 2302252-301

乱丁・落丁本は小社制作部宛お送り下さい。
送料小社負担にてお取りかえいたします。